grafit

Die finnische Originalausgabe »Jäähyväiset lasihevoselle« erschien 1981 bei WSOY, Helsinki


Deutsche Erstausgabe

Chemnitzer Str. 31, D-44139 Dortmund
Internet: http://www.grafit.de
E-Mail: info@grafit.de

Druck und Bindearbeiten: CPI books, Leck
ISBN 978-3-89425-655-5
1. 2. 3. 4. 5. / 2009 2008 2007

Pentti Kirstilä

# Klirrender Frost

Kriminalroman

Aus dem Finnischen von
Gabriele Schrey-Vasara

grafit

# ERSTER TEIL

# EINS

Sonnenstrahlen fielen durch die Eisblumen am Fenster. Er blickte gleichgültig auf die neunkalibrige Pistole, die ruhig auf dem Tisch lag und ihm ihre Hilfe anbot.

Als er sie in die Hand nahm, heftete er die Augen auf das rote Glaspferd, das in den Glasfabriken von Murano in Venedig hergestellt worden war.

Es war nicht leicht, die große Pistole so anzusetzen, dass die Kugel den richtigen Weg nahm und der Tod somit sicher war. Aber unmöglich war es nicht.

Als er abdrückte, glaubte er zu sehen, wie das rote Glaspferd zersplitterte. Doch das war eine Illusion. Nur sein Kopf barst, als die Kugel von Schläfe zu Schläfe eilte, um sich dann in die Wand zu bohren.

So endete es.

# ZWEITER TEIL

# ZWEI

Eines Tages beschloss Sakari Kaarto, verrückt zu werden. Doch er nahm sich vor, es klug anzustellen.

Sakari Kaarto war einundfünfzig Jahre alt und hatte die Nase voll. Seiner Meinung nach war er betrogen worden.

Drei Tage nachdem er den endgültigen Entschluss gefasst hatte, saß er mit seiner Frau und seinen beiden Kindern am Esstisch. Das war nicht alltäglich; meist saß am Esstisch außer ihm nur seine Frau Kirsti. Die beiden Kinder wohnten anderswo. Sakari Kaarto hatte jedem der beiden eine Zweizimmerwohnung in der Stadt gekauft. Visa, der Älteste, war sechsundzwanzig, Hannele dreiundzwanzig.

Kirsti Kaarto sagte: »Vielleicht war der Braten zu lange im Ofen.«

Immer dasselbe Lied, dachte Kaarto, doch er antwortete: »Bestimmt nicht. Jedenfalls sieht er gut aus.«

»Vielleicht schmeckt er ja trotzdem. Wenigstens einigermaßen«, meinte Kirsti und lachte verlegen.

Hör auf zu gackern und lass uns endlich essen, dachte Kaarto und sagte: »Ich bin sicher, dass er in Ordnung ist.«

»Probier du zuerst, Visa. Du bist ein richtiger Gourmet geworden«, bat Kirsti und fügte mit trauriger Stimme hinzu: »Du hattest die besten Voraussetzungen dazu.«

Musst du mich bei jeder Gelegenheit daran erinnern, dass meine Mutter auf dem Markt Reisigbesen verkauft hat, dachte Kaarto. Laut sagte er: »Ja, Visa, fang du an, du beehrst uns selten genug mit deiner Anwesenheit.«

Visa Kaarto griff mit gut einstudierter Nonchalance nach der silbernen Bratenplatte. Er steckte die Bratengabel tief ins Fleisch und säbelte eine Scheibe ab, legte sie auf seinen Teller, schnitt mit seinem eigenen Messer ein kleines Stück davon ab und schob es sich in den Mund.

Er kaute andächtig. »Mmmm«, brummte er und sagte dann: »Mag sein, dass er ein klein wenig zu trocken ist. Vielleicht hättest du ihn zwei Minuten früher aus dem Ofen nehmen sollen. Oder etwas länger garen lassen, aber bei niedrigerer Temperatur.«

Stille senkte sich über den Tisch. Kirsti sah aus, als würde sie in anderthalb Sekunden in Tränen ausbrechen. Visa war jedoch schneller. Er tätschelte seiner Mutter die Wange und lachte: »Der Braten ist völlig in Ordnung. Ich wollte nur mal üben. Wenn man im Restaurant isst, darf man nie hundertprozentig zufrieden sein, weißt du.«

Kirsti lächelte.

Na also, das Lob ist verteilt, jetzt dürfen wir hoffentlich essen, dachte Kaarto und sagte: »Ich verlasse mich auf dein Urteil, mein Sohn. Reich mir doch mal die Platte.«

Kirsti wartete, bis alle vom Braten genommen, ihn mit brauner Estragonsoße begossen, Salat auf den Teller gehäuft und sich von den kleinen Kartoffelpfannkuchen bedient hatten, auf deren Zubereitung sie anderthalb Stunden verwendet hatte, wenn man die Garzeit für die Kartoffeln hinzurechnete.

»In der Salatsoße ist womöglich ein Tröpfchen zu viel Essig«, jammerte sie.

Ja, ja, dachte Kaarto, doch er sagte nichts, sondern sah seine Frau mit einer Mischung aus Zärtlichkeit und Gleichgültigkeit an – jedenfalls hoffte er, die Kinder würden in seinem Blick eine Mischung aus Zärtlichkeit und Gleichgültigkeit lesen. Er selbst interpretierte das Gefühl, das in seinem Blick lag, als verkappten Ärger, nur wenige Schritte entfernt von rasender Wut.

»Die Salatsoße ist perfekt«, sagte Hannele. Sie sah Kaarto an und erkannte den Ärger in seinen Augen. Dann sah sie ihre Mutter an und lächelte. Ihr Lächeln drückte Zuneigung aus.

Fünfzehn Minuten später fragte Kirsti: »Ist der Kaffee nicht zu dünn?« In ihrer Stimme schwang offene Panik: Bisher war alles gut gegangen, also würde jetzt wohl der Rückschlag kommen.

Zu dünn bist du selber, dachte Kaarto. Zerstreut fragte er: »Wie geht es mit dem Studium voran, Hannele?«

Kirsti trank einen Schluck von ihrem Kaffee und seufzte: »Zu dünn.«

»Er ist nicht dünn. Er ist völlig in Ordnung.« Kaarto sprach langsam und mit Nachdruck. »Das ist der beste Kaffee, den ich je bekommen habe. Und ich glaube nicht, dass ich jemals besseren bekommen werde.«

»Gut«, sagte Hannele.

»Erzähl mal ein bisschen genauer«, bat Kaarto.

»Ich verspreche dir, morgen genau dieselbe Menge Kaffee und dieselbe Menge Wasser zu nehmen. Ehrenwort«, stammelte Kirsti.

Visa Kaarto zündete sich eine Zigarette an. Er hatte beim Braten seine Schuldigkeit getan, mehr konnte man nicht von ihm verlangen. Er kannte das alles zu gut.

Hannele sagte: »Mutter, du kochst immer guten Kaffee, das weißt du doch. Außerdem solltest du dir über den Kaffee nicht so viele Gedanken machen. Kaffee ist eine der Nebensächlichkeiten im Leben.«

Kirsti sah ihre Tochter verwirrt an. Sie verstand nicht, wieso der Kaffee eine Nebensächlichkeit sein sollte. Welchen Sinn hatte ihr Leben, wenn der Kaffee nebensächlich war? Seit siebenundzwanzig Jahren bestand ihr Leben aus der Zubereitung von Mahlzeiten und Kaffee. Dabei hatte sie immerhin ein Einser-Abitur hingelegt. Und was hatte sie davon? Ihr Kaffee wurde als Nebensächlichkeit verhöhnt. Von ihrer Tochter hatte sie mehr Verständnis erwartet.

»Wieso nebensächlich?«, begehrte sie auf.

Hannele erkannte, dass sie einen Fehler gemacht hatte. Auch sie hatte ihr Abitur mit Auszeichnung bestanden, was in ihrem Fall nicht nur daran lag, dass sie von erstklassigen Tutoren auf die Prüfung vorbereitet worden war. Sie sagte: »So war es nicht gemeint.«

»So war es nicht gemeint«, wiederholte Kaarto, doch seine Stimme war derart von Gleichgültigkeit durchdrungen, dass er ebenso gut hätte sagen können: »Ich habe gestern ein paar Steine gesehen.«

»Ich schreibe an der Magisterarbeit«, sagte Hannele.

»Magisterarbeit?«, stutzte Kaarto.

Visa mischte sich ein: »Hannele versucht dir zu sagen, dass sie bald den Magistertitel in der Tasche hat. Hintenrum will sie außerdem damit prahlen, dass sie bald mit dem Studium fertig ist, obwohl sie drei Jahre jünger ist als ich.«

»So, so, den Magistertitel«, nickte Kaarto, dem sich die Finessen der formalen Bildung nie erschlossen hatten. Was ihn persönlich betraf, begegnete er ihnen mit einer derartigen Verachtung, dass er nie auf den Gedanken gekommen war, sich eine Magisterarbeit schreiben zu lassen, obwohl er das Geld dafür leicht hätte erübrigen können. Stattdessen betonte er bei jeder Gelegenheit, dass er keinen akademischen Abschluss besaß, was seine Geschäftsfreunde vermuten ließ, dass dies ein wunder Punkt bei ihm sei. Aber immerhin war er reich, und das glich vieles aus.

Was seine Kinder anging, dachte Kaarto jedoch ganz anders. In ihrem Fall hielt er einen akademischen Titel für selbstverständlich. Aber er interessierte sich nur für das Resultat, nicht für irgendwelche Vorstufen wie zum Beispiel das Studium.

»So, so, sehr schön«, lobte er.

Kirsti füllte die Kaffeetassen aus Meissner Porzellan auf und seufzte: »Die Magisterprüfung hätte ich auch ablegen können. Aber ich hatte ja nie die Zeit.«

»Das kannst du doch nachholen«, sagte Hannele eifrig, obwohl sie wusste, dass die Erinnerung ihrer Mutter nicht ganz korrekt war. »Jetzt hast du ja Zeit genug. Visa und ich fallen dir nicht mehr zur Last und Vater macht nun wirklich nicht viel Arbeit.«

Kirstis Mundwinkel zuckten. »Ich bin siebenundvierzig. Zwischen all den jungen Mädchen würde ich mich nur lächerlich machen.«

»Wieso denn?«, protestierte Hannele. »Das tun heute viele. Da ist überhaupt nichts dabei.«

Ha, ha, dachte Kaarto. Laut sagte er: »Warum nicht? Ich esse sowieso meistens auswärts.«

Kirsti seufzte: »Ein Abschluss nützt mir jetzt wirklich nichts mehr.«

»Muss denn alles nützlich sein?«, gab Visa zu bedenken. »Mach es wie ich! Studier einfach zum Vergnügen.«

»Zum Vergnügen?«, echote Kirsti.

Kaarto dachte: Wann ist sie so geworden? Wann hat sich alles verändert? Und warum? Das alles ist so sinnlos, damit muss Schluss sein.

Er war sich noch nicht sicher, wie er sich verhalten sollte. Er hatte seine endgültige Entscheidung erst vor drei Tagen getroffen und daher noch keine Zeit gehabt, die Einzelheiten zu klären.

Falls er die nötigen Voraussetzungen besaß, würde er seinen Plan zügig verwirklichen. Er war ein Mann der Tat.

Sollte er allerdings seine gesamte Persönlichkeit umkrempeln müssen, würde er die Sache fallen lassen und sich etwas anderes ausdenken.

Kaarto betrachtete seine Familie, seine knochige, zu früh verdorrte Frau, die er offenbar einmal geliebt hatte, so unbegreiflich es mittlerweile auch schien, seinen Sohn, in dem er seinen Nachfolger gesehen hatte, der aber allem Anschein nach weder die Entscheidungsfähigkeit noch die Rücksichtslosigkeit seines Vaters besaß, und seine Tochter, die die Schönheit ihrer Mutter geerbt hatte und ihn irritierte, weil sie ihn an die Vergangenheit erinnerte.

Er stand auf und sagte: »Danke für das Essen. Ich habe noch zu tun, deshalb kann ich diesmal nicht länger mit euch plaudern.«

Diesmal, wie immer, dachte Visa. Doch verbittert war er längst nicht mehr. Er begegnete seinem Vater neuerdings mit toleranter Höflichkeit.

Hannele sah Kaarto nachdenklich hinterher. Es war ihr schon öfter aufgefallen, dass er einen merkwürdigen Gang hatte. Irgendwie bärenhaft, als wollte er halsstarrig durch eine verschlossene Tür laufen.

Für einen Moment dachte Kirsti an Venedig und an die verlorene Liebe. Ab und zu gönnte sie sich einen Augenblick in der Vergangenheit, die ihr glücklicher erschien als die Gegenwart, ganz zu schweigen von der Zukunft, von der sie sich außer Kaffeekochen und Briefeschreiben nicht viel erwartete.

Dann sprang sie auf. »Ich räume ab.«

»Warum so eilig?«, fragte Visa.

»Genau, warum musst du dich immer so beeilen«, stimmte Hannele zu.

»Aber der Tisch muss doch abgedeckt werden.«

»Sicher, aber nicht unbedingt in dieser Sekunde. Warum

nimmst du dir eigentlich keine Haushaltshilfe, die sich um so was kümmert?«, fragte Hannele.

»Weißt du, wie teuer Hausmädchen heutzutage sind?«, wandte Kirsti ein.

Visa stand auf. Von seiner Zigarette rieselte Asche auf den Tisch, als er die Arme ausbreitete und rief: »Herrgott, Mutter, was redest du denn da? Du könntest dir fünf Hausmädchen leisten!«

Kirsti wischte die Asche mit der Serviette weg. Dann sagte sie: »Wozu wäre ich denn dann noch da?«

Hannele und Visa sahen sich an. Und wussten nichts zu sagen.

# DREI

Sakari Kaarto saß in seinem hellen, steril eingerichteten Arbeitszimmer und überlegte, welche Voraussetzungen er besaß, um verrückt genug zu werden.

Sein Arbeitszimmer befand sich im ersten Stock des Büroflügels der Druckerei. Es hatte drei große Fenster mit direkter Aussicht aufs Nirgendwo: Kaarto hatte kein Panorama, aber er hatte Licht.

Die Druckerei war in einen Neubau auf einem Stück Ackerland außerhalb der Stadt verlegt worden; auf denselben Acker wollten auch andere Betriebe ziehen, aber bisher hatte in der näheren Umgebung noch niemand zu bauen begonnen, sodass es reichlich freie Fläche gab. Im Frühjahr und Herbst war der Boden schlammig und trostlos, im Winter deckte ihn eine barmherzige Schneedecke zu und im Sommer war er von Unkraut überwachsen. Das Arbeitszimmer wirkte steril, denn Kaarto selbst hatte nur eine vage Vorstellung davon, wie man Zimmer einrichtet. Er hatte dem Innenarchitekten seine Wünsche in drei Worten erklärt: der letzte Schrei. Und der Innenarchitekt hatte ihm dasselbe Direktorenzimmer geliefert, das er schon öfter entworfen hatte. Als Profi wusste er genau, wie ein Direktorenzimmer auszusehen hatte: ein Teppichboden in gedämpftem Grün, ein großer, teuer aussehender Schreibtisch – beides hätte Kaarto vielleicht auch selbst aussuchen können, zumindest hätte er gewusst, dass er einen Schreibtisch und einen Teppich brauchte. Dann hatte der Innenarchitekt seinen Farbsinn trainiert, indem er die Wände in zwei verschiedenen Brauntönen streichen ließ, und Nein gesagt, als der Maler mit seinem Bottich anrückte, um die Decke weiß zu tünchen; es war dem Malermeister nicht erspart geblieben, das Weiß mit Grün zu brechen. Anschließend hatte der Innenarchitekt das Angebot an Sofas, Schränken, Regalen, Stühlen und Tischen gesichtet und sich danach mit Feuereifer den Beleuchtungskörpern zugewandt. Schließlich und endlich hatte er die exakte Kopie eines Direktorenzimmers geschaffen, das sich in einer anderen, zweihundert Kilometer entfernten Stadt befand. Zu seiner Ehre sei gesagt, dass der andere Direktor nicht im Druckereigewerbe tätig war.

Dann hatte der Innenarchitekt sein Honorar kassiert und sich verabschiedet.

Und Kaarto war zufrieden. Er war vollauf zufrieden mit der sterilen, gediegenen Umgebung, die nicht im Geringsten dem häufig ungeheizten Zimmer glich, in dem er als kleiner Junge gelegen, an die Decke gestarrt und das verzweifelte Winseln seiner Mutter gehört hatte, wenn sein Vater energisch in sie eindrang. Er hatte damals nicht recht begriffen, was sich abspielte; dass Mutter kreischte, wenn Vater ihr Ohrfeigen versetzte, hatte er viel besser verstehen können.

Kaarto stellte den Filmprojektor seiner Vergangenheit ab und lächelte. Tatsächlich: Allem Anschein nach hatte er gute Chancen. Als kleiner Junge war er verschlossen und weinerlich gewesen; wie hätte es auch anders sein können.

Es war Montagvormittag. Kaarto war erleichtert, weil er das Wochenende überstanden hatte. Die Wochenenden waren anstrengender für ihn als die Werktage. Die Wochenenden musste er zu Hause verbringen, denn in seiner Branche gab es keine Verhandlungen, die dringend genug gewesen wären, um einen freien Tag dafür zu opfern. An allen anderen Tagen konnte er sich in seine Arbeit und in den

Ausbau seiner Firma vergraben. Das war das Wichtigste für ihn, denn seine Firma und er waren eins.

Kaarto hatte noch Zeit, über seine miserablen Schulnoten zu lächeln, bevor Varpela eintrat.

Pekka Varpela war Verwaltungsdirektor der Druckerei Kaarto AG; er war Betriebswirt und wusste nur zu gut, dass Kaarto keinerlei formale Ausbildung besaß. Doch da kein besserer Job in Aussicht war, verkniff er sich jede diesbezügliche Bemerkung. Varpela war überaus ehrgeizig, hatte kurze blonde Haare und schaffte es, mit seinen eigenen Auffassungen über die Entwicklung des Unternehmens hinter dem Berg zu halten, wenn sie im Widerspruch zu Kaartos Vorstellungen standen.

Dabei hatte Varpelas Schöntuerei nicht ganz den gewünschten Effekt: Kaarto hielt ihn für einen aufrichtigen, aber etwas simplen Mann, der gewissenhaft seine Arbeit tat, aber nicht die Fähigkeit zu kreativem Denken besaß, die ihn selbst auszeichnete.

»Morgen, Varpela. Es ist Montag. Möchtest du einen Whisky?«, begrüßte Kaarto ihn fröhlich.

»Also…«, begann Varpela.

»Ich genehmige mir jedenfalls einen«, lächelte Kaarto verschmitzt. Er schleppte seinen massigen Körper zu dem blank polierten Schrank, den der Innenarchitekt ausgewählt hatte, und holte eine ungeöffnete Flasche Dimple heraus, drehte den Verschluss auf, goss ein Glas voll und sah seinen Untergebenen erwartungsvoll an.

Varpela stellte verstört fest, dass er an einem Scheideweg stand: Zum ersten Mal in seinem Leben wusste er nicht, ob er dem Beispiel seines Chefs folgen sollte. Er hatte das Gefühl, auf die Probe gestellt zu werden.

Kaarto leerte sein Glas in einem Zug und ächzte genüsslich.

»Also… ich weiß nicht recht«, stammelte Varpela und gab sich einen Ruck. »Danke, nein. Ich trinke nicht während der Arbeitszeit.«

»Mir scheint, du hast etwas gegen Chefs, die während der Arbeitszeit trinken«, sagte Kaarto.

Ich wusste es, ich wusste es, dachte Varpela, ich hätte Ja sagen sollen. Sein Ehrgeiz war nicht mit Selbstsicherheit gepaart und deshalb würde er in seinem Leben nie erfolgreich sein, zumindest nicht im Geschäftsleben. Er sagte: »Es steht mir nicht zu, dich zu kritisieren. Die Firma gehört dir, und du kannst tun, was dir gefällt. Ich meine nur…«

»Ich weiß«, unterbrach ihn Kaarto und ließ sich auf seinen Bürostuhl fallen. »Du trinkst eben nicht im Dienst.«

»Nein, ich trinke nicht im Dienst«, sagte Varpela in der Gewissheit, doch nicht falsch gehandelt zu haben.

Kaarto pochte majestätisch mit der Flasche auf den Tisch und fragte: »Weißt du, wie hoch der Umsatz der Druckerei im letzten Jahr war?«

»Rund siebenundfünfzig Millionen«, erwiderte Varpela rasch.

»Rund, rund! Warum drückst du dich nie präzise aus? Siebenundfünfzig Millionen sechshundertsechsundachtzigtausend.«

Auf den Pfennig genau weißt du es auch nicht, dachte Varpela, doch er nickte. »Stimmt.«

»Und wie viele Angestellte habe ich?«

»Dreihundertdreiundsiebzig«, gab Varpela zufrieden Auskunft.

»Exakt«, nickte Kaarto. »Würdest du sagen, dass ich ein reicher Mann bin?«

»Doch, das würde ich sagen«, antwortete Varpela.

Sein schlanker Körper war angemessen gekleidet – angemessen, aber nicht besonders elegant. Er war ein dreiundvierzigjähriger Betriebswirt mit ordentlichem grauem Anzug und farbloser Krawatte, seit acht Jahren in der jetzigen Anstellung tätig, wie es seiner gesellschaftlich konstruktiven Einstellung entsprach. An eine berufliche Veränderung verschwendete er keinen Gedanken; insgeheim träumte er nämlich davon, eines Tages Kaartos Partner zu werden. Er wusste, dass es sich lohnen würde, denn in den Geschäftsbüchern kannte er sich selbstverständlich aus.

Kaarto goss sich einen weiteren Whisky ein und lächelte so breit, dass seine vorstehenden Eckzähne sichtbar wurden. Er sagte: »Deswegen habe ich mir überlegt, mal ein bisschen zu saufen. Fünfundzwanzig Jahre lang habe ich dieses Unternehmen aufgebaut. Ich gebe Hunderten von Menschen Arbeit und Brot und drucke zur Freude der Menschheit jährlich Millionen Reklameblätter. Und dabei bin ich nicht mal Betriebswirt.«

Diese Tirade hatte Varpela schon öfter gehört, aber ansonsten war die Situation völlig neu für ihn. Er betrachtete den grünen Teppichboden, als ob es sich um Gras handelte, dem er beim Wachsen zusehen wollte. Er sagte nichts. Es gibt Situationen, in denen Männer wie er nichts zu sagen wissen.

Kaarto fuhr fort: »Mit anderen Worten, ich habe wohl das Recht, mir ein paar Drinks zu gönnen.«

»Wenn man es so betrachtet, warum nicht. Aber was ist mit der Firma?«

»Du meinst, Betrunkene sind auf die Dauer nicht fähig, ein Unternehmen zu führen?«

»So ungefähr.«

»Du hast ja keine Ahnung, wie viele Unternehmensführer ständig betrunken sind. Man muss nur aufpassen, dass man weniger trinkt als die Kunden.«

»Ja, aber ...«

Kaarto wusste, was Varpela sagen wollte, und schnitt ihm das Wort ab: »Ich stehe zu meinen Entscheidungen. Wundere dich also nicht, wenn ich gelegentlich eine Fahne habe.«

Varpela nahm an, dass Kaarto alles gesagt hatte, was er sagen wollte, und er mithin das Chefzimmer verlassen durfte.

An der Tür stellte er fest, dass er den richtigen Schluss gezogen hatte. Er drehte sich zu seinem Chef um, doch der sah ihn nicht an, sondern starrte an die Wand und lächelte blöd.

Varpela schloss die Tür und fuhr sich durch die kurzen Haare. Er war erschüttert von der Szene, die er soeben erlebt hatte. Seine von Grund auf unsichere Seele wand sich, als er sich ausmalte, wie die Druckerei Kaarto AG in Konkurs ging und er selbst arbeitslos wurde.

Doch als er durch den Korridor schritt, sahen die Bürokräfte nichts weiter als den selbstsicheren und aggressiven Verwaltungsleiter, der jeden Tippfehler mit einer sarkastischen Bemerkung quittierte. Die tägliche Verstellung führte bei Varpela zu Spannungszuständen, die er mitunter kaum beherrschen konnte, in Anwesenheit seiner Untergebenen jedoch immer zu verbergen wusste.

An der Tür stand *Technischer Leiter Viljo Partala.* Varpela machte sich nicht die Mühe, den Summer zu drücken, sondern klopfte kurz an und ging sofort hinein.

Partalas Büro war wesentlich kleiner als der Raum, den Varpela gerade erschüttert verlassen hatte, verriet aber die Handschrift desselben Innenarchitekten. Es war gewissermaßen eine Skizze oder Vorübung für die eigentliche Arbeit.

»Tag, Ville«, sagte Varpela.

»Grüß dich«, erwiderte der Mann, der am Schreibtisch des technischen Leiters saß und sozusagen die Unübertrefflichkeit des Technikstudiums verkörperte. Sein pfeilgerader Scheitel, sein versteinertes Gesicht und die Anstecknadel des

Ingenieursvereins am Revers harmonierten perfekt mit den Taschenrechnern, millimetergenau ausgerichteten Papierstapeln, Folien, Klarsichthüllen und Ordnern auf seinem Schreibtisch.

»Was passiert hier eigentlich?«, fragte Varpela.

»Hier werden Bücher, Zeitschriften, Werbeprospekte, Formulare und so weiter gedruckt. Und sogar Visitenkarten, aber die sind nur Kleinkram.« Keine Frage, seinen Technikerhumor hatte Partala noch nicht verloren.

»Lass die Faxen. Ich meine es ernst.«

Das tat Varpela immer.

»Das tust du immer«, sagte Partala.

Varpela holte tief Luft: »Ich war gerade beim Chef. Ich wollte etwas mit ihm besprechen, aber ich habe vergessen, worum es ging, und es ist mir bis jetzt noch nicht wieder eingefallen.«

»Oho, das hört sich schlimm an.« Partala tippte auf seinem Taschenrechner herum, als würde er dafür bezahlt.

»Der Alte hat mir einen Drink angeboten.«

Partala blickte vom Rechner auf. »So. Was denn?«

»Irgendeinen Whisky.«

»Und, hast du Ja gesagt?«

»Natürlich nicht.«

»Spinner. Das war bestimmt eine teure Marke.«

»Vielleicht. Er hat jedenfalls mit dem größten Genuss ein Glas nach dem anderen gekippt.«

Nun wurde Partala endlich wach. »Erzähl keinen Quatsch! Der Alte trinkt nie bei der Arbeit. Mann, der rackert sich seit bald dreißig Jahren für die Firma ab. Er raucht und macht Überstunden, beides in solchen Mengen, dass er wahrscheinlich schon den dritten Infarkt hatte, ohne es zu wissen. Aber trinken? Nie, selbst bei Geschäftsessen nicht. Das weißt du ganz genau.«

Varpela freute sich, dass er Neuigkeiten hatte. Er trumpfte auf: »Aber jetzt hat er getrunken. Und obendrein hat er gesagt, er würde so weitermachen.«

»Scheiße! Was soll das bloß heißen?«, wunderte sich Partala. »Will er etwa die Firma verkaufen?«

Auf diesen Gedanken war Varpela noch nicht gekommen. Er meinte: »Das kann ich mir nicht vorstellen. Vielleicht braucht er einfach mal ein bisschen Entspannung.«

Plötzlich wurde Partalas starre Miene träumerisch. Verschwörerisch sagte er: »Mmh, vielleicht ist das die Chance für uns beide.«

»Wieso?«

»Rate mal, wer den Laden am Laufen hält, wenn der Alte die Zügel schleifen lässt?«

»Was haben wir denn davon? Wir sind nur Angestellte. Er ist immer noch der Besitzer und mehr Gehalt wird er uns garantiert nicht zahlen.«

»Okay. Aber ein betrunkener Besitzer ist leichter zu manipulieren als ein nüchterner. Glaub mir, da springt für uns was raus.«

»Eine Teilhaberschaft?«, dachte Varpela laut.

Partala schwieg.

Varpelas nächster Satz war typisch für seine stromlinienförmige Denkweise: »Ich glaube, der Alte ist übergeschnappt.«

Wenn Kaarto das gehört hätte, wäre sein Lächeln noch breiter geworden.

# VIER

Kirsti Kaarto hatte ein eigenes Zimmer. Insgeheim nannte sie es Zimmer der Erinnerungen. Sakari Kaarto hielt sich nur selten dort auf.

Menschen, die in ihren Erinnerungen leben, sind senil, gelähmt, schwächlich oder unterwürfig.

Kirsti Kaarto war schwächlich und unterwürfig. Schwächlich war sie immer gewesen; diese Eigenschaft ging auf ihre übermäßig behütete Kindheit zurück. Die Unterwürfigkeit war später dazugekommen. In ihrer Kindheit war Kirsti überhaupt nicht unterwürfig gewesen. Paradoxerweise hatte gerade der Eigensinn, den sie als Kind und Jugendliche besessen hatte, dazu geführt, dass sie sich noch vor ihrem dreißigsten Geburtstag in eine unterwürfige Frau mittleren Alters verwandelt hatte.

Dass ein Mann wie Sakari Kaarto es geschafft hatte, ihre schwächliche Rebellion zu ersticken, war vielen ein Rätsel.

Freunde, die zu psychologischem Geschwafel neigten, hatten die Situation ungefähr so analysiert: Kirsti Svanström entstammte einer guten Familie, keiner reichen, aber einer guten. Ihre Muttersprache war Schwedisch, was in Finnland immer noch als eine Art Adelszeichen gilt. Da Kirsti eine sogenannte behütete Kindheit erlebt hatte, in der sie keine selbstständigen Entscheidungen zu treffen brauchte, mehr noch, keine treffen durfte, war vorherzusehen, dass sie früher oder später aufbegehren würde. Und als der Moment kam, war sie gar nicht mehr schwächlich. Sie traf ihre Entscheidung voller Trotz und jugendlicher Ungeduld. Würde die historische Entwicklung konsequenten Regeln folgen, dann wäre Kirsti Svanström Sakari Kaarto nie begegnet. Selbst diejenigen, die immer predigen, dass der Zufall die Welt regiert, hätten das für unwahrscheinlich gehalten. Doch ungeachtet aller Regeln trafen sich ihre Wege und zugleich traf Kirsti Kaarto auf eine Welt, von deren Existenz sie nichts gewusst hatte. Sakari Kaarto war unternehmungslustig, energisch und arm, und Kirsti verliebte sich in ihn. Sie verliebte sich nicht nur, um zu rebellieren – ihre Eltern konnten die Verbindung natürlich nicht gutheißen –, aber wegen ihrer Schwächlichkeit war ihre Liebe zum Scheitern verurteilt. Sie war von klein auf daran gewöhnt, dass jemand anders Entscheidungen für sie traf, und zu dieser Gewohnheit kehrte sie bald zurück. In puncto Kampfbereitschaft war Sakari Kaarto ein ganz anderes Kaliber als Kirsti, die zu spät merkte, was geschehen war. Aber, fügten die psychologisch versierten Freunde und Verwandten hinzu, es gab noch einen zweiten Grund: Kirsti hatte sich ihre kindliche Dickköpfigkeit bewahrt und wollte ihren Eltern gegenüber nicht zugeben, dass ihre Wahl vielleicht doch unklug gewesen war.

Das Zimmer der Erinnerungen eines unterwürfigen Menschen ist melancholisch, aber nicht düster. Kirsti Kaartos Zimmer der Erinnerungen war pedantisch aufgeräumt, wirkte aber auch romantisch. Sie schlief nicht in diesem Raum; sie und ihr Mann hatten immer noch ein gemeinsames Schlafzimmer: Nicht einmal in diesem Punkt gab sie ihren Eltern und sonstigen Verwandten eine Chance. Stattdessen schrieb sie an dem dunklen, zierlichen Biedermeiertisch Briefe. Sie sah zum Fenster hinaus auf den Fichtenwald und erinnerte sich und schrieb feinsinnige Briefe über ihre Erinnerungen.

Die Einrichtung des Zimmers war altmodischer als seine Bewohnerin.

Trotz ihres scheinbar zerstreuten Wesens war sich Kirsti Kaarto ihrer Umgebung und der modernen Entwicklung durchaus bewusst. Aber ihre Großmutter hatte ihr die unstandesgemäße Ehe verziehen und sie in ihrem Testament bedacht. Zur Erbmasse gehörten sorgfältig gepflegte Möbelstücke, die Kirsti zunächst nur aus Pflichtgefühl angenommen, dann jedoch lieb gewonnen hatte.

Kirsti Kaarto hörte auf zu schreiben.

Sie stand auf und machte ein paar Schritte. Ihr schlanker Körper war noch voller Leben, auch wenn ihr Mann das nicht mehr wahrnahm.

Kirsti betrachtete den Biedermeierschrank. Hinter verzierten Glasscheiben standen Fotos und Ziergegenstände in pedantischer Ordnung. Die Serie der Fotos begann links auf dem oberen Brett. Die Eltern ihrer Mutter und ihres Vaters, ihre eigenen Eltern und ihr Bruder Klaus, der jung verstorben war; bei jungen Leuten war damals Tuberkulose die häufigste Todesursache und auch Klaus hatte sich an diese Regel gehalten. Weiter unten fanden sich entfernte Verwandte, die sich dem Fotografen mit ernstem, fast strengem Gesicht gestellt hatten, als hätten sie Kirsti schon im Voraus dafür tadeln wollen, dass sie gegen das Urteil ihrer Familie verstieß. Des Weiteren standen unten die Fotos des Ehemanns und der Kinder; die Kinder trugen ihre Studentenmütze. Zwischen Hanneles und Visas Bild klaffte eine Lücke. Von Kirsti selbst gab es kein Foto.

Einmal hatte Visa gefragt: »Warum ist kein Bild von dir dabei?«

Und Kirsti hatte geantwortet: »Ach ja, vielleicht sollte ich eins dazustellen.«

Auf der rechten Schrankseite standen diverse Gegenstände. Keine Familienschätze, sondern Souvenirs. Ganz banaler Nippes, den man den Touristen in Südeuropa als Originalhandarbeit andrehte; dergleichen fand man vor allem in den Wohnungen finnischsprachiger Kleinbürger und sogar – noch schlimmer! – mancher Arbeiter. Doch für Kirsti Kaarto hatten diese Dinge eine besondere Bedeutung. Das erste war ein rotes Glaspferd, das ein Glasbläser in der Murano-Fabrik in Venedig vor ihren Augen hergestellt hatte. Die anderen waren ebenso konventionell, sozusagen Varianten des Pferdes.

Kirsti Kaarto öffnete den Schrank und nahm eine Flasche süßen Sherry heraus. Sie füllte ein kleines Kristallglas bis an den Rand und trank es in einem Zug leer. Dann goss sie es noch einmal voll und stellte die Flasche zurück.

Sie streckte sich, nahm das Glaspferd und hielt es gegen das Licht.

Es klopfte.

»Herein«, sagte Kirsti.

Hannele kam herein. Sie trug Studentenkluft: Jeans und Pullover. Ihre dunklen Haare ruhten zum Teil auf ihren Brüsten, der Rest fiel weit in den Rücken. Sie schaute sich im Zimmer um, als hätte sie es noch nie gesehen.

»Warst du gerade beim Schreiben?«, fragte sie.

»Ich war schon fertig«, sagte Kirsti.

»Gut, dann störe ich dich also nicht.«

»Nein, gar nicht.«

»Kann ich auch ein Glas haben?«

»Na ja, erwachsen genug bist du wohl«, meinte Kirsti und wandte sich zum Schrank.

Als Hannele ihren Sherry bekommen hatte, sagte sie: »Es gibt nämlich einen Grund zum Feiern.«

»So?«

Hannele machte ein paar Tanzschritte und setzte sich

dann auf einen Stuhl, der aussah, als würde er unter ihren achtundvierzig Kilo ächzen. Doch die hundertdreißigjährige Sitzgelegenheit hielt sich wacker, obwohl Hannele sie nicht besonders behutsam behandelte.

Der Stuhl war einer von sechs, die den runden, polierten Mahagonitisch umgaben. An der Wand stand ein fast drei Meter breites Sofa mit flacher Lehne, dessen Polster mit Rips bezogen waren. Seine Löwentatzen stützten sich gelassen auf das helle Parkett. Wie der Tisch waren auch das Sofa und die Stühle aus Mahagoni und mit verschlungenem Schnitzwerk dekoriert. Zu dem Ensemble gehörte außerdem eine Kommode mit vier Schubladen.

Die Möbel waren zierlich, aber dunkel, deshalb hatte Kirsti Kaarto das Zimmer hell tapezieren lassen. Unter dem Mahagonitisch lag ein großer Orientteppich.

»Ich habe einen Freund«, sagte Hannele.

Die Junisonne versuchte in das Zimmer der Erinnerungen einzudringen. Kirsti zog die schweren Plüschvorhänge zu.

»Schon wieder?«, fragte sie.

»Sei nicht so zynisch. Außerdem ist es diesmal anders.«

Kirsti hielt ihre Tochter für kindisch, doch sie dachte an ihre eigene Lebensgeschichte und nahm sich vor, nichts Unbedachtes zu sagen. Sie wollte nicht so sein wie ihre Eltern.

»Aber du hast mir schon so viele vorgestellt«, seufzte sie müde.

»Willst du nicht wissen, wer es ist? Willst du ihn nicht kennenlernen?«

»Doch, natürlich, natürlich«, sagte Kirsti zerstreut.

Hannele schwenkte ihr Glas. »Vielleicht heirate ich ihn.«

Kirsti sah ihre Tochter durchdringend an, sagte aber lediglich: »Schön, vielleicht heiratest du ihn. So etwas sollte man sich allerdings gut überlegen.«

»Sicher. Ich habe mir jeden Freund gut überlegt.«

»Na, dann erzähl mal, wer es ist«, lächelte Kirsti und legte ihrer Tochter eine Hand auf die Schulter.

»Hanski«, sagte Hannele. »Das heißt, eigentlich heißt er Hannu Pulli.«

»Ein Kommilitone? Na schön, trinken wir darauf, dass ihr glücklich werdet.«

Beide hoben das Glas. Hannele sagte: »Er ist kein Student. Er arbeitet in Vaters Druckerei.«

Kirsti drehte sich abrupt um. Sie ging zum Schreibtisch, faltete den Brief, den sie vor Hanneles Eintritt geschrieben hatte, und steckte ihn in einen Umschlag. Sie klebte den Umschlag zu und starrte die Vorhänge an.

»Aha«, sagte sie.

»Was ist denn?«, fragte Hannele. Für ihre dreiundzwanzig Jahre war sie noch recht unschuldig. Sie sah die Verbindung nicht. »Was soll das heißen?«

»Nichts«, sagte Kirsti. »Ich bin glücklich für dich, wenn du das Gefühl hast, den Richtigen gefunden zu haben.« So dachte sie noch: Eine Frau muss den Richtigen finden, um glücklich zu werden.

»Das hörte sich aber nicht so an.«

»Was macht er?«, fragte Kirsti.

»Er ist Drucker.«

Kirsti seufzte. Wie enttäuschend, dass das Leben mit banalen Wiederholungen aufwartete! Sie sah in Hannele viele ihrer eigenen Charakterzüge und, so sentimental es klang, sie hätte sich gewünscht, dass ihre Tochter einen Künstler zum Mann bekam oder wenigstens jemanden, der Sinn für die Vielfalt des Lebens hatte. Dass Hannele sich in einer rein materialistischen Welt wohlfühlen würde, konnte sie sich nicht vorstellen.

Dennoch hielt sie hartnäckig an ihrem Prinzip fest: Sie

würde auf keinen Fall versuchen, Hannele zu beeinflussen. Heimlich hoffen, das ja, aber nichts unternehmen.

»Das ist ein guter Beruf«, sagte sie.

»Hanski ist wirklich nett, glaub mir«, beteuerte Hannele.

»Ich glaube dir ja.«

Hannele trank ihr Glas aus.

Sie trat an den Schrank der Erinnerungen, wischte über das unverglaste Fach, in dem einige Vasen standen, und stellte fest, dass ihre Mutter so gründlich war wie immer: kein Staubflöckchen. Sie dachte bei sich, dass ihre Mutter vollkommen war und zugleich vollkommen feige: Sie wagte kein Lob zu fordern, es sei denn auf Umwegen, indem sie alles, was sie tat, herabwürdigte. Dabei war der Haushalt tipptopp in Ordnung.

Visa hatte einmal gesagt, dem Elternhaus fehle es an Wohnlichkeit, und Hannele war neuerdings geneigt, ihm zuzustimmen.

Sie griff nach dem Glaspferd, das Kirsti noch nicht an seinen Platz zurückgestellt hatte, und sagte: »Du magst dieses Pferd, nicht wahr? Was ist denn so Besonderes daran?«

Kirsti nahm ihr das Pferd sanft aus der Hand. »Habe ich dir das nicht erzählt?«

»Nicht dass ich wüsste.«

»Dein Vater hat es mir in Venedig gekauft, vor vielen Jahren. Bevor du auf der Welt warst.«

»Ich verstehe«, sagte Hannele, und Kirsti las in ihren Augen, dass sie nicht mehr so kindlich war, wie sie noch vor ein paar Minuten gewirkt hatte.

Kirsti nahm den Brief vom Tisch, als ob sie befürchtete, er könnte vergilben, bevor sie ihn abgeschickt hatte.

Hannele fragte: »Was hat Vater eigentlich?«

»Nichts. Er ist so wie immer.«

»Er sollte nicht so viel trinken.«

»Nein, er sollte nicht so viel trinken«, sagte Kirsti. »Oje, jetzt muss ich aber an den Herd!«

»Nimm's nicht so ernst. Es ist doch nur Essen«, wandte Hannele ein. Doch ihre Mutter eilte geschäftig davon. Ich liebe dich, dachte Hannele.

# FÜNF

Sakari Kaarto trank fünf Wochen lang, aber auch in diesen Wochen traf er mehrere Entscheidungen und erledigte viele wichtige Dinge.

Als Erstes kramte er seine alten Schulzeugnisse hervor und stellte zufrieden fest, dass seine Erinnerung ihn nicht getrogen hatte: Sein schulischer Erfolg war eher kläglich gewesen.

Da er die Absicht hatte, sich einen ganz neuen Lebensstil zuzulegen, sich zu verhalten wie nie zuvor, beschloss er, sich auch von seiner Geliebten zu trennen.

Sakari Kaarto war ein vernünftiger Mensch, kein Verschwender: Als er zu der Auffassung gekommen war, er brauche eine verschwiegene kleine Bleibe im Stadtzentrum, hatte er eine Einzimmerwohnung gekauft, sie aber nicht luxuriös eingerichtet. Er hatte Sinikka beauftragt – das entsprach seinem Charakter –, ein Bett, einen Tisch, zwei Stühle, Vorhänge, Kleiderbügel, Lampen, eine Kaffeemaschine sowie einige Gläser und Tassen zu kaufen. Eigentlich hätte er nur das Bett gebraucht, aber da er nicht auffallen wollte, hatte er auch Gardinen auf die Liste gesetzt, und da er Sinikka nicht sofort in die Flucht treiben wollte, hatte er sie die restlichen Möbel kaufen lassen. Sinikka hatte die Sachen ausgesucht, er hatte bezahlt.

Kaarto zündete sich eine Zigarette an und goss sich Whisky nach. Er versteckte die Flasche immer nur halb, sodass es aussah, als ob er seine Trinkerei zu verheimlichen suchte, aber auch das nicht ordentlich tat. Wie ein echter Säufer eben. Kaarto genoss seine Inkonsequenz: Erst verkündete er einem seiner Untergebenen, er werde sich jetzt aufs Saufen verlegen, und dann versuchte er es zu verbergen.

Er wählte die Nummer der Empfangsdame. »Bestell mir ein Taxi«, bellte er in den Hörer.

»Sofort«, antwortete die Empfangsdame. Sie hatte einmal den Fehler begangen, zu fragen, wer am Apparat sei; ein zweites Mal war ihr das nicht passiert.

Dann wählte Kaarto eine weitere Nummer. Er sagte: »Sinikka Koivu, bitte.«

»Ich verbinde«, beschied ihn eine muntere Frauenstimme.

Während er wartete, steckte Kaarto sich die nächste Zigarette an.

»Koivu.«

»Sakari hier.«

»Grüß dich«, sagte Sinikka. »Wie geht's?« Sie klang so erfreut, wie es der Benimmkodex verlangte.

»Ich möchte dich sehen.«

»Gern. Wir haben uns ja auch lange nicht getroffen, sicher zwei Wochen.«

»Ist das schon so lange her?«, fragte Kaarto, obwohl er es genau wusste. »In einer Stunde. Passt dir das?«

»Bestens.«

»Bis dann also«, sagte Kaarto und legte auf.

Es tat ihm ein wenig leid, dass er Sinikka aufgeben musste. Es handelte sich nämlich keineswegs um eine flüchtige Affäre. Kaarto traf sich schon seit sieben Jahren mehr oder weniger regelmäßig mit Sinikka und hatte sie immer noch gern. Doch die Beziehung musste einem höheren Ziel geopfert werden.

Kaarto schloss die Whiskyflasche in den Schrank, sorgte dafür, dass sein Schreibtisch weniger ordentlich aussah als gewöhnlich, klemmte sich die Aktentasche unter den Arm und verließ sein steriles Chefzimmer.

Er sagte der Empfangsdame, er werde erst am nächsten Tag zurückkommen. Sie betrachtete ihn nachdenklich und nickte.

Kaarto stieg ins Taxi, nannte die Adresse und wandte den Kopf zum Rückfenster, um den mitten auf dem Acker stehenden Betrieb anzuschauen, auf den er schlimmstenfalls viele Jahre lang verzichten musste. Er würde sein Bestes tun, um diese Zeitspanne zu minimalisieren. Wenn das misslang, würde er den ganzen Schrott verkaufen, sein gesamtes Lebenswerk abtreten und sich später neu orientieren. Heutzutage sehen alle Industriebetriebe gleich aus, dachte er. Blaue, grüne oder rötliche fensterlose Klötze, die schon verbraucht aussehen, wenn gerade erst das Richtfest gefeiert wird. Doch Kaarto verlor sich nicht in sentimentalen Überlegungen; mit Sentimentalität hätte er es nie vom einfachen Drucker zum Besitzer eines Großunternehmens gebracht. Er war in jeder Hinsicht auf der Höhe seiner Zeit, in der Unternehmensführung wie im Privatleben. Durch seinen Wohnstil wollte er die Verachtung seiner Schwiegereltern wettmachen und zugleich erkaufte er sich damit den Respekt seiner Kunden, denn einem echten Geschäftsmann ist die Herkunft eines anderen Geschäftsmannes egal, wenn dessen Lebensstil ihn davon überzeugt, dass der andere wohlhabend, wenn nicht gar reich ist. Deshalb ließ Kaarto sein Haus immer wieder neu einrichten, häufiger, als es nötig gewesen wäre: Er wollte auf Nummer sicher gehen.

Der Acker blieb zurück, sie kamen in die Stadt. Kaarto sah auf den Taxameter und war zufrieden: Es war kein altmodisches, ratterndes Gerät, die elektronischen roten Ziffern bewegten sich lautlos und zeigten dezent einen immer höheren Betrag an.

Kaarto zahlte und stieg grußlos aus.

Das Haus war ziemlich alt. Es befand sich in der Otavalankatu, mitten im Zentrum.

Kaarto ging über die Treppe in den zweiten Stock. Einen Aufzug gab es nicht, obwohl das Haus dreistöckig war, denn die Besitzer der Wohnungen im Erdgeschoss und im ersten Stock wollten sich aus naheliegenden Gründen nicht an den Kosten für den Einbau eines Fahrstuhls beteiligen.

Kaarto hatte seine Wohnung nicht renovieren lassen, denn er benutzte sie nur gelegentlich und zu einem Zweck, bei dem neue Tapeten nur minimal genusssteigernd gewirkt hätten.

Er ging auf die Toilette, wusch sich das Gesicht und starrte in den Spiegel. Was er sah, gefiel ihm gar nicht. Trinken bereitete ihm kein Vergnügen, aber da er den Eindruck erwecken wollte, er sei dem Alkohol verfallen, musste er auch dafür sorgen, dass sein Gesicht aufgedunsen war.

Kaarto warf sich aufs Bett und starrte an die weiße Decke, über die sich einen halben Meter von der Wand entfernt ein dekoratives Stuckband schlängelte. Die Möbel waren modern, die Deckenlampe dagegen war ein altmodisches Ding mit Papierschirm, das den Raum im Winter in ein sündhaftgelbliches Licht tauchte. Sinikkas Idee.

Sinikka Koivu schloss auf und kam herein. Sie war dunkelhaarig, hatte blaue Augen und ein schönes, vielleicht ein wenig zu breites Gesicht. Sie war nicht mehr ganz jung. Kaarto hatte sich überlegt, dass zu junge Frauen möglicherweise zu anspruchsvoll waren; er war freigiebig, aber er hatte keinen Bedarf nach Forderungen oder gar Erpressung. Er hatte allmählich Vertrauen zu Sinikka gewonnen, die ihm nie irgendwelche Schwierigkeiten bereitet hatte.

»Hallo«, sagte Sinikka.

Kaarto starrte schweigend an die Decke.

»Hallo«, wiederholte Sinikka.

»Hallo«, sagte Kaarto. »Gib mir den Schlüssel zurück.«

Sinikka blieb mitten im Zimmer stehen. Sie hatte erwartet, dass eines Tages Schluss sein würde. Sie war realistisch und hatte Kaarto nie gedrängt, sich scheiden zu lassen. In Gedanken hatte sie das Ende ihrer Beziehung oft durchgespielt, im Lauf der Jahre allerdings immer seltener. Aber sie hätte nie gedacht, dass es so ablaufen würde: Gib mir den Schlüssel zurück.

Sie fragte: »Warum ausgerechnet jetzt?«

»Bin ich dir Rechenschaft schuldig? Die Wohnung gehört mir, folglich kann ich darüber bestimmen, wer einen Schlüssel hat.« Kaarto genoss die Situation keineswegs; er wollte die Sache möglichst schnell hinter sich bringen, und zwar am liebsten auf eine Art, die untypisch für ihn war.

»Du hast also eine andere gefunden, der du zur Abwechslung den Schlüssel zu deiner Wohnung leihen willst.« Sinikka begann, sich zu ereifern. Auch wenn sie Realistin war, glaubte sie nicht, dass irgendwer das Recht hatte, sie zu behandeln wie den letzten Dreck. Mochte er noch so reich sein.

»Wie gesagt, ich bin dir keine Rechenschaft schuldig.«

Sinikka setzte sich auf den Stuhl, der freundlicherweise bereitstand. Sie öffnete ihre Handtasche und schloss sie wieder. Erneut betrachtete sie den Mann, der auf dem Bett lag und an die Decke starrte.

»Sieh mich an«, forderte sie.

Kaarto sah zu ihr hin. Er versuchte, Verachtung in seinen Blick zu legen. »Warum? Was gibt's an dir groß zu gucken? Ich hab schon zu viel von dir gesehen.«

In Sinikkas Innerem lieferten sich Wut und Resignation einen Kampf, der nach wenigen Sekunden unentschieden endete und eisige Kälte hinterließ. Sinikka erschrak vor diesem Gefühl, das sie nie zuvor empfunden hatte. Dennoch fragte sie: »Und du? Glaubst du etwa, du wärst ein Adonis?«

Kaarto zuckte zusammen. Die griechische Mythologie war nicht seine Stärke, schlimmer noch, er wusste nicht einmal, dass die Bemerkung in diese Richtung ging.

»Denkst du, du könntest mich beleidigen, indem du mich mit einem albernen Filmstar vergleichst?«, giftete er.

Sinikka lachte.

Obwohl Kaarto alle seine Anstrengungen nur auf die Firma gerichtet hatte, war er keineswegs dumm. Dummheit und eingeschränkte Bildung gehen selten Hand in Hand, wie man an dem Abgeordneten sieht, der auf einer Freilichtbühne Strindbergs *Die Leute auf Hemsö* gesehen und danach gesagt hatte: »Ein gutes Stück, hat der Autor noch mehr geschrieben?« Er wurde übrigens wiedergewählt. Kaarto begriff, dass er falsch geraten hatte. Plötzlich hatte er das Gefühl, Sinikka wolle sich über ihn lustig machen.

Überraschend geschmeidig für seine Größe sprang er aus dem Bett. Die Härte, die er vorher gespielt hatte, war auf einmal echt.

»Zum Donnerwetter, ich habe Geld! Ich habe alles, was ich will. Und sollte ich doch mal ein Wort von dir brauchen, kaufe ich es dir ab. Hier, du Schlampe, einen Hunderter für das Wort von eben. Siehst du, wie leicht es ist, Wörter zu besitzen, die ein d enthalten? Für den Schlüssel kriegst du noch einen Hunderter. Und dann kannst du gehen und dich an den Nächsten verkaufen.«

Sinikka lachte nicht mehr. Aber sie weinte auch nicht; Realisten weinen nie. Sie sah den Mann mit großen Augen an.

»Was hast du bloß?«, fragte sie. »Was in aller Welt ist in dich gefahren?«

»Hier, dein Hunderter, du Wörterbuch!« Kaarto schnitt eine Grimasse. »Nimm ihn.«

Sinikka rührte das Geld nicht an.

Sie saß starr auf ihrem Stuhl und sagte: »Beruhige dich doch. Was ist passiert?«

Kaarto fuchtelte mit den Armen, als ob er mit dieser Bewegung etwas ausdrücken wollte, was sich nicht in Worte kleiden ließ. Er wandte sich ab und stopfte den Geldschein in die Tasche.

Sinikka fragte: »Ist deine Frau uns auf die Schliche gekommen? Hat sie von dir verlangt, dass du Schluss machst?«

»Nein.«

»Aber warum dann? Warum bist du so seltsam?«

Kaartos leichter Rausch verflog. Er fragte fast erfreut: »Findest du mich seltsam?«

»Vollkommen seltsam. Man beendet doch keine Beziehung, indem man einfach sagt: Her mit dem Schlüssel! Jedenfalls nicht die Art von Beziehung, die wir haben.«

Kaarto sagte: »Doch, gerade so wird sie beendet. Genau die Art von Beziehung ist es.«

Sinikka stand auf. »Aber warum denn, warum, warum?«

»Weil ich es will«, erwiderte Kaarto stur.

»Ich möchte mit dir reden.«

»Du drückst dich so gewählt aus, dass ich nicht fähig bin, mich mit dir zu unterhalten.«

Sinikka setzte sich wieder hin, die Handtasche auf dem Schoß, die Hände auf der Tasche, Staunen in den Augen, die Worte in der Kehle festgefroren.

Kaartos Blick war ihr völlig fremd.

Sie machte noch einen Versuch: »Du klammerst dich an ein einziges Wort. Aber es muss doch einen richtigen Grund geben.«

»Den gibt es. Ich will, dass du mir den Schlüssel gibst.«

»Du willst, du willst. Das hast du mehrmals gesagt, aber kein Mensch will etwas ohne Grund.«

»Ich schon«, sagte Kaarto. »Willst du Geld? Wird man dich mit Geld los?«

Sinikka merkte, dass Kaarto versuchte, sie zu beleidigen, deshalb ließ sie sich ihre Wut nicht anmerken. Sie wusste, dass eine Beleidigung nur halb so wirksam ist, wenn das Objekt sie nicht als solche zu erkennen scheint.

Sie stand auf, öffnete die Handtasche und nahm den Schlüssel heraus, der ihr plötzlich bedeutungslos und überflüssig erschien. Sie legte ihn auf den Tisch, machte die Handtasche zu und ging wortlos hinaus.

Während sie die Treppe hinunterging, dachte sie über den Vorfall nach. Sie begriff nicht, was passiert war. Sie hatten es schön miteinander gehabt. Kaarto war vielleicht kein Adonis, aber sie hatten sich gut verstanden. Nur ein paar Minuten, und sieben Jahre des Lebens waren ausradiert, ohne Erklärung. Sie hinterließen Spuren und zugleich eine seltsame Leere.

Oben in seiner renovierungsbedürftigen Einzimmerwohnung holte Kaarto seinen Flachmann aus der Tasche und trank einen kleinen Schluck. Man soll nichts übertreiben, dachte er.

# SECHS

Kaarto dachte über seine Kindheit nach. Das gespannte Verhältnis zu seinem Vater würde ihm Punkte einbringen, davon war er überzeugt.

Aber würde das ausreichen?

Kaarto war damit beschäftigt, ein Wunderwerk der Manipulation zu konstruieren, dabei kannte er das Wort gar nicht. Als er nach einer Geschäftsverhandlung das Hotel Tammer verließ, kam ihm eine blendende Idee. Ein blauer Polizeiwagen raste mit heulenden Sirenen vorbei. Kaarto sah ihm nach und dachte: Warum nicht?

Wenn er die Polizei dazu bringen wollte, seine Verrücktheit zu bezeugen, musste er irgendwie mit der Polizei in Berührung kommen. Aber wie? Eine nette Bagatelle, ein Verstoß gegen die Verkehrsregeln zum Beispiel, oder betrunkenes Randalieren? Lieber nicht. Steuerhinterziehung? Das dauerte zu lange. Außerdem durfte er sich noch nichts zuschulden kommen lassen. Das mit der Schuld war später an der Reihe. Jetzt musste er versuchen, Zeuge zu werden.

Nach drei schlaflosen Nächten wusste er, wie er vorzugehen hatte.

Aber diese drei Nächte waren eine Qual.

»Was hast du?«, fragte Kirsti.

»Nichts«, sagte Kaarto und bemühte sich, seinen Ärger nicht zu zeigen.

»Soll ich dir Milch warm machen?«

»Nicht nötig. Das wird schon. Schlaf du nur.«

»War vielleicht das Abendessen zu schwer?«

»Nein. Ein ganz normales Abendessen. Genau richtig für meinen Magen.«

»Hoffentlich bist du nicht krank. Womöglich hast du dich erkältet?«

»Ich bin nicht krank. Es geht mir gut.«

»Soll ich das Fenster aufmachen? Ich habe tagsüber im Schlafzimmer eine Zigarette geraucht. Es tut mir leid, ich weiß, das sollte man nicht tun.«

»Ich rieche nichts. Versuch zu schlafen.«

»Ich kann nicht schlafen, bevor du eingeschlafen bist. Das weißt du genau.«

Kaarto war froh, dass seine Frau seine Augen nicht sehen konnte. Er sagte ruhig: »Na gut, ich schlafe.«

»Man kann nicht auf Befehl einschlafen.«

Kaartos Stimme wurde schärfer. »Ich kann es aber.«

Nach der dritten durchwachten Nacht ließ Kaarto einen Arbeitstag ausfallen. Die Empfangsdame und die Abteilungsleiter gewöhnten sich allmählich an seine neue Regellosigkeit. Er selbst hatte sich keineswegs daran gewöhnt, doch als zielstrebiger Mensch wusste er, dass es keine andere Möglichkeit gab.

Statt zur Arbeit zu gehen, holte er den Mercedes aus der Garage und machte sich auf den Weg in die Stadt. Diesmal war er stocknüchtern. Er lenkte sein Gefährt ruhig und geschickt; er war ein routinierter Autofahrer, denn seiner Meinung nach gehörten Fahrkünste für einen Mann seiner Einkommensklasse einfach zum Stil.

Kaarto lebte auf dem Land und doch in der Stadt, an der Grenze zur Nachbargemeinde Ylöjärvi. Er fuhr über die Hauptstraße von Pispala ins Zentrum; es gab zwar auch eine breitere Zufahrtsstraße, doch er bevorzugte die altvertraute Route. Zügig fädelte er sich am Hämeenpuisto in den Verkehr ein und überquerte die Ratina-Brücke. Auf der linken Seite entstanden neue Hochhäuser, die Kaarto prachtvoll fand. Bisher war erst ein Haus auf Firsthöhe, doch er hatte die Bauzeichnungen gesehen und wusste, dass noch viele dazukommen würden. Der Komplex wurde am Flussufer unterhalb der Stromschnelle errichtet und viele Wohnungen hatten eine für städtische Verhältnisse großartige Aussicht auf den See Pyhäjärvi. Kaarto, der früher in einer Hochhaussiedlung am Stadtrand gewohnt hatte, hielt es für eine geniale Idee, mitten im Zentrum eine Ansammlung von Wohnhäusern zu bauen, die aussah wie eine Vorortsiedlung, aber den Vorzug besaß, zentral gelegen zu sein. Er hatte gehört, dass es Widerstand gegen das Bauprojekt gegeben hatte; wer dagegen war und warum, wusste er nicht. Er selbst hatte bereits eine Einzimmerwohnung im obersten Stock eines der Häuser reserviert. Sicherheitshalber.

Kaarto merkte, dass er einen Fehler gemacht hatte. Er hätte links abbiegen müssen, aber ein Verkehrszeichen verbot es. Er fluchte leise, denn obwohl er reich war, musste er einen langen Umweg fahren, um zum Gerichtsgebäude zu gelangen.

Er parkte vor dem Gebäude und ging mit bärenhaften Schritten auf die gläserne Flügeltür zu. Auf der Vortreppe standen ein Mann und eine Frau; besondere Kennzeichen des Mannes waren eine schmutzige grüne Hose und ein schmutziges, rot-weiß kariertes Jackett sowie eine blutig geschlagene linke Wange und ein zugeschwollenes Auge. Die Frau wiederum hätte auf das Werbefoto eines Frisiersalons gepasst, mit der Aufschrift *Vorher.* Die beiden rauchten und unterhielten sich mit heiserer Stimme. Kaarto dachte über Kontraste nach: Sicher waren Richter meist in der Lage, Klienten und Anwälte voneinander zu unterscheiden, obwohl niemand eine spezielle Uniform trug.

Im Foyer befand sich ein Schalter mit einer Glasfront, an der *Information* stand.

Kaarto fragte: »Wo finde ich das Archiv des Amtsgerichts?«

»Mit dem Aufzug in den vierten Stock und dann links«, sagte das Mädchen hinter der Trennscheibe.

Im vierten Stock gab es ebenfalls einen Schalter mit einer Glasscheibe, aber ohne die Aufschrift *Information.* Und ohne Mädchen. Hinter dem Schalter saß ein blonder Mann, der mit fester Stimme und deutlicher Artikulation am Telefon sprach.

Kaarto wartete, bis das Gespräch beendet war. Er war nicht ungeduldig, er war hartnäckig.

»Guten Tag«, sagte er zu dem Mann am Schalter.

»Guten Tag«, erwiderte der Mann mit lauter, klarer Stimme.

»Ich möchte einige Amtsgerichtsprotokolle lesen. Ich nehme an, da bin ich hier richtig«, sagte Kaarto.

»Um welchen Fall handelt es sich denn?«, fragte der Blonde.

»Das ist mir egal, solange es um einen Einbruch geht. Genau genommen möchte ich mir mehrere Einbruchsfälle ansehen.«

Der Mann sah Kaarto lange an. Anfragen dieser Art kamen selten vor. Er sagte: »Aha. Dann ist es nicht so einfach.«

»Wieso?«, fragte Kaarto.

»Weil Sie dann erst im Diarium nachsehen müssen. Welches Jahr wollen Sie?«

»Egal, das spielt keine Rolle. Fangen wir mit dem letzten Jahr an.«

Der Mann raufte sich die Haare, stand ächzend auf und verschwand im Archiv. Gleich darauf kam er mit einem Aktenordner zurück. »Auf diesen Formularen finden Sie den

Namen des Täters und die Art des Delikts. Oben rechts steht das Aktenzeichen. Wenn Sie etwas Passendes finden, schreiben Sie das Aktenzeichen auf, dann hole ich Ihnen den Vorgang. Das ist allerdings eine ziemliche Sucherei.«

»Vielen Dank. Ich habe Zeit.«

Der sachlich-kühle Archivar wurde auf einmal freundlich. Er bot Kaarto Tisch und Stuhl an und sagte: »Sie werden auf keinem dieser Formulare den Vermerk Einbruch finden.«

»Wieso nicht?«

»Einbrüche werden nicht mehr als eigener Delikttyp registriert. Aber wenn als Delikt Diebstahl oder schwerer Diebstahl angegeben ist, können Sie Glück haben.«

»Danke für den Tipp«, sagte Kaarto.

»Nichts zu danken. Ich tue ja nur meine Pflicht«, erwiderte der Mann.

Kaartos bärenhaft harmloses Auftreten entfaltete offenbar wieder einmal seine Wirkung. Er verstand es, Menschen für sich einzunehmen, indem er eine Hilflosigkeit an den Tag legte, die bei einem so großen Mann rührend wirkte. Diese Fähigkeit hatte er auch im Geschäftsleben eingesetzt, wo sie sich als durchaus brauchbar erwiesen hatte.

»Darf man hier rauchen?«, fragte er.

So weit ging die Freundlichkeit des Archivars denn doch nicht. »Nein«, sagte er in einem Ton, der Kaarto klarmachte, dass weitere Versuche zwecklos waren. Es blieb ihm nichts anderes übrig, als durchzuhalten.

Es dauerte gar nicht lange, bis Kaarto zwischen Körperverletzung, Trunkenheit am Steuer und anderen Verkehrsdelikten vier Diebstähle entdeckte, darunter zwei schwere. Er schrieb die Aktenzeichen auf einen Zettel, den er dem Archivar gab. Dieser schlurfte ins Nebenzimmer und kam mit vier Mappen zurück.

Wieder bedankte sich Kaarto, beugte sich über die Mappen und blätterte sie durch. Außer dem Verhandlungsprotokoll enthielten sie Amtsbescheinigungen, Vollmachten, Auszüge aus den Vernehmungsprotokollen der Polizei, Strafregisterauszüge und dergleichen mehr. Kaarto interessierte sich vor allem für Strafregister, Urteil und Strafmaß.

Der erste Fall war ein mickriger Kioskeinbruch. Der Kiosk war mickrig, die Beute war mickrig, der Täter war mickrig und das Urteil war auch nicht berauschend.

Kaarto wollte keinen Amateur. Er war selbst Profi in seinem Fach. Von ihm aus konnten Dilettanten tun, was sie wollten, wenn sie sich nur von seinen Angelegenheiten fernhielten.

Der zweite Fall wirkte zunächst vielversprechend: Der Mann war zweifellos routiniert, denn er hatte eine lange Latte von Vorstrafen. Doch die zuletzt verhängte Strafe war bedauerlich lang; der Safeknacker würde erst in knapp zwei Jahren entlassen werden, sofern er die Strafe ganz absitzen musste.

Die dritte Mappe schlug Kaarto sofort wieder zu, als er den Namen der Verurteilten sah: Es war eine Frau und in wichtigen Dingen verließ Kaarto sich grundsätzlich nicht auf Frauen. Beim Durchblättern des Diariums war ihm der Name offenbar nicht aufgefallen, weil er sich ganz auf den Delikttyp konzentriert hatte. Nun war er besorgt: Nicht einmal die Berufsgruppe der Einbrecher war von der Emanzipationsbewegung verschont geblieben. Seiner Meinung nach waren Verbrechen – von Ladendiebstahl abgesehen – nichts für Frauen.

Auch die vierte Mappe war eine Enttäuschung, denn es ging um einen Einbruch, den zwei Männer gemeinsam begangen hatten. Kaarto wollte einen einsamen Wolf.

Er brachte die Mappen zum Schalter zurück.

»Sehr aufschlussreich«, sagte er. »Aber jetzt würde ich mir

gern ein paar ältere Fälle anschauen, sagen wir, von vor drei Jahren. Ich möchte die Entwicklung der Urteilssprechung vergleichen.«

»Sie sind ein schneller Leser«, bemerkte der Archivar. Er hatte sich in die Aufgabe vertieft, sauber getippte Schreibmaschinenseiten zu lochen, und war über die Störung nicht erfreut.

»Alles eine Frage der Technik«, meinte Kaarto.

Der Mann stemmte sich hoch, nahm die Mappen und holte das drei Jahre alte Diarium.

Diesmal entdeckte Kaarto drei interessant aussehende Fälle und ließ sich die Mappen geben.

Anto Sulevi Puputti hatte einen Einbruch in ein Juweliergeschäft vorzuweisen. Aus den Unterlagen ging hervor, dass er nur gefasst worden war, weil einer seiner Kollegen ihn aus Neid oder Rachsucht verraten hatte. Er war zu zwei Jahren und drei Monaten verurteilt worden und der Prozess lag drei Jahre zurück. Mit etwas Glück war er noch auf freiem Fuß.

Puputti schien genau der Richtige zu sein.

Als Wohnort war Tampere angegeben, aber Kaarto wusste, dass das Telefonbuch ihm in diesem Fall kaum weiterhelfen würde. Eingehend betrachtete er die Fotos des Einbrechers, karge, schroff beleuchtete Aufnahmen von vorn und von beiden Seiten. Er war sich sicher, dass er den Mann wiedererkennen würde, wenn er ihn sähe.

Er notierte sich Puputtis Alter, Größe und Gewicht, verzichtete aber auf die besonderen Merkmale, denn in den Akten war nur eins erwähnt: eine sieben Zentimeter lange Narbe unterhalb des rechten Schulterblatts. Puputtis nackten Rücken würde er kaum zu sehen bekommen. Das Strafregister war lang, was nicht von hundertprozentiger Meisterschaft zeugte. Doch das war Kaarto egal. Genauer gesagt, es entsprach seinen Plänen, dass Puputti erneut im Gefängnis landete; warum auch nicht, für die Gesellschaft wäre das ebenfalls die beste Lösung.

Kaarto steckte sich eine Zigarette zwischen die Lippen, schlug die Mappe zu und ging wieder zu seinem Freund am Schalter.

»Vielen, vielen Dank«, sagte er. »Sie haben mir sehr weitergeholfen.«

Der Mann sah von seinem Locher auf und bemerkte: »Sie scheinen ein starker Raucher zu sein.«

Da Kaarto schwieg, fuhr er fort: »Rauchen gefährdet die Gesundheit.«

»Ich bin Besitzer einer Zigarettenfabrik«, erklärte Kaarto. »Was würden die Leute denken, wenn ich …« Er schwenkte seine Zigarette.

Der Mann sagte: »Ach so, das ist natürlich etwas anderes.«

Was es nicht alles gibt, dachte Kaarto, als er das Gebäude verließ. Der Mann arbeitet beim Amtsgericht und lässt sich jeden Bären aufbinden.

# SIEBEN

Kaarto fragte sich, ob er jemals an andere gedacht hatte als an sich selbst.

Es gab dafür ohnehin nur wenige Kandidaten: Mutter, Frau und Kinder.

Seiner Mutter hatte er eine Zweizimmerwohnung gekauft, den Kindern die Ausbildung finanziert, und seiner Frau … nun ja, seiner Frau gab er Geld und sie kochte für ihn. Aber wann hatte er seine alte Mutter zuletzt besucht? Das musste über ein Jahr her sein, nicht einmal zu Weihnachten … Wenn man die Kinder fragte, wie er sich als Vater gemacht hatte, würden sie ihm sicher keine überbordende Liebe attestieren; er hatte nie mit Visa Fußball gespielt, hatte ihm nur den Ball gekauft – nein, nicht einmal das, er hatte ihm das Geld für einen Fußball gegeben. Und Hannele schien sich überhaupt nichts aus ihm zu machen. Kaarto mutmaßte, dass er Kirsti irgendwann einmal geliebt hatte, doch das lag weit zurück. Auch Verbrechen verjähren; eine so alte Liebe konnte niemand ernst nehmen.

Mit dem Whiskyglas in der Hand lehnte sich Kaarto in seinem Bürosessel zurück, schloss die Augen und versuchte, sich zu erinnern.

Dass er für irgendjemanden besondere Zuneigung aufgebracht hätte, konnte man ihm nicht nachsagen, dessen war sich Kaarto sicher. Er hatte alles für den Erfolg geopfert, mithin für sich selbst.

Er war nicht zur Beerdigung seines Vaters gegangen. Gut.

Alles in allem: In diesem Punkt würde er keine Schwierigkeiten haben.

»Saara!«, bellte Kaarto in die Sprechanlage.

Die Antwort kam sofort: »Ja, Herr Direktor?«

»Bei uns arbeitet ein gewisser Hannu Pulli.«

»Ja?«

»Such ihn und schick ihn zu mir.«

»Wo genau arbeitet er?«

»Zum Teufel noch mal, das kannst du wohl selbst herausfinden«, sagte Kaarto absichtlich grob. Kaarto und seine Sekretärin kamen außergewöhnlich gut miteinander aus, denn er hatte nie eine Sekretärin mit dem Hintergedanken eingestellt, auf Geschäftsreisen seinen Geschlechtstrieb zu befriedigen.

Aber da man vielleicht auch Saara nach ihm ausfragen würde, war es an der Zeit, das Verhältnis zu verschlechtern.

Nach einer Weile betrat Saara das Chefzimmer.

»Hannu Pulli ist jetzt da.«

»Bring ihn rein.«

»Erst ziehe ich den Vorhang gerade«, sagte Saara. Sie ging zum Fenster und schaute hinter den Vorhang. Dann warf sie Kaarto einen tadelnden Blick zu und marschierte zur Tür.

Kaarto machte sich nichts daraus, denn Saara missbilligte alles, zum Beispiel Anarchisten, Kommunisten, Schwule, farbige Dessous, Schuheinlagen und Archie Bunker.

Bevor sie die Tür erreicht hatte, fragte Kaarto: »Ist der Vorhang jetzt in Ordnung?« Dann holte er die Whiskyflasche hinter der Gardine hervor und knallte sie auf den Tisch.

»Vor einem Monat war er noch viel schöner«, sagte Saara. Und segelte hinaus.

Hannu Pulli trat ein. Er war noch jung, erst fünfundzwanzig, hatte dunkle Haare und klare Gesichtszüge. Er war schlank und muskulös, ein sportlicher Typ. Von Ängstlichkeit oder Schüchternheit, wie sie junge Angestellte, die zum Chef zitiert werden, manchmal zeigen, war bei ihm nichts zu sehen; ebenso wenig von der Großspurigkeit, mit der manche ihre Furcht tarnen.

Kaarto gratulierte sich zu Pulli, der ihm neue Möglichkeiten eröffnete.

Er sah den jungen Mann nicht zum ersten Mal. Er hatte nämlich die Angewohnheit, jeden Bewerber persönlich in Augenschein zu nehmen, bevor er ihn einstellte.

Doch nicht deshalb erinnerte er sich an Pulli. Die Erinnerung war frischer: Vor vier Tagen hatte der junge Mann bei ihm zu Hause am Esstisch gesessen.

»Das ist Hannu«, hatte Hannele gesagt.

»Aha«, hatte Kaarto geantwortet.

Bald war ihm jedoch klar geworden, weshalb Pulli zum Abendessen gekommen war, in wessen Betrieb er arbeitete und was er dort tat.

Kaarto hatte den Gleichgültigen gespielt und sich bemüht, sein Gesicht und seine Worte unter Kontrolle zu halten.

Doch Hannele, die es geschafft hatte, die Einbeziehung von Psychologievorlesungen in ihr Studium zu vermeiden, und die folglich frei war von theoretischem Ballast, hatte sein plötzlich aufblitzendes Lächeln gesehen und das Gefühl gehabt, es könne nichts Gutes bedeuten.

Kaarto hatte am Esstisch eine plötzliche Eingebung gehabt und gehofft, dass man es ihm nicht ansah.

»Bitte, nehmen Sie Platz«, sagte er nun zu Pulli und goss sich Whisky ein.

»Danke.« Pulli hatte seinen Arbeitsoverall abgelegt und konnte sich daher in grauer Cordhose und schwarzem T-Shirt relativ unbesorgt in den sauberen Sessel des Direktors setzen.

Kaarto drehte einen goldenen Füllfederhalter zwischen

den Fingern. Er starrte den jungen Mann unverwandt an, erzielte damit jedoch keine Wirkung.

»Sie scheinen gut in Form zu sein«, stellte er fest. »Treiben Sie Sport?«

»Nicht übermäßig. Ich spiele nur Tennis.«

»Tennis? Eine seltsame Wahl.«

»Sie meinen, Tennis spielt man nur in besseren Kreisen?«

»Stimmt das nicht?«, fragte Kaarto kühl.

»Ich weiß nicht, worauf sich diese Vorstellung gründet. Tennis ist nicht einmal eine besonders teure Sportart. Ich habe mit zwölf Jahren angefangen.«

Pulli saß ganz entspannt da. Er wusste, dass Hannele der Grund für dieses Gespräch war, hatte aber keine Ahnung, in welche Richtung es sich entwickeln würde.

Hannele hatte ihm erzählt, dass Kaarto selbst als Drucker angefangen und eine Frau geheiratet hatte, die nach Ansicht ihrer Familie gesellschaftlich über ihm stand. Folglich stand nicht zu vermuten, dass Kaarto einen ähnlichen Standpunkt einnahm.

Kaarto legte den Füller hin und trank von seinem Whisky. Er sagte: »Ihnen brauche ich wohl keinen anzubieten. Wie ist es, haben Sie das Zeug zum Tennisprofi?«

Pulli lachte. »Du lieber Himmel, nein. Ich spiele zwar gelegentlich bei Turnieren, aber besonders ernst nehme ich die Sache nicht.«

»Ich meine nur, wenn Sie zum Beispiel arbeitslos werden, hätten Sie neue Berufsaussichten«, sagte Kaarto.

»Nein, das ist wirklich nichts für mich. Ich habe vor, Drucker zu bleiben.«

»Die Branche hat Probleme«, setzte Kaarto sein Katz-und-Maus-Spiel fort und fragte sich, wann bei Pulli der Groschen fallen würde. »Sie sind noch nicht lange im Betrieb.«

Pulli sagte: »Ich verstehe nicht, worauf sie hinauswollen.

Es sind doch keine Zwangsbeurlaubungen angekündigt? Darüber müsste ja der Betriebsrat informiert werden.«

»Ich spreche nicht von einer Beurlaubung. Ich meine, wenn Sie auf Dauer ohne Arbeit sind.«

Pulli streckte sich und beugte sich dann vor, die Ellbogen auf die Knie gestützt. Er sagte: »Ich bin ein guter Arbeiter. Das weiß ich und ich vertraue auf die Zukunft. Die moderne Technik ist in Ihrer Druckerei schon weitgehend eingeführt, also besteht kein Grund für einen Personalabbau.«

»Sie sind schwer von Begriff. Offenbar muss ich deutlicher werden.« Kaarto machte eine Pause. »Ich als Besitzer dieser Druckerei bin der Meinung, dass Hannele nicht die Richtige für Sie ist.«

In Pullis Augen flammte das Licht der Erkenntnis auf, doch die Nervosität oder Furcht, die Kaarto dort ebenfalls erwartet hatte, blieb aus.

»Aha, darum geht es also«, sagte Pulli. »Aber Hannele ist ein erwachsener Mensch.«

»Und Sie sind hinter ihrem Geld her!«, rief Kaarto.

»Ich liebe Hannele, und ich habe nicht vor, sie aufzugeben.«

»Ich hätte gedacht, dass Sie lieber Ihren Job behalten.«

Pulli erwiderte ruhig: »Heutzutage gibt es Gewerkschaften. Heutzutage kann man einen Mitarbeiter nicht willkürlich entlassen, nur weil er mit der Tochter des Chefs befreundet ist.«

»Die Firma gehört mir, und ich kann Ihnen versichern, dass Sie hier rausfliegen, wenn ich es will, und auch in keiner anderen Druckerei unterkommen.«

»Das glaube ich nicht«, sagte Pulli. »Hannele meinte, Sie hätten Verständnis für unsere Situation, weil Sie selbst in einer ähnlichen Lage waren. Aber das haben Sie offenbar vergessen.«

»Sparen Sie sich Ihre Belehrungen!«, blaffte Kaarto. Alles schien bestens zu laufen. Er hatte befürchtet, der junge Mann würde sofort einen Rückzieher machen.

Er stand auf und begann, auf dem Teppichboden hin- und herzutigern.

»Ich mache Ihnen einen Vorschlag«, sagte er.

»Ich glaube nicht, dass ich ihn hören will.«

Kaarto ging zu einem Bild. Er wusste nicht, was das Gemälde darstellte, doch das spielte keine Rolle; der Innenarchitekt hatte gemeint, es passe gut zum Ambiente, und Kaarto hatte es gekauft, obwohl er nicht verstanden hatte, warum es so teuer war.

Das Gemälde war an einem Scharnier befestigt. Dahinter kam der Safe zum Vorschein.

Pulli lachte auf: »Wie im Film.«

Kaarto drehte sich zu ihm um und sagte: »Etwas Dreistigkeit besitzen Sie also doch! Es wird mir ein Vergnügen sein, Sie fertigzumachen. Aber vorher biete ich Ihnen noch eine Chance, sich zu retten.«

Er drehte an dem Kombinationsschloss. Die schwere Tür schwang auf.

Kaarto sah Pulli an und sagte: »Sie können es sich schon denken. Sie fragen sich nur noch, wie hoch die Summe ist.«

Pulli schwieg; seine Lippen waren weiß.

Kaarto nahm ein Bündel druckfrische Scheine aus dem Safe. Dann trat er an seinen Schreibtisch, legte das Bündel hin und sah Pulli in die Augen: »So viel Geld haben Sie noch nie auf einem Haufen gesehen. Das sind fünfzigtausend Finnmark. Ihr steuerfreies Zusatzeinkommen, wenn Sie klug genug sind, Hannele zu erklären, Sie würden sich absolut nichts aus ihr machen, sie wäre nur das egoistische Töchterchen eines Neureichen und hätte keine Ahnung vom wirklichen Leben.«

Er hat wahrhaftig Gefühle, dachte Kaarto, als er das nunmehr feuerrote Gesicht des jungen Mannes betrachtete. In diesem Gedanken schwang ein wenig Bitterkeit mit, denn er selbst empfand seit Langem nichts mehr. Nicht einmal die Habsucht, die ihn bisher dazu getrieben hatte, sich anzustrengen und erfolgreich zu sein.

Pulli drohte die Stimme zu versagen: »Sie sind altmodisch und schäbig. Anscheinend haben Sie keine Ahnung, was Liebe ist. Die verkauft man nicht für fünfzigtausend. Nicht mal für hunderttausend!«

Kaarto lächelte. »Ich wusste, dass Sie ein Idiot sind. Es steht Ihnen ins Gesicht geschrieben. Einem solchen Dummkopf würde ich meine Tochter nie geben.«

Pulli saß schweigend da. Kaarto legte das Geld in den Safe zurück und schloss ihn. Dann schob er das Bild wieder an seinen Platz, blieb davor stehen und starrte es an. »Ein schönes Gemälde, schöne Farben, aber reiner Humbug. Meinen Sie nicht auch?«

Kaarto hatte keine Ahnung, ob es richtig war, das Gemälde schön zu nennen. Er wusste nicht, ob der Maler überhaupt Schönheit angestrebt hatte. Mit Farbe hatte er jedenfalls nicht gespart. Kaarto erinnerte sich lediglich, dass irgendwer gesagt hatte, das Bild sei schön. Oder hatte er sensuell gesagt? Dieses Wort hatte Kaarto von dem Mann gelernt, der ihm von Zeit zu Zeit die Villa neu einrichtete. Die Möbel waren ihm an sich egal, das Ganze war Teil seiner Geschäftstätigkeit: Er musste Eindruck schinden. Und man hatte ihm gesagt, der von ihm beauftragte Mann verstehe sich darauf, kommende Trends zu wittern. Folglich galt auch Kaarto selbst bei manchen als Kenner in Stilfragen, der immer auf der Höhe der Zeit war.

Pulli schwieg.

Kaarto sagte: »Na schön, Sie können jetzt gehen. Ich

überlege mir Grund und Zeitpunkt. Am besten sehen Sie sich schon mal anderweitig nach Arbeit um.«

Pulli stand auf. »Damit kommen Sie nicht durch. Ich habe keine Angst vor Ihnen.«

Kaarto lachte. »Nur Dummköpfe fürchten sich nie.«

# ACHT

Kaarto erinnerte sich an die Zeit, als er ernsthaft unter Schlaflosigkeit gelitten hatte.

Damals war das Leben in jeder Hinsicht schwierig gewesen, Wechsel drohten zu platzen, Vertragsverhandlungen gerieten in Sackgassen, ein Streik stand vor der Tür, Kirsti hatte eine Hirnhautentzündung und wer weiß was noch. Was immer die Gründe gewesen waren, er hatte unter Schlaflosigkeit gelitten und sein Arzt hatte ihm Tabletten verschrieben.

Danach hatte er jahrelang gut geschlafen. Erst dieser Plan hatte ihm wieder schlaflose Nächte beschert.

Schlaflosigkeit war etwas Gutes.

Kaarto saß in seinem Mercedes, den er vor einem Restaurant in der Hallituskatu geparkt hatte. Er saß dort schon seit einer Stunde und war mittlerweile bei der fünften Zigarette.

Puputti zu finden war leichter gewesen, als er gedacht hatte.

Ohne die geringste Hoffnung, dass der Versuch ihm etwas einbringen würde, war Kaarto zur Meldestelle gegangen und hatte nach Puputtis Adresse gefragt. Wider Erwarten hatte er sie bekommen, es war eine Anschrift im Stadtteil Pispala. Kaarto war ein paarmal an dem Haus vorbeigefahren. Dann war er zu dem Schluss gekommen, dass das Herumfahren zwecklos war. Er parkte seinen weißen Mercedes an einem steilen Abhang und ging auf den Hof hinter dem alten zweistöckigen Holzhaus. Es war so an den Hügel gebaut, dass jedes Stockwerk von der Straße aus einen eigenen Eingang hatte, während man vom Hof aus nur in die untere Etage gelangte.

Ohne große Hoffnung klopfte Kaarto an.

Die Tür flog auf. Ein dunkelhaariges junges Mädchen mit pechschwarz umrandeten Augen stand vor ihm. Sie war barfuß und trug einen nicht mehr ganz modischen schwarzen Minirock und eine Bluse, die so weit aufgeknöpft war, dass sie die eine Brust bis zur Warze freiließ.

Das Mädchen lehnte sich an den Türrahmen, stützte eine Hand in die Hüfte und gab sich alle Mühe, arrogant und verachtungsvoll auszusehen.

Kaarto amüsierte sich über ihre voreingenommene Einstellung zum Leben. Doch er wollte auf keinen Fall herablassend wirken. In sachlichem Ton fragte er: »Ist Puputti zu Hause?«

»Wer fragt?« Das Mädchen hatte zu viele Filme gesehen, doch das wusste Kaarto nicht, denn er ging nie ins Kino. Er glaubte, das Mädchen hätte immer schon so geredet.

»Ich frage«, sagte er.

»Ein Bulle, wie? Er hat nix getan. Wie denn auch, is ja grade erst aus'm Knast gekommen.«

Kaarto lachte auf: »Siehste das Auto da? Das ist meins. Haste je einen Bullen in so 'ner Karre gesehn?« Er passte sich der Sprechweise des Mädchens rasch an.

»Und was bist du dann?«, wollte das Mädchen wissen.

»Ich hab Arbeit für Puputti«, sagte Kaarto.

»Haha!«

»Ehrlich. Lass mich mal mit ihm reden.«

Das Mädchen starrte den Wagen an, dann wieder Kaarto. Offenbar fand das Auto ihre Billigung. Sie sagte: »Is nicht zu Hause.«

»Wann kommt er denn?«

»Weiß nicht.«

»Weißt du, wo er jetzt ist?«

»Na, wo schon. In der Kneipe natürlich.«

»So. Hat er eine Stammkneipe?«

»Der hockt immer im *Kivijalka.* Aber verrat ihm nicht, dass ich's dir gesagt hab. Obwohl er sich bestimmt freut, wenn er deine Karre sieht.«

Kaarto steckte sich die sechste Zigarette an und fragte sich, ob das Polizeifoto so schlecht gewesen war, dass Puputti längst vorbeigegangen war, ohne dass Kaarto ihn bemerkt hatte.

Es war ihm unbegreiflich, wie jemand es eine ganze Stunde lang in einer solchen Kaschemme aushalten konnte; so fremd war ihm das Leben der Unterschicht geworden.

Das dunstige Zwielicht des Spätsommers hatte sich über die Stadt gelegt. Es hatte einige Tropfen geregnet und Kaarto ließ die Scheibenwischer einmal hin- und herfahren, um klare Sicht auf die Kneipentür zu haben. Er überlegte, wie dumm Puputti wohl sein mochte. Seine Freundin hatte die Intelligenz nicht mit Löffeln gefressen, und wenn Puputti, Profi hin oder her, ähnliche Geistesgaben besaß, würde es leicht sein, ihn einzuwickeln.

Kaarto schaute zu, wie sich die Zigarette in Asche verwandelte. Er war seiner starken Sorte treu geblieben, obwohl alle versuchten, ihn zu leichteren Zigaretten zu überreden, von denen man viermal so viel rauchen konnte, um das gleiche Krebsrisiko zu erreichen.

Er seufzte. Womöglich war die ganze Sache überflüssig, auch ohne diese Geschichte würde er verrückt genug sein. Doch er wollte es mit Puputti wenigstens versuchen; sollte der Safeknacker sein Angebot ablehnen, hätte er zumindest nichts verloren.

Zwei Männer kamen aus dem Kellerlokal. Kaarto erkannte Puputti sofort. Zum Glück schwankt er weniger als sein Kumpan, dachte er. Er hielt nichts von betrunkenen Mitarbeitern.

Die Männer gingen die Hallituskatu hinauf in Richtung Pyynikki, blieben aber alle naselang stehen, um sich gegenseitig auf die Schultern zu schlagen. Kaarto wurde sich nicht schlüssig, ob das eine freundschaftliche Geste sein sollte oder ob die beiden einen Streit austrugen.

Jedenfalls legte er keinen Wert auf eine Begegnung mit Puputtis verlottertem Bekannten. Er beobachtete die Männer im Rückspiegel, während er den Motor anließ. Da die Hallituskatu eine Einbahnstraße war, musste er einen Umweg über die Satamakatu oder die Pirkankatu machen, wenn er den Männern im Wagen folgen wollte. Doch er behielt die Ruhe: Er würde Puputti auf jeden Fall wiederfinden. Langsam ließ er den Wagen durch die Satamakatu rollen, bog in die Mariankatu ein, überquerte die Hallituskatu und sah die Männer herankommen. Er parkte in der Mariankatu und wartete.

An der Straßenecke blieben die beiden stehen, klopften sich mit neuem Schwung auf die Schultern und trennten sich.

Als Puputti an Kaartos Wagen vorbeikam, machte Kaarto die Tür auf und sagte: »Guten Abend. Soll ich Sie nach Hause fahren?«

Puputti blieb stehen und betrachtete den Wagen mit leicht getrübtem Blick. Dann meinte er: »Sie hab ich noch nie gesehen.«

»Nein, aber ich biete Ihnen an, Sie nach Hause zu fahren. Und vielleicht habe ich Ihnen noch mehr anzubieten.«

Puputti drehte sich um, blickte seinem Bekannten nach, sah dann wieder Kaarto an, drehte noch einmal den Kopf zu seinem Bekannten hin und zuckte die Achseln. »Meine Beine sind ganz in Ordnung.«

»Sechzigtausend«, sagte Kaarto und ließ seine vorstehenden Eckzähne sehen. Er nannte sie immer Trompetenspielerzähne, obwohl er nie in seinem Leben Messing in den Mund genommen hatte. Für so etwas hatte er keine Zeit.

Puputti war klein und zierlich. Die Höckernase, die aus seinem knochigen Gesicht ragte, zeichnete einen unsichtbaren Bogen in die Luft, als er den Kopf auf dem mageren Hals hin- und herdrehte. Seine schmalen, fast durchsichtigen Finger fuhren durch die nach hinten gekämmten, dünnen blonden Haare. Beinahe alles an ihm war dünn und durchsichtig. Nur seine Stimme nicht. Puputti hatte einen sonoren Bass.

»Sechzigtausend«, sagte er und setzte sich auf den Beifahrersitz. »Wenn Sie von Geld sprechen, ist das nicht gerade wenig. Ich habe schon von größeren Summen gehört, aber sechzigtausend sind nicht übel. Was muss man heutzutage so tun, um sechzigtausend zu verdienen?«

»Nicht viel, wenn man den richtigen Job findet«, erwiderte Kaarto.

Er hatte nie mit Verbrechern zu tun gehabt und kannte sich mit den Umgangsformen nicht aus. Aber er dachte sich, dass Kriminelle sich wohl nicht wesentlich von anderen Geschäftsleuten unterschieden. Und bei Geschäftsverhandlungen hatte Kaarto nie schlecht abgeschnitten.

»Von so einem Job habe ich nie gehört«, brummte Puputti. »Woher kennen Sie mich?«

»Ich kenne Sie gar nicht. Ich habe nur gehört, dass Sie die verschiedensten Konservendosen öffnen können, und ich habe eine Dose, die ich nicht aufkriege.«

»Von wem haben Sie das gehört?«

»Zerbrechen Sie sich darüber nicht den Kopf. Sagen wir

einfach, dass ich fachmännische Arbeit zu schätzen weiß, und wenn die sechzigtausend Sie nicht interessieren, muss ich mich fragen, ob Sie wirklich der richtige Mann für diesen Job sind.«

Puputti trug einen goldenen Siegelring am Zeigefinger der rechten Hand. Er schob ihn vor und zurück, als wollte er probieren, ob er passte, oder sich vergewissern, dass seine Finger nicht geschwollen waren. Vielleicht war er aber auch nur nervös. Er sagte: »Sie haben mir noch nicht viel über den Job erzählt.«

»Ich spreche ganz offen mit Ihnen«, begann Kaarto.

Puputti lachte auf.

Kaarto sah ihn scharf an und begann von vorn: »Wie gesagt, ich spreche jetzt in aller Offenheit. Ich besitze eine Firma. Und ich möchte, dass Sie dort einbrechen, den Safe in meinem Büro aufschweißen und Geld herausnehmen.«

Puputti öffnete die Tür. »Sie sind ja verrückt.«

»Warten Sie«, sagte Kaarto. »Sie kriegen dafür sechzigtausend.« Er sprach die Zahl aus wie eine Zauberformel.

Puputti zog die Tür wieder zu und sah Kaarto nachdenklich an. »Ich begreife das nicht. Wenn Sie in Ihrem Safe zum Beispiel Geld haben, von dem das Finanzamt nichts weiß, warum nehmen Sie es nicht einfach raus und verschwenden es für Huren und Schnaps?«

»Darum geht es überhaupt nicht. Ich mache Ihnen ein faires Angebot. Im Safe liegen achtzigtausend. Nach dem Einbruch erkläre ich, dass zwanzigtausend verschwunden sind. Selbst wenn Sie geschnappt würden und die Beute zurückgeben müssten, bleiben Ihnen auf jeden Fall sechzigtausend, vorausgesetzt, Sie haben sie gut versteckt. Allerdings kann ich mir nicht vorstellen, dass Sie geschnappt werden, denn außer Ihnen und mir weiß niemand von der Sache.«

»Ich begreife es trotzdem nicht«, sagte Puputti.

»Das brauchen Sie auch nicht. Es ist für Sie selbst das Beste, nicht alles zu wissen. Sie nehmen einfach das Geld und damit hat es sich. Ich liefere Ihnen die nötigen Informationen, wie Sie ins Gebäude kommen, aber mit dem Safe müssen Sie allein fertig werden. Es soll echt aussehen, sonst macht das Ganze keinen Sinn. Ich darf auf keinen Fall in die Sache verwickelt werden.«

Puputti rieb sich die Hände und sagte: »Es macht immer noch keinen Sinn.«

»Und noch was: Sollten Sie geschnappt werden, habe ich nie von Ihnen gehört. Ihren Namen habe ich übrigens aus dem Gerichtsarchiv. Ich habe keinerlei Kontakte zur Unterwelt.«

»Ich muss darüber nachdenken«, sagte Puputti.

»Tun Sie das, aber nicht zu lange. Ich habe es eilig, und wenn es sein muss, kann ich auch jemand anderen aus Ihrer Branche suchen.«

»Schön für Sie«, sagte Puputti heiser.

Kaarto drückte auf den Knopf des Zigarettenanzünders. Aus der linken Manteltasche nahm er ein silbernes Zigarettenetui und reichte es Puputti. »Bedienen Sie sich.«

Puputti nahm das Etui, öffnete es und fischte zwei Zigaretten heraus; die eine steckte er in die Tasche, die andere zwischen seine dünnen, durchsichtigen Lippen. Der Zigarettenanzünder sprang heraus und Kaarto gab Puputti Feuer. Puputti überlegte, ob er das Etui in gespielter Zerstreutheit einstecken sollte, verwarf den Gedanken jedoch und reichte es Kaarto zurück.

Kaarto sagte: »Ich gebe Ihnen den Termin bekannt. Ich will, dass es genau dann passiert, wenn ich es sage. Das ist auch für Sie am sichersten.«

»Ich überlege es mir.«

»Überlegen Sie ruhig, aber nicht zu lange. Sobald ich Ihre

Zusage bekomme, erkläre ich Ihnen die Einzelheiten. Und dann sind Sie bald ein wohlhabender Mann.«

»Oder im Gefängnis«, sagte Puputti.

»Das ist Ihr Problem, aber wohlhabend sind Sie trotzdem.«

»Warum sollte ich Ihnen vertrauen?«

»Dafür gibt es nicht den geringsten Grund. Aber Sie kennen meinen Vorschlag«, sagte Kaarto in der Gewissheit, dass Geld letzten Endes immer den Ausschlag gibt.

Puputti starrte durch die Windschutzscheibe, die inzwischen wieder von Regentropfen bedeckt war.

»Soll ich Sie nach Hause fahren?«, fragte Kaarto.

»Wissen Sie denn, wo ich wohne?«

Kaarto schenkte sich die Antwort. Er ließ den Motor an und fuhr nach Pispala.

Am Ziel stieg Puputti wortlos aus.

Kaarto brauste davon; er war sicher, dass der Safeknacker der Verlockung nicht widerstehen konnte.

Puputti goss sich am Küchentisch einen Schnaps ein. Er erzählte der dunkelhaarigen, miniberockten Tarja, was geschehen war und dass er den Auftrag annehmen würde.

Tarja sagte: »Schwachkopf.«

Puputti schlug ihr ins Gesicht.

# NEUN

Kaarto hatte des Öfteren gedacht, dass all das Gerede über Stress nur eine Erfindung schwächlicher und antriebsloser Menschen wäre. Man musste mit dem leben, wofür man sich entschieden hatte, oder die Branche wechseln.

Andererseits war er davon überzeugt, dass seine Mitmenschen glaubten, er leide unter Stress. Als Besitzer und Leiter eines großen Unternehmens brachte er die besten Voraussetzungen mit.

Aber litt er gerade jetzt besonders unter Stress? Gewiss, die Hochkonjunktur war seit einigen Jahren vorbei und Kaarto musste sich anstrengen, damit die damals getätigten Investitionen sich rentierten. Aber mit den Tarifverhandlungen zum Beispiel gab es gerade in diesem Jahr keine größeren Probleme; das Druckgewerbe befand sich im Wandel, die traditionellen Setzer und Layouter wurden allmählich überflüssig und hatten daher keine starke Verhandlungsposition. Kaarto fielen beim besten Willen keine aktuellen Stressfaktoren ein. Er musste davon ausgehen, dass der Stress sich gewissermaßen über die Jahre hinweg angestaut und ihn schließlich dazu getrieben hatte, beim Alkohol Zuflucht zu suchen.

»Saara!«, rief Kaarto in die Gegensprechanlage.

»Ja, Herr Direktor?«, kam die Antwort.

»Hoppel mal her, mein Häschen«, prustete Kaarto.

Saara betrat das Direktorenzimmer. Man sah ihr am Gesicht an, dass ihr die alte Formulierung besser gefallen hatte:

Komm bitte mal rüber. Saara hatte keinen Sinn für Scherze; sie liebte ernsthafte Arbeit und flache Schuhe.

»Ist das nicht ein prachtvolles Wetter? Aber du magst Regen ja lieber. Der ist seriöser als der leichtsinnige Sonnenschein. Na ja, wir müssen es nehmen, wie es kommt«, lächelte Kaarto.

Saara schnüffelte. Dann sagte sie: »Sie haben mich gerufen, Herr Direktor.«

»Ich wollte dir nur sagen, dass die Vorhänge in Ordnung sind«, strahlte Kaarto. Er zog den Vorhang zurück und zeigte auf die leere Fensterbank. »Nichts. Keine Flasche. Wie kommt das? Das kommt daher, dass die Flasche jetzt im Schrank steht, von wo ich sie gleich auf den Schreibtisch holen und nebenbei vielleicht ein Brieflein diktieren werde.«

Saara sagte steif: »Der Herr Direktor kann tun, was ihm beliebt. Wenn der Herr Direktor etwas an meiner Arbeit auszusetzen hat, bitte ich, es mir in angemessener Form mitzuteilen.«

»Du machst nicht den kleinsten Fehler. Nie. Die Haare könntest du allerdings ab und zu offen tragen.«

»Ich bin vor fünfzehn Jahren mit dieser Frisur eingestellt worden.«

»Wie doch die Zeit vergeht. Fünfzehn Jahre! Darauf muss ich glatt einen trinken. Du auch?«

»Nein, danke«, sagte Saara kühl.

»Dann eben nicht. Aber du sorgst wohl dafür, dass dieser junge Mann, dieser Hannu Pulli, schleunigst zu mir kommt.«

»Ein patenter junger Mann. Ich kümmere mich darum«, sagte Saara.

»Ein störrischer Esel. Wer hier patent ist, bestimme immer noch ich.«

Saara ging hinaus und Kaarto löste sein Versprechen ein,

indem er die Whiskyflasche an ihren mittlerweile gewohnten Platz auf dem Schreibtisch stellte.

Kaarto blickte durch das Fenster auf den asphaltierten Hof und den Acker dahinter. Dabei machte er eine bestürzende Feststellung: Er erinnerte sich nicht, wann er das letzte Mal über das Wetter gesprochen hatte. Eigentlich hatte er nie auf das Wetter geachtet. Er hatte so viel zu tun gehabt, dass ihm für das Wetter keine Zeit geblieben war. Musste er erst verrückt werden, um etwas anderes wahrzunehmen als den Papierpreis und die bläulich schimmernde Flanke der neuen Druckmaschine?

Saara führte Hannu Pulli herein.

Kaarto blieb bei seinem neuen Thema: »Herrlicher Sonnenschein, nicht wahr?«

Pulli überlegte, woher der Wind diesmal wehen mochte, antwortete aber fügsam: »Allerdings. Am Wetter ist nichts auszusetzen.«

»Schön. Nachdem wir dieses Thema abgehakt haben, können wir zum nächsten Punkt kommen.«

Kaarto setzte sich, bot Pulli aber keinen Stuhl an. Pulli behielt seine höfliche Miene bei und fragte einfach: »Ja?«

»Hast du über die Sache nachgedacht?«

»An meiner Antwort hat sich nichts geändert.«

»Aha. Vielleicht sollten wir doch noch einmal gemeinsam darüber nachdenken. Ich würde mich gern heute Abend mit dir treffen. Mir liegt an einem konstruktiven Gespräch über dieses für uns beide wichtige Thema.«

»Warum nicht, wenn Sie wirklich ein konstruktives Gespräch führen und nicht nur Drohungen abfeuern wollen.«

»Im Gegensatz zu dir habe ich gründlich über die Sache nachgedacht und glaube, dass wir uns noch einig werden. Übrigens habe ich mir deine Personalakte genauer angesehen und dabei festgestellt, dass du früher als Schweißer gearbeitet hast. Ein einträglicher Beruf! Warum hast du die Branche gewechselt?«

»Meiner Meinung nach sollte man sich nicht zu früh festlegen. Ich möchte noch vieles lernen«, sagte Pulli ohne jede Selbstgefälligkeit.

»Schön, schön. Ich habe Respekt vor unternehmerischen jungen Leuten. Mein Weg war auch nicht ganz ohne Mühen und Hindernisse.«

»Sicher nicht«, meinte Pulli mit gleichbleibender Höflichkeit. Im Übrigen hatte er auch gar keinen Grund, spöttisch zu reagieren. Er respektierte seinen Vorgesetzten, soweit es nicht um Hannele ging.

Kaarto steckte sich eine Zigarette an und sagte: »Kurz und gut, ich möchte mich heute Abend mit dir treffen, wenn du es einrichten kannst.«

Pulli warf einen Blick auf seine Uhr, als stünde darauf vermerkt, ob er es einrichten konnte. Er sagte: »Es ist mir recht. Wo wollen wir uns treffen?«

»Ich weiß ein ruhiges Plätzchen, genau richtig für diese Art von Gespräch«, erwiderte Kaarto und nannte Pulli die Adresse seiner Zweitwohnung.

»Gut, und wann?«

»Gegen acht. Aber bring genug Zeit mit.«

Kaartos höflicher Ton irritierte Pulli, der zwar ein gewissenhafter und unternehmerischer junger Mann war, sich aber nicht für besonders leichtgläubig hielt. Für sein Empfinden war der Umschwung in Kaartos Benehmen zu abrupt.

»Gegen acht also. Ich werde kommen«, sagte er.

»Sagen wir lieber um Punkt acht«, verbesserte Kaarto, denn er liebte Genauigkeit. »Und jetzt machen wir einen kleinen Rundgang durchs Haus. Sicher möchtest du auch die anderen Abteilungen kennen lernen.«

Es gelang ihm sogar, ein freundliches Lächeln auf seine

Lippen zu zaubern; allerdings verdarben die vorstehenden Eckzähne den Eindruck.

»Natürlich lerne ich gern etwas Neues kennen«, versicherte Pulli.

»Womöglich wirst du eines Tages Direktor«, lachte Kaarto.

Er führte Pulli durch das Büro seiner Sekretärin auf den Gang. Saara Halme registrierte zufrieden, dass seine schwere Hand auf der Schulter des jungen Mannes lag.

Kaarto ging mit Pulli durch das ganze Gebäude und zeigte ihm sämtliche Abteilungen. Er sprach über den Umsatz und über die Geheimnisse des Marketing und stellte Pulli einigen wichtigen Männern vor, unter anderem dem technischen Leiter, und überall, in Anwesenheit eines jeden leitenden Mitarbeiters, zeigte er sein breites Lächeln und äußerte ein paar freundliche Worte über Pulli.

Einige fanden Kaartos Benehmen seltsam, denn in der Regel hielt er zu allen Angestellten eine gewisse Distanz.

An Pullis Arbeitsplatz verabschiedete sich Kaarto mit den Worten: »Bis acht also, aber sprich mit niemandem darüber. Vorläufig wollen wir die Sache noch für uns behalten.«

»In Ordnung«, sagte Pulli. Er hielt sich immer noch nicht für leichtgläubig, dachte aber, dass Kaarto vielleicht doch ganz umgänglich war.

Eine leichte Übelkeit ließ Kaarto die Möglichkeit in Betracht ziehen, über Magenbeschwerden zu klagen, vielleicht auch über Rücken- und Kopfschmerzen. Wenn er den ungewohnten Alkoholkonsum so weitertrieb wie in den letzten Tagen, hatte er bald einen echten Grund zu klagen, dachte er missmutig. Aber ohne Fleiß kein Preis. Seine Übellaunigkeit wuchs, als er bemerkte, dass er seine Zigaretten vergessen hatte; einen solchen Fehler hatte ihm seine starke Nikotinabhängigkeit seit Jahren nicht mehr gestattet.

Seit einer Viertelstunde wartete er in seiner Wohnung in der Otavalankatu auf Pulli, lange genug, um das Fehlen der Zigaretten zu bemerken. Als Mann schneller Schlüsse erkannte Kaarto, dass ihm nichts anderes übrigblieb, als am nächsten Kiosk eine Schachtel zu kaufen.

Kaarto war bei der dritten Zigarette nach dem Abstecher zum Kiosk, als es klingelte.

Der junge Mann hat sich in Schale geworfen, dachte er beim Anblick seines Besuchers, der ein kurzärmliges, frisch gebügeltes Sommerhemd und einen gerade aus der Reinigung geholten Cordanzug trug. Jedes Haar lag an seinem Platz, er gab sich freundlich und interessiert. Kaarto erinnerte sich, dass er damals dieselben Tricks angewandt hatte, nur waren Cordanzüge seinerzeit nicht in Mode gewesen und zum Antrittsbesuch bei einer schwedischsprachigen Familie war man selbst im Sommer nicht im kurzärmligen Hemd und ohne Krawatte gegangen.

»Komm herein«, sagte Kaarto freundlich.

»Danke.« Pulli blieb im Zimmer stehen und wartete höflich darauf, dass er zum Sitzen aufgefordert wurde. Kaarto, der sich unermüdlich mit den Benimmregeln herumgeschlagen und sie schließlich verinnerlicht hatte, betrachtete den jungen Mann mit scheinbarem Wohlwollen.

»Ich koche jetzt Kaffee und dann unterhalten wir uns über deine Zukunft. Nimm Platz«, sagte er.

»Danke.« Pulli setzte sich und zupfte an der Cordhose. Die Bügelfalten blieben schnurgerade.

Nachdem er in seiner etwas tolpatschigen Art den Kaffee serviert hatte, setzte Kaarto sich an den Tisch und sagte: »Zu Geschäftsverhandlungen kommt man auf die Minute pünktlich. Du hast dich um sechs Minuten verspätet.«

Pulli räusperte sich. »Ich wusste nicht, dass ich zu einer Geschäftsverhandlung eingeladen war.«

»Nicht?«, fragte Kaarto und strich sich übers Kinn. »Was hast du denn erwartet?«

»Ich dachte, Sie wollten mit mir über Hannele sprechen.«

»Du kannst mich ruhig duzen, immerhin bin ich dein künftiger Schwiegervater.«

Pulli sagte: »Ich dachte ...«

»Ich weiß, was du dachtest. Aber hast du nicht damit gerechnet, dass ein hartgesottener Mann wie ich dich auf die Probe stellen würde? Wenn du das Geld angenommen hättest, hätte ich dich tatsächlich gefeuert.«

Pulli lächelte nun schon zutraulich und entspannt: »Sind solche Tests nicht ein bisschen altmodisch?«

»Ich bin ein altmodischer Mann. Und ob du es glaubst oder nicht, ich liebe meine Tochter und will nicht, dass sie einem Nichtsnutz in die Hände fällt.«

»Ich hatte bisher eher den Eindruck, dass euer Verhältnis ziemlich kühl ist.«

»Wieso?«

»Hannele und ich haben über vieles gesprochen, auch über dich.«

Kaarto seufzte und steckte sich eine Zigarette an. Er sah auf einmal traurig aus. »Das stimmt schon. Wahrscheinlich hört man diesen Satz in zu vielen Familien zu oft, aber ich sage ihn trotzdem: Ich hatte leider nie genug Zeit. Meine Zeit ist für das Unternehmen draufgegangen. Irgendwie ist das Leben an mir vorbeigeflogen.«

Pulli meinte: »Vielleicht ist auch das schon oft gesagt worden, aber es stimmt trotzdem: Ich verstehe dich gut.«

Die beiden Männer schwiegen eine Weile. Der ältere rauchte, der jüngere nahm einen Schluck von dem Kaffee, der ihm nicht schmeckte, den er aber auch nicht stehen lassen konnte, da der andere offenbar sein Bestes versucht hatte.

Kaarto stand auf und knipste die Deckenlampe an, die ein gelbliches Licht über die beiden warf und sie wie zwei Verschwörer aussehen ließ, die neue Schweinereien zum Verderben der Gesellschaft ausheckten.

Doch einen gemeinsamen Plan gab es nicht. Kaarto demonstrierte wieder einmal seine überragende Fähigkeit, Menschen für sich zu gewinnen; mehr als alles andere war diese Fähigkeit der Schlüssel zu seinem Erfolg. Erst wenn er mit seinen Überredungskünsten in einer Sackgasse gelandet war, nahm er eine schroffe und unnachgiebige Haltung ein. Und dazu war er nur selten gezwungen gewesen, wenn man von seiner Beziehung zu Kirstis Eltern absah.

Kaarto ließ Pulli ausgiebig von sich erzählen. Natürlich hatte er vorher Informationen eingezogen. Zu seinem Bedauern musste er feststellen, dass der junge Mann ehrlich zu sein schien: Er ertappte ihn kein einziges Mal bei einer offenkundigen Lüge.

Nachdem er die erste Befangenheit überwunden hatte, sprach Pulli ungezwungen, aber zugleich in ruhigem, vertrauenerweckendem Ton über sich selbst. Er erzählte von seinen Hoffnungen, Erfolgen und Hobbys. Er erklärte, er habe sich immer einen sinnvollen und halbwegs einträglichen Beruf gewünscht, der seine Freizeit nicht beeinträchtigte. Er wolle seine Arbeit erledigen und danach das tun, was er für wichtiger hielt. Dass man im bestehenden System Geld verdienen musste, um leben zu können, nahm er als gegeben hin, aber er wollte keinen Beruf, in dem einen die Arbeit in Form von Papieren bis nach Hause verfolgte.

Kaarto gewann den Eindruck, dass Pulli eine rasche Auffassungsgabe besaß. Er hatte sich mit seinen fünfundzwanzig Jahren Fachkenntnisse in zwei handwerklichen Berufen angeeignet. Vielleicht zeugte das ebenso von einer gewissen Neigung, nach kurzer Zeit das Interesse an einer Sache zu verlieren, doch das bestritt Pulli. Er erklärte mit treuherzigem Blick, er interessiere sich eben für viele Dinge, und wenn er sich für etwas interessiere, wolle er lernen, was es damit auf sich habe.

Als Pulli über seine Hobbys sprach, erwähnte er einige Namen, die Kaarto nicht kannte. Und das ärgerte Kaarto. Er selbst hatte immer nur für Fachbücher Zeit gehabt; ironischerweise produzierte er Bücher, las sie aber nie. Er hielt Literatur nicht für gänzlich überflüssig, sonst hätte er ja seine Firma gleich schließen können, doch die Begeisterung, die manche Menschen für literarische Werke aufzubringen schienen, fand er ein wenig kindisch.

Anschließend versuchte Pulli, ihm in groben Zügen den Musikgeschmack der jungen Generation zu erläutern, und in dieser Phase begann Kaarto sich zu langweilen.

Aber er machte trotzdem die ganze Zeit ein aufmerksames Gesicht.

Kaarto wartete, bis Pulli auf Hannele zu sprechen kam, und sagte dann: »Du musst verstehen, dass Hannele noch sehr kindlich ist. Sie ist ziemlich behütet aufgewachsen, und seit sie den Schritt ins Universitätsleben gemacht hat, begeistert sie sich alle naselang für eine neue Kuriosität.«

»Im Vergleich zu vielen anderen Studenten, die ich kenne, kommt mir Hannele gar nicht kindlich vor.«

»Na ja, wir haben vielleicht unterschiedliche Vorstellungen davon, was kindlich ist und was nicht«, sagte Kaarto und sah verstohlen auf die Uhr. »Aber wenn du sie schlecht behandelst, dann kannst du dein blaues Wunder erleben, das schwöre ich dir.«

»Ich behandle nur ganz selten jemanden schlecht, und wenn, dann hat er es verdient«, erwiderte Pulli. Den leicht hochmütigen Klang, der sich in seine Stimme eingeschlichen hatte, bemerkte er nicht.

Kaarto bemerkte ihn durchaus und überlegte, ob er wohl das erste Anzeichen für den wahren Charakter seines Gegenübers war. Er fragte sich, ob Pulli ihn doch eingewickelt hatte. Aber das spielte keine große Rolle. Eigentlich spielte es überhaupt keine Rolle.

Es war bereits dunkel geworden und das gelbe Licht ermüdete Kaartos Augen. Doch er setzte das Gespräch fort, das im Grunde von Anfang an die Form eines Verhörs angenommen hatte.

Später sah er immer häufiger auf die Uhr, denn Pullis Erzählungen interessierten ihn immer weniger.

Erst nach Mitternacht ließ Kaarto den jungen Mann gehen.

# ZEHN

Hanhivaara hatte mit dem Rauchen aufgehört und angefangen, Erdnüsse zu essen. Nachdem er drei Kilo zugenommen hatte, war er von den Erdnüssen auf seine Fingernägel umgestiegen. Als es ganz danach aussah, dass er bald auch das Nägelkauen aufgeben müsste, stand er kurz davor, die ganze Sache bleiben zu lassen und wieder mit dem Rauchen anzufangen. Da bekam er zum Glück eine Angina. Er lag mit neununddreißig Grad Fieber im Bett, drei Schachteln Zigaretten auf dem Nachttisch, und gierte nach Nikotin, Teer und Kohlenmonoxid. Er gab sich die größte Mühe, zündete immer wieder eine Zigarette an, machte ein paar Züge, doch dann sagten die weißen Flecken in seiner Kehle Nein. Also drückte er die Zigarette aus und versuchte es nach kurzer Zeit von Neuem, bis der Aschenbecher randvoll war mit nur angerauchten Zigaretten.

An diesem Punkt sagte Hanhivaara mit lauter Stimme: »Dann eben nicht«, und warf den Rest der Packung weg.

Obwohl die Angina ihm geholfen hatte, war der Entzug eine Qual gewesen. Zwar blieb die Erinnerung an den widerwärtigen Geschmack des Rauchs und an den Schmerz im Hals lange frisch, aber er wurde dennoch wiederholt von einem Traum heimgesucht, in dem er genüsslich drei Zigaretten auf einmal rauchte oder eine dicke, saftige Zigarre paffte.

Dass das als ewige Rache der amerikanischen Indianer bezeichnete Laster nach Europa vorgedrungen war und von einem Polizisten namens Hanhivaara in einer Stadt namens Tampere Besitz ergriffen hatte, trug zur Klärung eines Verbrechens bei, das in der Sprache der Juristen schwerer Diebstahl genannt wird.

Eigentlich war Hanhivaara Beamter beim Gewaltdezernat. Er war zuständig für Raubüberfall, Mord, Totschlag, Körperverletzung und ähnliche herzige Verhaltensmuster, die vorwiegend unter Trinkern verbreitet waren, die sich aber mit beachtlicher Geschwindigkeit auch in anderen Milieus als rasche Lösung für jedermann durchsetzten.

Im Sommer wurde Hanhivaara jedoch bisweilen auch bei Ermittlungen über Eigentumsdelikte eingesetzt. So stand es um die personelle Ausstattung der finnischen Polizeikräfte.

Infolgedessen starrte Hanhivaara eines Morgens im August einen Safe an, dessen Tür fachmännisch aufgeschweißt worden war, und gierte nach einer Zigarette.

In dem Raum befanden sich vier Männer. Einer fotografierte, einer suchte nach Fingerabdrücken, einer passte auf, dass alles richtig gemacht wurde, und der vierte war Hanhivaara, der bald mit den Vernehmungen beginnen würde, sich aber vorläufig damit begnügte, mit echter Neugier seine Umgebung zu betrachten. Die Fünfte im Bunde war eine grauhaarige Frau, die immer wieder zur Tür hereinschaute und verzweifelt seufzte.

Der Raum war sauber und nach Hanhivaaras Einschätzung eine Art modernes Büro. Der Schreibtisch gefiel ihm allerdings nicht, denn es war eher ein Designerstück als ein praktisches Büromöbel. Auf dünnen Röhren lag eine Tischplatte aus Mahagoni; zwar befanden sich darauf Telefon, Mappen, Tischkalender, Stifte und so weiter, aber für Hanhivaara gehörten zu einem ordentlichen Schreibtisch auch Schubladen, entweder links oder rechts oder auf beiden Seiten.

Hanhivaara schaute seinem Kollegen zu, der die Oberfläche des Safes mit Puder bestäubte.

Er sagte: »Hör mal, Puro, ich möchte beinahe wetten, dass kein Einbrecher so einen Safe aufschweißen kann, ohne zwischendurch eine zu rauchen. An deiner Stelle würde ich auch an dem Zigarettenetui auf dem Schreibtisch nach Abdrücken suchen.«

»Ja, ja, wir wissen alle, dass du dir das Rauchen abgewöhnen willst«, gab der Angesprochene zurück. »Am Safe sind massenweise Abdrücke, aber die sehen alle gleich aus. Ich schließe meinerseits eine Wette darauf ab, dass sie vom Safebesitzer stammen. Professionelle Arbeit!«

Hanhivaara steckte die Hände in die Hosentaschen und sagte: »Der Aschenbecher ist jedenfalls voll. Hier ist geraucht worden.«

»Ja, ja«, erwiderte Puro. »Wir waren früher hier als die Putzfrauen. Zum Glück. Und die Grauhaarige da drüben sagt, dass in diesem Zimmer ein Kettenraucher arbeitet.«

Hanhivaara blieb hartnäckig: »An deiner Stelle würde ich das Zigarettenetui auch mal einstäuben. Auf Silber kriegt man doch ganz gute Abdrücke, oder?«

»Der Safe ist aufgebrochen worden, nicht das verdammte Zigarettenetui«, knurrte Puro.

»Warum ist er denn so gereizt? Versucht er, sich gerade das Rauchen abzugewöhnen?«, wandte sich Hanhivaara an den Mann, der der Leiter der Gruppe zu sein schien, denn er sah den anderen mit großer Sorgfalt beim Arbeiten zu. »Oder will er nur sein Pulver horten?«

»Hanhivaara meint es nicht böse«, begütigte Kivimaa, der kriminaltechnische Experte, der das Spurensicherungsteam leitete. Ihm war es egal, welche Art von Delikt er zu untersuchen hatte, das Labor war seine Domäne und er war vernarrt in seine Arbeit. »Tu ihm einfach den Gefallen.«

Puro, der seine Arbeit am Safe beendet hatte, bestäubte achselzuckend das silberne Zigarettenetui. Er entdeckte ein paar recht deutliche Abdrücke darauf, wobei natürlich in Betracht zu ziehen war, dass das Etui auch einen Besitzer hatte. Puro versäumte es nicht, Hanhivaara auf diesen Umstand hinzuweisen.

Hanhivaara wiederum hörte Puros begründete Meinung nicht, denn er war zu der lederbezogenen Tür gegangen und spähte hinaus.

Die grauhaarige Frau saß brav an ihrem Schreibtisch, als ob sie nie heimlich gelauscht hätte. Hanhivaara zog die Tür hinter sich zu und blieb davor stehen. Er stellte fest, dass die Grauhaarige ohne elektronische Hilfsmittel gar keine Chance hatte, erfolgreich zu lauschen.

»Saara Halme«, sagte er.

»Ja, Herr Hauptmeister«, erwiderte Saara. Ihre Stimme klang nicht eben respektvoll.

»Ist diese Tür nie abgeschlossen?«

»Sie ist fast immer abgeschlossen. Genauer gesagt, immer dann, wenn der Direktor nicht in seinem Büro ist.«

»Danke«, sagte Hanhivaara und kehrte in das fast immer abgeschlossene Direktorenzimmer zurück.

Kivimaa saß auf dem Stuhl des Direktors. »Unser Mann hat nicht viel Unordnung angerichtet«, stellte er fest. »Falls die Papiere hier sauber aufgestapelt waren, hat er sie durcheinandergeworfen, das ist alles.«

»Mal abgesehen vom Safe«, warf der blitzlichternde Fotograf ein.

Der tadelnde Blick, den er für diese Bemerkung verdient hätte, blieb ihm erspart, denn Kivimaa sah Hanhivaara an, der gerade sagte: »Er ist nicht nur ordentlich, sondern auch gut informiert. Nach unseren bisherigen Informationen hat er tatsächlich nur den Safe aufgebrochen, sonst nichts. Die

Tür zu diesem Zimmer ist nachts immer abgeschlossen. Aber nicht einmal die hat er gewaltsam geöffnet.«

Kivimaa, der zeigen wollte, dass auch er Schlüsse zu ziehen wusste, unterbrach ihn: »Also jemand, der sich im Gebäude auskennt.«

»So könnte es auf den ersten Blick aussehen«, nickte Hanhivaara. »An sich ist es nicht schwer, das Türschloss zu knacken, ohne Spuren zu hinterlassen, aber dazu muss man wissen, welchen Widerstand es bietet. Wenn der Täter es mit dem falschen Werkzeug versucht hätte, wären sicher Spuren zu sehen.«

»Ein Insiderjob«, sagte der Fotograf.

Nun sah Kivimaa ihn verärgert an. Manche bilden sich ein, mehr zu wissen als alle anderen.

Hanhivaara warf einen Blick auf die Uhr. »Der Direktor ist doch wohl benachrichtigt worden. Wo bleibt er nur? Ich habe noch nie von einem Direktor gehört, den ein Einbruch in sein eigenes Büro so wenig interessiert, dass er sich nicht einmal an den Tatort bemüht.«

Kivimaa sagte bedächtig: »Bevor du kamst, bin ich ein bisschen auf dem Flur herumspaziert. Der fragliche Direktor nimmt es mit seiner Arbeitszeit nicht so genau.« Er stand auf, trat an den Schrank und öffnete ihn. »Whisky. Sechs leere, vier volle und eine fast leere Flasche.«

»Hast aber nicht lange gebraucht, um diese Information zu kriegen«, meinte Hanhivaara.

»Wenn es um die Laster der Mitmenschen geht, ist fast jeder aufrichtig und mitteilsam.«

Hanhivaara hatte gehört, dass Kivimaa in seiner Freizeit Physiologie, Chemie, Biologie, Pathologie und Kochrezepte studierte, und fragte sich, wo er diesen Satz herhatte.

Kivimaa erriet seinen Gedanken und sagte: »Bei Kriminalermittlungen braucht man auch Menschenkenntnis.«

Etwas anderes hatte Hanhivaara nie behauptet.

Hanhivaara kannte Kivimaa nicht sehr gut und beurteilte ihn deshalb vielleicht allzu sarkastisch. Auch wenn Gaschromatografie und Mikrofaserband Kivimaas Seele in Beschlag genommen hatten, war er doch kein schlechter Mann. Er war einfach einer der wenigen glücklichen Menschen, die sich wirklich für ihre Arbeit interessieren.

Dabei war die Arbeit nicht sein ganzes Leben. Kivimaa zählte nämlich auch zu jenen seltenen Menschen, die eine glückliche Ehe führten.

Er war über Forschungsergebnisse informiert, denen zufolge man bei zwanzig Prozent der männlichen Bevölkerung eines Landes farblose, aber nur bei sieben Prozent rote Glassplitter an den Schuhsohlen fand. Aber er erkannte auch, wann die gereizte Stimmung seiner Frau auf ihre Menstruation zurückzuführen war, und verstärkte daraufhin seine kleinen Liebesbeweise. Er hatte zwei gerade in die Schule gekommene Söhne, mit denen er zum Angeln ging, und selbst wenn er dabei vielleicht über die neuen Möglichkeiten sinnierte, die das Rasterelektronenmikroskop eröffnete, entging es ihm nicht, wenn der Schwimmer eines der beiden Jungen nach unten gezogen wurde. Dann rief er: »Hol ihn raus!« Und er vergaß nie, die Beute als »ganz schönen Brocken« zu bezeichnen.

Kivimaa war genau der richtige Mann, um den technischen Teil der Tatortuntersuchung zu leiten. Er wusste über alle Instrumente und ihre Einsatzmöglichkeiten genauestens Bescheid. Aber er ließ sich nicht von ihnen beherrschen, sondern beherrschte sie.

Ein massiger Mann in blaugrauem Dreiteiler, blaugrauem Schlips und schwarzen, glänzenden Schuhen kam herein. Massig war vor allem sein Brustkorb, einen Schmerbauch hatte er nicht. Seine Haare waren säuberlich nach hinten gekämmt. In der rechten Hand hielt er eine schwarze Aktentasche. »Tag, die Herren. Ich bin Sakari Kaarto.«

Kivimaa stellte ihm die anwesenden Polizeibeamten vor und sagte: »Dann wollen wir mal feststellen, was fehlt.«

»Moment«, dröhnte Kaarto. »Zuerst genehmigen wir uns einen.«

Hanhivaara bewunderte den Auftritt des Mannes, wandte sich dann ab und bewunderte den Acker. Unmittelbar Beteiligte sind eine Bürde für die Ermittlungen, dachte er.

Kaarto trat an den Safe und besah sich den Inhalt. »Oho! Das Geld ist futsch. Da muss ich wohl zur Bank gehen, haha. Ach, und die Pistole, das ist schon schlimmer.«

»Eine Pistole?«, fragte Kivimaa besorgt.

»Ja. Hier, bitte«, sagte Kaarto und reichte ihm den Waffenschein.

Kivimaa überprüfte ihn und stellte fest, dass er in Ordnung war. Er fragte: »Lag die Pistole immer im Safe?«

»Meistens. Ich hab sie nur rausgenommen, wenn ich zu Hause auf aus der Mode geratene Möbel ballern wollte. Solange die heil sind, mag man sich ja nicht von ihnen trennen.«

Hanhivaara und Kivimaa wechselten einen Blick. Puro und der Fotograf dachten gleichzeitig, dass die Verrückten nicht aussterben.

Hanhivaara fragte: »Wie viel Geld war es?«

Kaarto sagte: »Das Jahresgehalt eines Gendarms. Brutto.«

Hanhivaara wiederholte: »Wie viel Geld lag in dem Safe?«

Kaarto lächelte. »Mein lieber Herr Gendarm, regen Sie sich doch nicht gleich auf. Fünfzigtausend.«

»Sie überschätzen die Freigebigkeit des finnischen Staates«, sagte Hanhivaara und erwiderte das Lächeln.

Kaarto ließ sich auf den Stuhl fallen, den Kivimaa höflich freigegeben hatte. Er ächzte: »Wenn ich den Kerl erwische, kann er was erleben. Wer war es?«

Kivimaa sagte: »Das wollten wir Sie gerade fragen.«

»Ich kenne keine Ganoven. Bei Ihnen sind die doch alle im Register. Suchen Sie sich den heraus, auf den die Methode passt.«

»Ganz einfach«, sagte Kivimaa.

»Lächerlich einfach«, kommentierte der Fotograf.

Der Blitzlichtheini übertreibt andauernd, dachte Hanhivaara. Dann sagte er: »Um die Sache nicht unnötig in die Länge zu ziehen, möchte ich einen interessanten Punkt klären. Der Safe ist das Einzige, was in diesem Gebäude aufgebrochen wurde. Sie haben es doch nicht etwa selbst getan?«

Kivimaa versuchte in letzter Sekunde, Öl auf die Wogen zu gießen: »Sind bei Ihnen ehemalige Straffällige beschäftigt?«

Kaartos Augen verengten sich, oder zumindest tat er sein Bestes, um diesem abgedroschenen Ausdruck gerecht zu werden. Auch seine Stimme wurde schärfer, das hoffte er wenigstens.

Er fuhr auf: »Jetzt hören Sie mal, Sie Gendarm …«

»Gendarm ist meiner Meinung nach immer noch keine herabsetzende Berufsbezeichnung«, sagte Hanhivaara gelassen. »Also nennen Sie ruhig weiter alle Polizisten Gendarme und beschweren Sie sich dann darüber, dass die Gendarme Ihnen nicht umgehend Ihr Geld zurückbringen.«

Kivimaa mischte sich ein: »Einen Moment, bitte.« Seine Stimme strahlte so viel Autorität aus, dass der Moment tatsächlich zustande kam. Und Kivimaa nutzte ihn: »Es steht fest, dass der Einbrecher sich im Gebäude recht gut ausgekannt haben muss. Bitte beruhigen Sie sich, Direktor Kaarto, und denken Sie einmal nach. Je schneller wir Hinweise erhalten, desto schneller können wir Ihnen Ihr Geld zurückbringen. Und Ihre Pistole.«

Kaarto reagierte mit Ehrerbietung auf Kivimaas kleine Rede. So weit ging seine Ehrerbietung allerdings nicht, dass er darauf verzichtet hätte, sich einen zweiten Schnaps einzuschenken. Er sagte: »Wenn der werte Herr Gendarm mich nicht unterbrochen hätte, wären wir schon einen Schritt weiter. Und damit wir klarsehen: Ein Mann wie ich gerät nicht aus der Fassung, weil man ihn beschuldigt, seinen eigenen Safe aufgebrochen zu haben, obwohl es viel leichter wäre, ihn aufzuschließen.«

Er legte eine Pause ein, weil er glaubte, die Polizisten würden sofort hecheln: Erzählen Sie weiter. Doch zu seinem Verdruss starrten ihn die vier Augenpaare weiter an. Er kapitulierte: »Ich kann Ihnen tatsächlich einen Kandidaten präsentieren. Ich stelle niemanden mit kriminellem Hintergrund ein. Wenn er den nämlich hat, ist er geschnappt worden und folglich in seinem Beruf nur mittelmäßig. Ich bevorzuge Leute, die in ihrem Fach überdurchschnittlich gut sind.«

Auch die zweite Pause, die Kaarto einlegte, brachte die Polizisten nicht dazu, ihn zu drängen: Erzählen Sie, schnell, schnell.

Kaarto sagte: »Der verdammte Bengel!«

»Ich geh schlafen«, murmelte Hanhivaara. »Der Plot kommt nicht vom Fleck.«

Kaarto ignorierte ihn. Er fuhr fort: »Also … Ich habe eine Tochter und die Töchter reicher Männer sind interessante Erscheinungen. Vor allem für junge Männer. Na ja, auch für meine Tochter hat sich ein junger Mann interessiert. Er machte einen sehr sympathischen Eindruck und ich habe ihn sozusagen unter meine Fittiche genommen. Er arbeitet hier. Sein unmittelbarer Vorgesetzter sagt, er sei ein guter Mitarbeiter und so weiter. Ich habe ihn ein paarmal hergebeten, um mich selbst von seiner Tauglichkeit zu überzeugen.«

Ein glänzender Richter, dachte Hanhivaara.

Kaarto sprach weiter: »Da der junge Mann Interesse für

meine Branche zeigte, habe ich angefangen, mich auch für ihn zu interessieren. Ich dachte, aus ihm könnte etwas werden. Vielleicht würde er eines Tages mein Lebenswerk fortsetzen et cetera. Ich habe ihm den ganzen Laden gezeigt, auch die Bereiche, die er bisher nicht kannte. Marketing und Administration zum Beispiel. Dabei habe ich ihm wohl auch das Alarmsystem erklärt. Und das ist nun der Dank!«

Als die Stille eine halbe Minute angedauert hatte, sagte Kivimaa: »Nun nennen Sie uns schon den Namen. Der Name definiert einen Menschen sozusagen genauer.«

»Hannu Pulli«, sagte Kaarto. »Ich bin wirklich ein Idiot!«

»Womöglich also doch ein leichter Fall«, flüsterte Kivimaa Hanhivaara zu.

Hanhivaara erwiderte leise: »Ich weiß nicht. Vielleicht ist er gar kein Idiot.«

# ELF

»Es ist trotzdem die Wahrheit«, sagte Hannu Pulli schon fast flehend.

Hanhivaara merkte, dass er den Stift in der Hand hielt, als ob es eine Zigarette wäre. Also drehte er ihn zwischen den Fingern und klopfte damit auf den Tisch. Dumme Ersttäter brachen in der Regel zusammen, wenn sie zum dritten Mal am Tag verhört wurden und immer wieder dieselben hartnäckigen Fragen beantworten mussten. Entweder war Pulli zum Verbrecher geboren oder seine Geschichte entsprach der Wahrheit.

»Kaarto behauptet, Sie den ganzen Abend nicht gesehen zu haben«, sagte Hanhivaara zum wiederholten Mal.

»Er lügt«, erwiderte Pulli zum wiederholten Mal.

»Na schön, fangen wir also noch mal von vorne an«, seufzte Hanhivaara.

Pulli stöhnte, sagte aber nichts.

Der kleine Vernehmungsraum enthielt zwei asketische Schreibtische und zwei uralte Schreibmaschinen. An der Tür standen zwei Namen, aber keiner davon war Hanhivaara. Hanhivaara befand sich am falschen Ort. Zwar interessierte ihn der Fall überhaupt nicht, doch allmählich begann er Pulli mehr Glauben zu schenken als Kaarto. Pulli wirkte nämlich ausgesprochen vernünftig, und die Tat, die ihm vorgeworfen wurde, war alles andere als vernünftig.

Pulli sagte: »Überlegen Sie doch selbst. Ich hätte nur eine Weile zu warten brauchen, um den ganzen Batzen zu kriegen. Warum hätte ich mich mit lumpigen fünfzigtausend begnügen sollen?«

Nach Hanhivaaras Ansicht lag die Antwort auf der Hand: »Nur wenige Menschen bringen es fertig, auf den Hauptgewinn zu warten, wenn sie wissen, dass sie einen Teil sofort bekommen können. Außerdem konnten Sie nicht sicher sein, tatsächlich den ganzen Batzen zu kriegen.« Doch das war nur ein Gegenargument, an das er selbst nicht glaubte.

Pulli sagte: »Also gut, fangen wir von vorne an. Ich bin seit einigen Monaten mit Kaartos Tochter befreundet. Es stimmt, dass Kaarto mich ins Chefzimmer zitiert hat, aber er hat mich keineswegs empfangen wie den verlorenen Sohn. Er hat mir klipp und klar gesagt, ich solle aus Hanneles Leben verschwinden. Dafür hat er mir sogar fünfzigtausend Mark geboten. Es stimmt, dass er mich durch die Druckerei geführt und mir die einzelnen Abteilungen gezeigt hat. Aber die Alarmanlage nicht. Und es ist und bleibt die reine Wahrheit, dass ich mich zu der Zeit, als der Einbruch offenbar stattfand, mit Kaarto in seiner Wohnung unterhalten habe.«

»Das bestreitet er. Gibt es jemanden, der das Treffen bezeugen kann?«

»Nein. Ich lebe allein und habe auch keinem davon erzählt.«

»Worüber haben Sie sich unterhalten?«

»Kaarto hatte seine Meinung total geändert. Er schien mich zu mögen, und ich habe ihm von mir erzählt, von meinen Ansichten und Hobbys. Von allem Möglichen. Wir haben mehr als vier Stunden zusammengesessen.«

»Warum hätte er plötzlich seine Meinung ändern sollen?«

»Hat er wahrscheinlich gar nicht. Er wollte bloß dafür sorgen, dass ich irgendwo bin, wo es außer ihm keinen Zeugen für meine Anwesenheit gibt. Ich bin sicher, dass er den Einbruch selbst begangen hat.«

Hanhivaara lächelte. »Wenn es stimmt, was Sie behaupten, kann er es nicht getan haben. Wenn Sie bis nach Mitternacht mit ihm geredet haben, hatte er einfach keine Zeit, es zu tun. Seine Frau sagt aus, dass er schon vor eins nach Hause gekommen ist.«

»Seine Frau«, schnaubte Pulli. »Die ist doch genau wie er. Snobs! Die stecken unter einer Decke.«

Hanhivaara hörte nicht zu, denn die Platte kannte er schon. Auch Polizisten fanden es langweilig, immer wieder auf denselben Dingen herumzureiten – die Gauner, mit denen sie es zu tun hatten, bildeten sich allerdings gern ein, diese Vernehmungstechnik rühre daher, dass die Beamten den Sachverhalt beim ersten Mal einfach nicht begriffen. Gelangweilt sagte Hanhivaara: »Dagegen hat niemand gesehen, dass Sie vor eins nach Hause gekommen sind. Oder überhaupt irgendwann in der Nacht.«

»Ich habe eben keine Frau, die mein Kommen und Gehen bezeugen könnte.«

»Lieben Sie dieses Mädchen? Diese Hannele?«, fragte Hanhivaara zerstreut. Er hatte an seine eigene Liebste denken müssen, die gestorben war. Wie lange war das her? Drei Jahre. Hanhivaara merkte, dass er sentimental geworden war, und hätte die Frage gern zurückgenommen.

»Was hat das mit der Sache zu tun?«, antwortete Pulli mit einer Gegenfrage.

Hanhivaara war pikiert. Er ließ den jungen Mann warten. Natürlich gehörte die Frage nicht zur Sache, aber Pullis ausweichende Reaktion führte Hanhivaara zu dem Schluss, dass sie doch zur Sache gehörte. Er erklärte: »Wenn ich jetzt sagen würde, dass alles mit allem zusammenhängt, würden Sie den Verdacht hegen, dass ich den falschen Beruf gewählt habe. Aber ich liefere Ihnen ein Beispiel dafür, dass selbst ein Polizist zu einer quasiphilosophischen Schlussfolgerung fähig ist, die Licht auf den Charakter des Verdächtigen wirft. Wenn Sie Hannele liebten, würden Sie nie etwas tun, was sie verletzen könnte. Sie würden zum Beispiel ihrem Vater keine fünfzigtausend Mark rauben. Wenn Sie Hannele liebten, wären Sie außerdem jederzeit bereit, es zuzugeben, denn es wäre Ihnen wichtig. Aber indem Sie der Frage ausweichen, erwecken Sie Misstrauen. Also könnten Sie doch der Täter sein.«

»Quatsch!«

»Sagen Sie.«

Obwohl Hanhivaara zu der Auffassung neigte, dass es sich nicht lohnte, mit Pulli weiterzumachen, delektierte er sich an dem Gedanken, seinem Gesprächspartner einen leisen Zweifel eingeimpft zu haben. Zu große Selbstsicherheit war nicht gut für einen jungen Mann.

Plötzlich sagte Pulli: »Ich habe eine Idee, die mich vielleicht von jedem Verdacht reinwäscht.«

Auch das noch, dachte Hanhivaara. Er drehte den Stift zwischen den Fingern, als hätte er nichts gehört.

Pulli maulte: »Sie wollen mir die Sache anhängen. Ihr seid doch alle gleich. Wenn irgendein Krösus euch einen Sündenbock präsentiert, macht ihr einen höflichen Diener und befördert das arme Opfer schleunigst an den Galgen.«

Hanhivaara sah Pulli frostig an. Er war an derartige Unterstellungen gewöhnt und schoss den eisigen Blick nur von Amts wegen ab. Aber er ärgerte sich auch darüber, dass er immer wieder dasselbe zu hören bekam, und darüber, dass er trotzdem bereit war, Pulli zu glauben.

»Ihr seid alle gleich«, sagte er. »Jeder kleine Ganove rennt, sobald er hier rauskommt, zur Redaktion des nächsten Revolverblatts und greint, die bösen Bullen hätten ihn verprügelt.«

Pulli schwieg einen Moment. Er war schlau genug zu erkennen, dass er einen Fehler gemacht hatte. Arroganz und Wehleidigkeit waren spurlos verschwunden, als er nun sagte: »Entschuldigung. Aber tun Sie mir einen Gefallen. Fragen Sie Kaarto, ob ich je in seiner Stadtwohnung war. Er wird Nein sagen, weil ihm die Bedeutung der Frage nicht aufgeht. Wenn Sie die Wohnung untersuchen, finden Sie dort meine Fingerabdrücke. Beschrieben habe ich sie Ihnen ja schon. Ich habe am Tisch gesessen, auf dem Stuhl an der Fensterseite.«

Hanhivaara erwiderte gelangweilt: »Was glauben Sie wohl, was wir gerade tun?«

Das war eine Lüge. Hanhivaara war bisher nicht auf diese Idee gekommen, aber er verzieh sich die Lüge unter dem Vorwand, dass er im Lauf des Tages sicher darauf gekommen wäre.

»Gehen Sie nach Hause«, sagte er. »Aber geben Sie in den nächsten zwei Jahren nicht zu viel Geld aus. Das wäre höchst verdächtig.«

»Sie tun es also.« Pulli stand auf. »Danke. Ich bin wirklich erleichtert.«

»Noch haben wir Ihre Fingerabdrücke nicht gefunden«, gab Hanhivaara zurück und überlegte, warum er so boshaft geworden war. Vielleicht wurden alle Polizisten früher oder später boshaft. Vielleicht.

Als Pulli gegangen war, rief Hanhivaara im Nebenzimmer an. Er fragte: »Ist Kaarto noch da?«

»Ja«, antwortete Kivimaa.

»Stell ihm noch eine Frage. Aber ganz beiläufig. So, als hätte die Sache keine Bedeutung.«

Hanhivaara erklärte, worum es ging.

Kivimaa sagte gereizt: »Was glaubst du wohl, was ich mache? Denkst du, ich frage ihn nach seinen musikalischen Vorlieben aus? Puro ist schon dort.«

»Er hat es also bestritten?«

»Hat er.«

Hanhivaara legte auf und war froh, dass er doch auf die Idee gekommen war.

Er hatte Lust auf eine Zigarette, kämpfte aber mannhaft gegen die qualvolle Begierde an und zwang sich, an etwas anderes zu denken.

In seinem Kopf schlugen Behauptungen und Gegenbehauptungen Wellen.

Schon als Pulli Kaartos Stadtwohnung beschrieben hatte, war Hanhivaara sicher gewesen, dass er nicht der Einbrecher war.

Aber er hätte die Information ja auch aus zweiter Hand haben können, zum Beispiel von Hannele. Die Beschreibung war nämlich nicht besonders genau. An Farben und andere Details hatte Pulli sich kaum erinnert. Zur Erklärung hatte er angegeben, er hätte anderes im Kopf gehabt.

Wenn Pulli tatsächlich in Kaartos Wohnung gewesen war, musste Kaarto einen bis auf Weiteres unbekannten Grund haben, dies zu bestreiten. Aber wenn Pulli dort gewesen war, hatte Kaarto den Safe nicht selbst aufschweißen können. Und in diesem Fall ergab die ganze Geschichte keinen Sinn.

Wenn Pullis Fingerabdrücke in Kaartos Wohnung gefunden wurden, war er aus dem Schneider.

Dann hatte Hanhivaara eine weitere Idee, eine neue Möglichkeit, die erklärte, warum Pulli darauf aus war, ein Alibi zu haben, aber offenließ, warum Kaarto es ihm nicht geben wollte. Die neue Theorie setzte allerdings die Existenz eines dritten Täters voraus.

Hanhivaara musste sich eingestehen, dass er immer noch keine sinnvolle Lösung gefunden hatte.

# ZWÖLF

»Liebe Freunde«, begann Siika wie ein Pfarrer, der den Trauergottesdienst für eine ›Stütze der Gesellschaft‹ eröffnet, von der alle, den Pfarrer eingeschlossen, wissen, dass er ein Nichtsnutz gewesen war. »Endlich habe ich Gelegenheit, euch etwas Positives über die Entwicklung der finnischen Kriminaltechnik zu sagen.«

»Was machst du denn hier?«, fragte Kivimaa. »Du bist doch im Gewaltdezernat.«

Die Polizisten hatten sich zusammengesetzt, um den verworrenen Einbruchsfall zu besprechen.

Siika sagte: »Eigentlich bin ich nur als Laufbursche hier. Ich habe mit Puro gesprochen. Er ist ja Experte für Fingerabdrücke. Aber da er ein wenig mundfaul ist und ungern Vorträge hält, erzähle ich euch, was er mir vor ein paar Minuten gesagt hat. Macht euch keine Sorgen. Es ist schon eine Streife unterwegs, um den Täter festzunehmen. Folglich können wir uns ein nettes Viertelstündchen machen und die technische Entwicklung bewundern, während wir auf den Mann warten.«

»Glaubst du, dass du fertig wirst, bevor er kommt?«, fragte Hanhivaara.

»Erstens: Seht euch das mal an«, strahlte Siika und ließ einen Computerausdruck herumgehen.

Auch Hanhivaara bekam ihn schließlich in die Hand. Er las:

```
iff
xxxIMDOCTNO: 17
QUE 6M8
2879
AND 5M4
145623584
AND 9M4
82416398
AND 6B: 06, 6B: 08
1879745
AND 5B: 10, 5B: 12
3810672
AND 9B: 16, 9B: 19
1615634
AND A3
35378
sort mr: 7
3 DOCUMENTS HAVE BEEN SORTED xxx
pack 2
PRINTA 2, P, BxxxNO MORE REFERENCES
xxx
```

Der Text ging noch weiter, aber Hanhivaara verlor die Lust an der Lektüre, denn er verstand kein Wort. »Klopapier«, sagte er.

»Klopapier!«, rief Siika triumphierend. »Klopapier, ha! Dieses so genannte Klopapier liefert uns die Information, dass Anto Puputti, selbst wenn er Kaartos Safe nicht aufgeschweißt haben sollte, auf jeden Fall Kaartos silbernes Zigarettenetui in der Hand gehabt hat. Darauf sind nämlich drei Fingerabdrücke von ihm gefunden worden.«

Die anderen sahen Siika, der immer mehr in Fahrt kam, stumm an. »Ich staune, dass das Geld für dieses Gerät zusammengekommen ist, denn die Abgeordneten haben sich bekanntlich darauf spezialisiert, die Arbeit der Polizei zu erschweren. Trotzdem haben wir vor zwei Jahren wahrhaftig ein neues Speicherprogramm für Fingerabdrücke bekommen. Der Name steht da oben.«

Siikas Finger zeigte auf die Buchstaben IMDOC.

»In diesem Programm sind die qualitativen und quantitativen Werte der registrierten Fingerabdrücke gespeichert, dazu die entsprechenden Personalien, der Bezirk, wo der Abdruck genommen wurde, sowie Verweise auf das Mikrofilmregister.«

»Hübsch«, meinte Hanhivaara.

»Nicht hübsch, sondern vernünftig«, sagte Siika. Sein Sinn für Humor war nicht besonders ausgeprägt. »Schaut her! Wir haben am Zigarettenetui drei Fingerabdrücke gefunden, die nicht von Kaarto stammen. Und was passiert? Schon am nächsten Tag haben wir den Mann, der sie hinterlassen hat. Wir stellen dem Computer einfach die erste Frage: 6M8.«

Siikas dicker Finger versuchte erneut, sich an der betreffenden Stelle durch das Papier zu bohren.

»Die 6 bezeichnet den sechsten Finger, M ist das Muster und 8 ein doppelter Bogen. Und was bekommen wir zur Antwort? 2879 Personen haben den passenden Abdruck. Die nächste Frage: 5M4.«

Wieder Siikas Finger. Aber jetzt hörte selbst Hanhivaara interessiert zu.

»Also der fünfte Finger und eine Ulnarschleife als Muster«, erklärte Siika. »Wir haben 23584 Personen, auf die der Abdruck passt, aber in Kombination mit dem ersten Resultat sinkt die Zahl auf 1456. Die Anzahl der möglichen Kandidaten verringert sich also um die Hälfte.«

Siika machte eine Pause, um den anderen Gelegenheit zu Bewunderungsrufen zu geben. Da diese ausblieben, fuhr er fort: »Mit dem dritten Finger kommen wir schon unter die Tausendergrenze. Dann nehmen wir die Zahlenwerte dazu. Zum Beispiel liegt die Anzahl der Hautleisten am sechsten Finger zwischen sechs und acht. Nachdem alle drei Finger entsprechend eingegeben wurden, haben wir exakt sechzehn Verbrecher, die infrage kommen können.«

Immer noch sagte keiner ein Wort. Die Analyse von Fingerabdrücken war eine Sache für Spezialisten. Hanhivaara sah den Leuten lieber in die Augen, statt ihre Fingerabdrücke zu betrachten.

»Dann stellen wir noch eine schlaue Frage: Wie viele von diesen sechzehn sind im Gebiet Tampere registriert? Dafür steht das Kürzel A3. Auf einmal haben wir nur noch drei Anwärter, für die wir auch gleich die Mikrofilmnummer, die Personalkennziffer und so weiter mitgeliefert bekommen. Eine schnelle Überprüfung zeigt, dass von den drei Kandidaten einer im Gefängnis sitzt und der zweite tot ist. Übrig bleibt Anto Sulevi Puputti, der offenbar schon zu lange auf freiem Fuß herumläuft und sich nach dem Knast sehnt.«

Damit war Siikas Vortrag beendet. Hanhivaara sagte: »Halleluja!«

Kivimaa dagegen reagierte sachlich: »Du hast also schon jemanden losgeschickt, um Puputti festzunehmen?«

»Ja«, nickte Siika.

Kivimaa sagte: »Na schön, dann kommen wir ja vielleicht doch noch zu einer Lösung.«

Er hatte sich jedoch zu früh gefreut. Puputti wurde gefunden und zur Vernehmung gebracht. Kaarto wurde ebenfalls zur Vernehmung geholt. Aber einfacher wurde die Sache dadurch auch nicht.

»Hören Sie, Herr Direktor, wir verstehen nichts. Sie als gebildeter Mann werden Verständnis dafür haben, dass wir nur dumme Polizisten sind. Aber wir müssen nun mal herausfinden, was passiert ist, dafür werden wir bezahlt.« Kivimaa wischte sich den Schweiß von der Stirn, denn er hatte zwar die Grundregeln menschlichen Verhaltens studiert, fand aber trotzdem mehr Gefallen an der Chemie.

Kaarto rauchte seine Zigarette mit der Routine, die er sich in dreiunddreißig Jahren erworben hatte, und machte keinen Versuch, Kivimaas Blick auszuweichen.

Kivimaa hatte es oft genug mit Lügnern zu tun und nahm ihnen ihr Verhalten nicht übel. Meist dachte er nur: Dass ein erwachsener Mann sich nicht schämt! Aber die Frage war, wie man eine offensichtliche Lüge als offensichtliche Lüge entlarvte.

Er sagte: »Wir wissen, dass Puputti ein alter Hase ist, und zweifeln jedes seiner Worte an, aber nur bis zu einer bestimmten Grenze. Jetzt behauptet er, Sie hätten ihn beauftragt, Ihren eigenen Safe aufzubrechen. Seine Freundin hat Sie gesehen, als Sie nach ihm gesucht haben. Er sagt, Sie hätten ihm sechzigtausend versprochen. Im Safe war seiner Aussage nach nichts, kein Geld, keine Pistole. Er gibt also zu, den Safe geöffnet zu haben. Den Namen Pulli will er nie gehört haben. Pulli wiederum sagt, er habe nie von einem Puputti gehört. Außerdem sagt er, Sie hätten ihn in Ihre Wohnung gebeten, um mit ihm über Ihre Tochter zu sprechen. Sie wiederum bestreiten das zuerst, dann sagen Sie, Sie hätten sich getroffen, aber nicht auf Ihren Wunsch, sondern auf seinen. Und Sie bleiben dabei, dass Ihnen fünfzigtausend Mark plus eine Pistole entwendet wurden. An Ihrem Zigarettenetui wurden drei Fingerabdrücke von Puputti sichergestellt, und das Etui lag auf dem Tisch, als er den Safe aufgebrochen hat. Er behauptet aber, es an dem Abend nicht berührt zu haben; vielmehr hätten Sie es ihm bei jedem Ihrer Treffen in Ihrem Wagen gereicht. Auch wir, Herr Direktor, halten Kriminelle für dumm, auch wir glauben, dass Puputti bei dem Einbruch Lust auf eine Gratiszigarette hatte, aber wir glauben nicht, dass er so dumm gewesen wäre, das Etui mit bloßen Händen anzufassen, nachdem er darauf geachtet hatte, am Safe keinerlei Abdrücke zu hinterlassen.«

»Sie wissen nicht, wie dumm Kriminelle sein können«, gab Kaarto gelassen zurück. »Offensichtlich hat er nämlich genau das getan. Seine Behauptung, mich vorher getroffen zu haben, ist völlig aus der Luft gegriffen, und die Aussage seiner Freundin erst recht. Frauen reden alles Mögliche, um ihrem Mann aus der Patsche zu helfen, ganz egal was für ein Hallodri er ist. Und dieser Raum ist erstens überfüllt und zweitens schlecht möbliert und ungemütlich.«

Das Zimmer war ungemütlich, doch das wäre einem Mann wie Kaarto nicht aufgefallen, wenn sein Chefzimmer nicht von einem anderen eingerichtet worden wäre.

»Man muss lernen, sich in jeder Umgebung wohlzufühlen«, quittierte Hanhivaara Kaartos Bemerkung. »Ich würde sagen, Sie sind in dieser Hinsicht vom Glück begünstigt.«

»Ich bin reich, aber das heißt nicht automatisch, dass ich auch glücklich bin.«

»Ich sagte, vom Glück begünstigt, nicht glücklich«, korrigierte ihn Hanhivaara. »Aber das ist nebensächlich, wichtiger ist die Frage, warum Sie Wert darauf legten, dass Ihr Safe aufgebrochen wird. Pullis Theorie zufolge wollten Sie damit ihn in Verdacht bringen, weil er nicht bereit war, sich von Ihrer Tochter zu trennen.«

Kaarto umklammerte die Stuhllehnen so fest, dass seine Fingerknöchel weiß hervortraten. Seine Stimme wurde heiser vor Wut. »Dieser miese kleine Wicht. Wenn ich den in die Finger kriege, zerquetsche ich ihn!«

»Regen Sie sich nicht auf«, beschwichtigte Hanhivaara ihn. »Natürlich hat er keinerlei Beweise. Aber seine Theorie ist durchaus interessant.«

»Interessant?«, brüllte Kaarto. »Was für ein treffender Ausdruck. Den Kerl bring ich wegen übler Nachrede vor den Kadi!«

»Mag sein, dass Sie das tun«, schaltete sich Kivimaa ein. »Aber zuerst müssten wir den Einbruch aufklären.«

»Ich hab Ihnen doch schon erklärt, wie es gelaufen ist. Pulli und Puputti haben die Sache gemeinsam ausgeheckt. Pulli hat Informationen über das Alarmsystem besorgt und für die Tatzeit ein Treffen mit mir arrangiert.«

»Aber wo ist das Geld?«, fragte Hanhivaara in verbindlichem Ton.

»Woher soll ich das wissen? Es ist Ihre Aufgabe, es aufzuspüren und mir zurückzubringen. Aber ich fürchte, Sie werden es nie finden.«

»Wieso nicht?«, hakte Hanhivaara ein. »Weil es gar nicht existiert?«

»Die finnische Polizei ist wirklich seltsam«, sagte Kaarto. »Ich werde ausgeraubt und die Polizei hat nichts Besseres zu tun, als mich zu beschuldigen. Ihr seid doch alle bekloppt!«

Ob das wohl stimmt?, dachte Hanhivaara. Sind wir die Verrückten?

Kaarto wurde gebeten, das Zimmer für einen Moment zu verlassen, und begab sich voller gerechten Zorns auf den Flur.

»Ein eigenartiger Fall«, meinte Kivimaa.

Hanhivaara nickte. »Da hast du recht. Ich glaube nicht, dass Pulli so dumm gewesen wäre. Na, immerhin steht fest, dass Puputti den Safe aufgeschweißt hat. Mag sein, dass Kaarto ihn damit beauftragt hat, aber das können wir nicht beweisen. Vor Gericht würden Puputti und seine Freundin als unzuverlässige Zeugen dastehen.«

»Aber du glaubst trotzdem, dass Kaarto selbst den Einbrecher angeheuert hat?«, fragte Kivimaa.

»Ja, das glaube ich«, sagte Hanhivaara. Er lutschte an einem Zahnstocher mit Mentholgeschmack. »Dass jemand diese Methode wählt, um einen unliebsamen Verehrer von seiner Tochter fernzuhalten, habe ich allerdings noch nie gehört. Gegen Pulli haben wir jedenfalls nichts in der Hand. Es sei denn …«

»Ich weiß, was du sagen willst: Es sei denn, das Geld würde zum Beispiel in seiner Wohnung gefunden«, unterbrach ihn Kivimaa.

»Kaarto scheint mir verrückt genug, auch das zu arrangieren«, sagte Hanhivaara nachdenklich. »Sollten wir ihn beschatten lassen?«

»Unzureichende Beweislage. Wir haben sowieso zu wenig Leute«, wandte Kivimaa ein. »Außerdem würde er schnurstracks beim Polizeipräsidenten anrufen und sich beschweren. Ein Mann in seiner Position und so weiter.«

»Das brächte er fertig«, stimmte Hanhivaara zu. »Na, jedenfalls haben wir Puputti. Soll das Gericht die Beweise abwägen.«

Hanhivaara verließ den Raum und teilte Kaarto mit, er könne nach Hause gehen. Gegebenenfalls werde man sich später noch mit ihm in Verbindung setzen.

Er sah dem bärenhaften Hünen nach, der den Gang entlangschritt. Zu hören waren seine Schritte nicht: Kaarto hielt seine Muskulatur in Schuss und trug Schuhe mit Kreppsohlen.

Hanhivaara hielt den Mann für seltsam. Und das, obwohl er gar nicht sah, wie breit Kaarto grinste, als er die Glastür aufstieß und auf die Straße trat.

# DREIZEHN

Karl Svanström war klein und verwittert.

Kaarto mochte ihn nicht.

Karl Svanström war das schwarze Schaf der Familie und Kirstis Vetter zweiten Grades. Er war verfallen, aber nicht in der Art wie die meisten Alkoholiker. Keine geplatzten Äderchen, kein aufgedunsenes Gesicht, kein schlechter Geruch. Er war wie eine sachgemäß gepresste Kornblume: Einmal getrocknet, hält sie ewig. Svanström war zwar nicht getrocknet, sondern eher eingeweckt worden, aber er war trotzdem in dreißig Jahren um drei Zentimeter geschrumpft.

Am meisten ärgerte sich Kaarto über seine unfehlbare Eleganz, über seine dunklen, nadelgestreiften Winter- und weißen Sommeranzüge, seine Schals und seinen Siegelring, die Zigarettenspitze und die rote Nelke im Knopfloch. Kaum weniger irritierte ihn Svanströms dezentes Verhalten: Er wurde nie betrunken, er war es einfach immer. Kaarto hätte zu gern einen Blick auf seine Leber geworfen, doch diese Vorstellung hätte jeden Reiz eingebüßt, wenn er gewusst hätte, dass Svanström seinen Arzt zweimal jährlich einen Blick auf dieses Organ werfen ließ, das sich jedes Mal als gesund erwies. An diesen beiden Tagen im Jahr bestellte Svanström pünktlich um zwölf in der Bar eines erstklassigen Hotels einen doppelten Whisky statt eines einfachen wie sonst und trank auf die wundersame Welt der Medizin.

»Da hockst du schon wieder und süffelst meinen Whisky«, sagte Kaarto unfreundlich.

»Du weißt genau, dass ich deinen Whisky nicht anrühre«, gab Svanström zurück. »Eins von deinen Gläsern habe ich mir allerdings geliehen, aber keine Sorge, es nutzt sich davon nicht ab.«

Kaarto nahm Svanström gegenüber Platz und wurde auf einmal sachlich. »Was nicht alles passiert, verdammt noch mal! Vor einer Woche ist jemand in mein Büro eingebrochen. Er ist geschnappt worden. Und weißt du, was der Kerl behauptet?«

Svanström betrachtete Kaarto mit allenfalls mäßigem Interesse. Er zog an seiner Zigarettenspitze und trank einen Schluck von dem Whisky, den er aus einem Flachmann ins Glas gegossen hatte. Dann kapitulierte er höflich: »Nein.«

Kaarto sagte: »Er behauptet, ich – ich persönlich! – hätte ihn gebeten, in mein Büro einzubrechen. Und irgend so ein verdammter Polizist hat die Stirn, derselben Meinung zu sein. Obendrein läuft der junge Knilch weiterhin frei herum, weil der andere Gauner nicht zugibt, dass er an der Sache beteiligt war. Ganovensolidarität, ist doch klar!«

»Was für ein junger Knilch?«, erkundigte sich Svanström höflich.

»Er arbeitet in meiner Firma und hat dem Einbrecher Informationen über das Alarmsystem besorgt. Was war ich für ein Idiot, ihm zu trauen! Zu allem Überfluss hatte er die Frechheit zu behaupten, er wäre in Hannele verliebt.«

Svanströms Interesse wuchs ein wenig. Die beiden Männer hatten ein ganz spezielles Verhältnis zueinander: Keiner machte sich etwas aus dem anderen. Dagegen hielt Svanström den Kontakt zu Kirsti aufrecht; beide waren von ihrer Familie verstoßen worden, das verband sie. Kirsti hatte den falschen Mann und Karl den falschen Beruf gewählt: Die großbürgerliche Familie Svanström hielt nichts von einem Mann, der davon lebte, Bilder zu malen. In beiden Fällen war die Familie im Irrtum. Kaarto hatte seiner Frau einen Lebensstandard verschafft, den ihre eigene Familie ihr nie hätte bieten können, und Svanström war einer der angesehensten Maler Finnlands. Nebenbei hatte er sich auch in die Spitzengruppe der Großkonsumenten emporgetrunken. Warum er trank, wusste niemand. Wenn seine Freunde ihn danach fragten und zugleich zur Mäßigung ermahnten, erklärte er schlicht: »Ich mag den Geschmack so gern.«

»In Hannele verliebt? Na, daraus kann man ihm keinen Vorwurf machen. Hannele ist ein reizendes Mädchen«, sagte Svanström.

»Stimmt, und deshalb lasse ich es nicht zu, dass irgendein Glücksjäger sie betatscht.«

Svanström war von Kaartos Sprachgebrauch nie besonders entzückt gewesen. Als eingefleischter Snob hielt er Kaarto für vulgär und nicht eben intelligent.

Kaarto trat an den Schrank und goss Whisky aus seiner eigenen Flasche in sein eigenes Glas. Svanström sagte: »Willkommen im Klub. Woher diese Sinnesänderung? Du hast doch nie viel getrunken. Aber wie ich höre, versuchst du jetzt, mich einzuholen, dabei habe ich einen gewaltigen Vorsprung.«

»Was geht dich das an?«, kehrte Kaarto zu seiner unfreundlichen Grundhaltung zurück.

»Skål«, lächelte Svanström.

»Prost«, knurrte Kaarto gereizt.

»Kirsti kocht gerade für dich«, sagte Svanström. »Sie meint, ich sollte euch Gesellschaft leisten, aber ich esse heutzutage sehr wenig. Vielleicht bleibe ich trotzdem.«

»Hast du in letzter Zeit gemalt?«, fragte Kaarto, nun wieder freundlicher.

»Und du? Hast du bunte Prospekte für *Hobby Hall* gedruckt?«

»Grins nicht so. Industrielle Produktion und schöpferische Arbeit sind nicht dasselbe«, sagte Kaarto.

Svanström wunderte sich, wann Kaarto zu dieser Erkenntnis gelangt war, sagte aber nur: »Na ja, ich male immer, zwar nicht viel, aber regelmäßig.«

Kirsti kam aus der Küche und stieg die drei Stufen hinunter, die vom Ess- zum Wohnbereich führten; es waren Bereiche, keine Zimmer, denn es gab keine Türen. Sie sagte: »Karl fühlt sich momentan ein bisschen einsam. Deshalb ist er vorbeigekommen.«

Nur deshalb?, dachte Kaarto und sagte: »Mir scheint, Karl fühlt sich ziemlich oft einsam. Eigentlich erstaunlich. Ich kenne viele, die gern einen Saufkumpan hätten.«

Kirsti entgegnete: »Karl ist lieber allein.«

»Warum redet ihr über mich, als ob ich gar nicht da wäre?«, fragte Karl Svanström.

»Vielleicht bist du gar nicht da. Männer deines Schlages übersieht man gern«, erwiderte Kaarto.

Kirsti guckte ihn besorgt an: »Warum sagst du so was? Ich finde, Karl sieht richtig gesund und gepflegt aus.«

»Aber er stinkt nach Schnaps.«

»Als ob du das merken würdest«, mischte sich Svanström ein. Er holte seinen silbernen Flachmann hervor und füllte sein Glas auf. Eilig schien er es nicht zu haben. Dennoch sagte er: »Mir scheint, ich bleibe doch nicht zum Essen.«

»Bitte bleib«, bat Kirsti. »Du musst essen. Du weißt ganz genau, dass du essen musst. Du weißt, wie es dir sonst ergeht.«

»Wie ergeht es mir sonst?«, erkundigte sich Svanström. »Ich sterbe? Das wäre kein großer Verlust.«

»Da hast du vollkommen recht«, pflichtete Kaarto ihm bei.

»Jedes Leben ist wertvoll«, protestierte Kirsti.

Blabla, dachte Kaarto. Laut aber sagte er: »Vielleicht hat Kirsti recht. Manchmal bin ich ein wenig gedankenlos.«

Svanström hatte sich schon immer über Kaartos gespaltene Persönlichkeit gewundert. Kaarto konnte zu jedem gemein und niederträchtig sein, aber wenn seine Frau eine ihrer banalen Bemerkungen machte, verhielt er sich ausgesprochen ritterlich. Na ja, er hat auch allen Grund zur Dankbarkeit, dachte Svanström. Ein so unbedeutender Mann, der so viel bekommen hat. Schade nur, dass er seine Frau zugrunde gerichtet hat; er hat sie ausgelaugt und ihren lebendigen Geist gefangen gesetzt und sie in einen Stubenvogel verwandelt, den es nicht einmal mehr nach der Freiheit verlangt.

Kaarto trank noch einen großen Schluck und sagte dann zu Kirsti: »Schauen wir mal, was du gekocht hast. Bestimmt etwas Gutes, wie immer. Du kannst ruhig zum Essen bleiben, Karl.«

Die Küche war hell beleuchtet und voll mechanisiert. Kirsti kannte sich mit jedem Gerät aus und wusste haargenau, was sich in welchem Schrank und in welcher Schublade befand. Ihr planmäßiges Vorgehen war bewundernswert. Sie wusste, wann sie welches Gemüse in den Topf geben musste, damit alles zur gleichen Zeit gar wurde. Und wenn sie ein Ofengericht zubereitete, war die Suppe immer genau dann aufgegessen, wenn es Zeit wurde, den Braten oder Auflauf aus dem Ofen zu nehmen.

Kaarto sah ihr zu, als sie sich am Herd zu schaffen machte. Neben ihrer zierlichen Gestalt wirkte er mit seiner Tapsigkeit immer ein wenig bäurisch oder lächerlich.

Plötzlich rief Kirsti: »Oje, ich habe die Herdplatte zu heiß gestellt. Hoffentlich ist die Käsesuppe nicht angebrannt.« Etwas in der Art sagte sie immer, wenn ihr Mann in der Küche war.

Immer brennt bei dir was an, dachte Kaarto, verdammt, wenn's doch ein einziges Mal wirklich anbrennen würde.

Dann nahm er das Filiermesser, hob es hoch über den Kopf und stieß es zwei Mal in den Rücken seiner Frau. Kirsti schrie auf, denn ihr blieb noch Zeit, den Schmerz zu spüren. Sie drehte sich um und sah in die hasserfüllten Augen ihres Mannes. Ihr eigener Hass war längst gestorben. Sie hatte sich jahrelang bestraft, hatte seit langer Zeit keinen Hass mehr empfunden, in ihrer Seele hatten nur resignierte Unterwerfung und Beklemmung geherrscht. Ihr blieb noch Zeit für den Gedanken, dass sie trotz allem geliebt hatte und dass diese Liebe ihr Leben lebenswert gemacht hatte.

Als Kaarto zum dritten Mal zustieß, diesmal in die Brust, wusste Kirsti, dass sie sterben würde. Sie hoffte, ihre Kinder würden lernen, offener zu hassen.

Kirsti sank zu Boden, und während das Blut aus ihrem Körper schoss, stieß Kaarto wieder und wieder zu.

Dann wurde sein Blick plötzlich trüb. Er stand auf und ging, das Messer in der Hand, ins Wohnzimmer, wo Svanström immer noch saß und in kleinen Schlucken seinen Whisky genoss.

Kaarto hielt ihm das blutige Messer hin und sagte: »Ich hab sie umgebracht. Ruf die Polizei.«

Wenn das Grauen zuschlägt, spürt man es nicht sofort. Falls Svanström einen Schock erleiden sollte, würde das erst später geschehen. Jetzt sah er den Mann, der vor ihm stand, nur verwundert und erschrocken an. Dann ging er ans Telefon und rief die Polizei.

Kaarto sagte nichts mehr und rührte sich nicht vom Fleck, bis die Polizisten kamen und ihn abführten.

# VIERZEHN

Am 14. September wurde Anto Sulevi Puputti von der vierten Abteilung des Amtsgerichts Tampere wegen schweren Diebstahls als Wiederholungstäter zu einem Jahr und neun Monaten Haft verurteilt.

Einige Punkte blieben jedoch peinlicherweise ungeklärt.

Die angeblich gestohlenen fünfzigtausend Mark waren unauffindbar. Dasselbe galt für die Pistole, die laut Kaartos Aussage im Safe gelegen hatte.

Puputti blieb bei seiner Behauptung, er habe nichts gestohlen. Er hielt auch an seiner Aussage fest, Kaarto habe ihn gebeten, den Safe zu knacken, und ihn mit der Aussicht auf sechzigtausend Mark geködert.

In allen Einzelheiten berichtete er von insgesamt drei Treffen mit Kaarto, für die es jedoch keine Augenzeugen gab. Die letzte Begegnung hatte seiner Darstellung nach am Tag des Einbruchs stattgefunden; Kaarto hatte ihm jedes Mal eine Zigarette aus seinem silbernen Etui angeboten. Puputti wurde als nicht unbedingt glaubwürdiger Zeuge eingestuft.

Kaarto wiederum behauptete, er habe nie etwas mit Puputti zu tun gehabt.

Hannu Pulli wurde freigesprochen. Gegen ihn lag nichts vor außer Kaartos hartnäckiger Verdächtigung, die wiederum schlagartig ihren Effekt verlor, nachdem Pullis Fingerabdrücke in Kaartos Stadtwohnung gefunden worden waren und Kaarto seine Aussage revidiert hatte. Aus einsichtigen

Gründen stand auch Kaarto als Zeuge nicht im besten Licht. Puputtis Aussage entlastete Pulli endgültig.

Kaarto entließ Pulli unter Berufung auf seinen persönlichen Verdacht aus seinen Diensten. Die Druckergewerkschaft focht die Kündigung an, doch in dieser Sache war noch kein Urteil ergangen, als der Einbruch vor Gericht verhandelt wurde.

Da aber Sakari Juhani Kaarto in der Zwischenzeit seine Frau getötet hatte, erschien die Frage, ob er an der Planung des Einbruchs beteiligt gewesen war, eher nebensächlich.

Kaartos zweiter Fall kam zwei Wochen später, am 28. September, zur Verhandlung.

Kaarto wurde wegen Mordes angeklagt.

In Finnland werden jährlich rund 250 Angeklagte auf ihren Geisteszustand untersucht. Diejenigen, die einen Mord oder Totschlag begangen haben, werden praktisch ausnahmslos zur Untersuchung geschickt. Und vielen von ihnen wird Unzurechnungsfähigkeit oder verminderte Zurechnungsfähigkeit attestiert.

Wenn festgestellt wird, dass ein Täter zum Zeitpunkt der Tat nicht zurechnungsfähig war, kann das Amtsgericht ihn für schuldunfähig erklären und aus diesem Grund auf eine Strafverhängung verzichten.

Danach kommt der Täter in der Regel in psychiatrische Behandlung, wozu das Gericht ihn jedoch nicht verurteilen kann.

Die vierte Abteilung des Amtsgerichts Tampere traf am 28. September einen Aussetzungsbeschluss, demzufolge Kaarto in einer psychiatrischen Klinik auf seinen Geisteszustand untersucht werden sollte.

Kaarto hatte gewusst, dass es so kommen würde; er spielte ein Vabanquespiel. Es gab viele Möglichkeiten: Selbst wenn die Oberste Gesundheitsbehörde ihm Unzurechnungsfähigkeit bescheinigte, konnte das Gericht anderer Meinung sein und ihn verurteilen; selbst wenn der untersuchende Arzt ihn für voll zurechnungsfähig hielt, konnten die Allwissenden bei der Obersten Gesundheitsbehörde klüger sein und seine Unzurechnungsfähigkeit erkennen; selbst wenn das Amtsgericht von einer Strafverhängung absah, konnten das Appellationsgericht und der Oberste Gerichtshof das Urteil korrigieren. Kaarto wusste, dass dergleichen vorgekommen war.

Seiner eigenen Einschätzung nach hatte er sich sorgfältig auf die psychiatrische Untersuchung vorbereitet. Im günstigsten Fall war er in einem halben Jahr ein freier Mann.

Ungewöhnlich rasch, schon nach vier Wochen, wurde Sakari Kaarto zur Untersuchung in die psychiatrische Abteilung der Universitätsklinik in Helsinki eingeliefert.

# FÜNFZEHN

Hanhivaara machte sich nicht viel aus Weihnachten. Noch weniger mochte er allerdings den November und die ersten Dezemberwochen. Aber in diesem Jahr war der Winter kurz vor Weihnachten immer noch nicht bis nach Mittelfinnland vorgedrungen; alles war grau und wässrig und verdrießlich; selbst die blauen Stadtbusse schienen verdrossen dahinzuschleichen, als wären auch sie Stimmungsschwankungen unterworfen.

Es waren noch anderthalb Wochen bis Weihnachten und für Hanhivaara rückte das Fest mit bestürzender Geschwindigkeit näher.

Er hatte eine Dummheit gemacht: um die Weihnachtszeit eine Woche Urlaub genommen. Warum?, fragte er sich, als er am Küchentisch saß und die dritte Tasse Kaffee trank. Er hatte alle möglichen Arten von Kaffee ausprobiert: Nescafé fand er ungenießbar, Filterkaffee ging, aber schließlich war er zum altmodischen aufgebrühten Kaffee zurückgekehrt, an dem ihm vor allem gefiel, dass man warten musste, bis sich das Kaffeepulver gesetzt hatte.

Hanhivaara wusste auch sonst nicht genau, was er wollte; das heißt, eigentlich wusste er es: Er wollte Zigaretten. Doch hartnäckig und mit einer für ihn untypischen Kompromisslosigkeit vermied er es, sie anzurühren. Er hatte während des ganzen Herbstes nur eine einzige Zigarre geraucht. Aber weil es ihn trotzdem nach Zigaretten verlangte, überlegte er ständig, worauf er wirklich Lust hatte.

Während er – zufrieden mit dem Geschmack – seinen Kaffee trank, fragte er sich immer noch unzufrieden: Warum? Was in aller Welt hatte ihn bewogen, ausgerechnet an Weihnachten Urlaub einzureichen? Das war purer Masochismus. Bei der Arbeit wären die Feiertage viel fröhlicher vergangen. Weihnachten war kein Fest für Einsame. Einsame hatten nur einen Festtag, wenn ein neuer Roman von Graham Greene erschien. Und das war neuerdings nicht sehr häufig der Fall.

Hanhivaara fand, dass Weihnachten außer Glühwein nichts Gutes mehr zu bieten hatte. Und auch der war meist schlecht, wenn man ihn nicht selbst zubereitete.

Er fasste einen Entschluss: Er würde eine Reise buchen. Egal wohin. Wenn jemand bereit war, ihm eine Reise zu verkaufen, würde er sie nehmen. Nach dieser Entscheidung dachte er voller Sympathie an das Schwein, das dank seines Verzichts am Leben bleiben durfte. Anstelle des Weihnachtsschinkens würde er Knoblauchshrimps essen oder Dolmades oder irgendwas; ja, Maija hatte ihn zum Feinschmecker erzogen; auch das war nicht uneingeschränkt gut: Maija ging ihm nicht aus dem Sinn und doch war sie tot, gegen jeden Anstand ermordet.

Nachdem er seinen Entschluss gefasst hatte, besserte sich Hanhivaaras Laune. Er ging in Unterhosen zurück ins Schlafzimmer, wo er eine halbe Stunde zuvor leider aufgewacht war. Das Aufwachen war ihm von Tag zu Tag widerwärtiger. Nicht weil er nicht mehr aufwachen wollte, sondern weil er es nicht angenehm fand, jeden Morgen in der Gewissheit aufzuwachen, dass die Gewalttaten vom vorigen Tag die Arbeit des heutigen sein würden. Er hätte gern gekündigt, doch er hatte keinen anderen Beruf gelernt. Dem Vernehmen nach hatte Huhtanen vor, den Dienst zu quittieren. Hanhivaara fragte sich, wie dieses Gerücht entstanden war, denn Huhtanen selbst sagte nie etwas. Wie auch immer, er hatte gehört, Huhtanen wolle eine Detektei gründen. Das wäre vielleicht auch etwas für ihn. Aber nur, wenn er Huhtanen zuvorkam, denn eine kleine Stadt konnte nicht allzu viele Privatdetektive ernähren, und eine Zusammenarbeit mit Huhtanen kam nicht infrage.

Hanhivaara mochte Huhtanen nicht. Früher hatte er ihn gemocht. Aber jetzt nicht mehr. Wäre er in Gefühlsdingen nicht relativ zurückhaltend gewesen, hätte er Huhtanen wahrscheinlich gehasst. Denn Huhtanen hatte ein Verbrechen geschehen lassen und dafür eine wacklige, fast krankhafte moralische Begründung angeführt. Hanhivaara verstand Huhtanen überhaupt nicht mehr. Ebenso unverständlich war ihm, wie Huhtanen als Privatunternehmer zurechtkommen wollte. Ein Unternehmer musste zwar nicht unbedingt vom Marketinggeist besessen sein, aber ein Mindestmaß an sozialen Fähigkeiten brauchte er immerhin. Und Huhtanens soziale Fähigkeiten reichten kaum aus, um im Milchladen Guten Tag zu sagen; vielleicht ging er eben deshalb nie in den Milchladen – das erledigte seine Frau. Huhtanen hatte sozialen Umgang mit seiner Pfeife. Pausenlos und unermüdlich.

Hanhivaaras Schlafzimmer war griechischblau gestrichen. So heiße die Farbe, hatte man ihm im Baumarkt gesagt; das mochte stimmen oder auch nicht, ihm gefiel sie jedenfalls. Er empfand das leuchtende Hellblau als Farbe der Hoffnung.

Hanhivaara warf sich rücklings auf das Bett und träumte davon, eine Zigarette zu rauchen, deren blaugrauer Rauch einen dunstigen Schleier vor die blaue Wand legte.

Dann duschte er und ging zur Arbeit.

In der Nacht war ein junger Mann von der Brücke in die Stromschnelle gesprungen. Oder gestoßen worden. Jedenfalls war er tot. Bei dem Sturz in die flache Stromschnelle hatte er sich ein Bein gebrochen und war – offenbar bewegungsunfähig und vor Schmerz hilflos – ertrunken. Huhtanen und Siika, die bereits früher zur Arbeit gekommen waren, untersuchten den Fall. Sieht nach Selbstmord aus, damit werden sogar Huhtanen und Siika fertig, dachte Hanhivaara und wusste, dass er unfair war.

Auf seinem Schreibtisch lagen siebzehn Fotokopien. Es gehörte nicht zu seinen Aufgaben, sie zu lesen, er war sich nicht einmal sicher, ob er überhaupt das Recht dazu hatte, bevor das Gericht sein Urteil verkündet hatte. Trotzdem hatte er sie sich von dem Staatsanwalt geben lassen, mit dem er sich in Verhandlungspausen zu unterhalten pflegte, wenn er sich nicht zu einsam fühlte. Wenn er sich einsam fühlte, ging er in der Pause in ein Café in der Nähe, nur um festzustellen, dass er selbst besseren Kaffee kochte.

Er las nur die erste Kopie und seufzte. Er hatte es vorhergesehen. Und jetzt war er sich auch sicher, wie das Gericht entscheiden würde.

Er hatte keine Lust weiterzulesen. Stattdessen rief er das erste Reisebüro an, das er im Telefonbuch fand, und fragte, ob es über Weihnachten irgendeine Reise für ihn gab und, wenn ja, zu welchem Preis. Es gab keine. Das nächste Reisebüro bot London und Madeira an und er wählte London.

Dann widmete er sich wieder dem Text, dessen Phraseologie ihm allmählich geläufig wurde. Es wunderte ihn nicht, dass jemand Verbrecher zu verteidigen versuchte, es wunderte ihn auch nicht, dass die Leute neuerdings scharenweise verrückt wurden, ebenso wenig wunderte es ihn, dass die Formulierungen immer schematisch klangen, denn er wusste, dass in jeder wissenschaftlichen Disziplin die Verwendung präziser Begriffe erforderlich war. Verwunderlich erschien ihm nur, dass vollkommen identische Persönlichkeitsbeschreibungen zu völlig konträren Schlussfolgerungen führen konnten: unzurechnungsfähig, vermindert zurechnungsfähig, zurechnungsfähig.

Da Hanhivaara keine konsequente Linie erkannte, sondern nur die subjektive Auffassung des jeweiligen Arztes, begriff er nicht, wieso auf diese Untersuchungen ein so großes Gewicht gelegt wurde.

Exakte Untersuchungsergebnisse wie Cholesterol- und Triglyzeridwerte, Blutzucker- und Hirnstrommessungen konnte er nachvollziehen. Wirkliche Beweiskraft schienen sie jedoch nicht zu besitzen; zum Beispiel wusste niemand, ob Drogenkonsum die Folge oder die Ursache einer Abnormität des Gehirns war.

Zudem waren in dem Gutachten über Kaarto nur die Resultate des EEGs vermerkt und die waren normal.

Hanhivaara beschloss, sich einen Kaffee zu gönnen. Die Papiere nahm er mit.

Die traditionell ungemütliche Einrichtung erschien ihm ganz normal. Er seufzte fast vor Erleichterung, als er die normale, ungemütliche Polizeikantine betrat.

Er war zufrieden, als er wieder einmal die Frage hörte: »Wie nennt man einen Schweden, der hinter einem Müllwagen herrennt?«

Und als er die Antwort hörte, hätte er beinahe gelacht: »Feinschmecker.«

Noch zufriedener wurde er beim Anblick eines hünenhaften Streifenpolizisten, der sich Würstchen und Kartoffelpüree auf den Teller lud.

Als er hörte, wie ein Polizeimeister bei der schwangeren Frau an der Theke einen Verdauungsschnaps bestellte, glaubte er fast, dass in der Unveränderlichkeit aller Dinge ein tieferer Sinn lag.

Dann hörte er Siikas Stimme: »Stell dir ein Haus mit Mansardendach vor. Auf der einen Seite hat das Dach einen Neigungswinkel von sechzig Grad, auf der anderen Seite sind es siebzig Grad. Angenommen, ein Huhn legt auf dem Dachfirst ein Ei. Auf welcher Seite rollt das Ei herunter?«

Huhtanen saß Siika gegenüber und sagte kein Wort.

Nun war Hanhivaara sicher, dass er unbesorgt in die Zukunft schauen konnte. Es gab Dinge, die sich nie ändern würden. Wenn Huhtanen auf Siikas Frage geantwortet hätte, wäre Hanhivaara weniger sicher gewesen. Aber da Siika seine Frage zufrieden lächelnd selbst beantwortete, konnte kein Zweifel daran bestehen, dass es so etwas wie einen Normalzustand gab.

Huhtanen war sein Leben lang Polizist gewesen, auch das war sicher ein Grund für seine Wortkargheit. Er war zwei Jahre jünger als Hanhivaara, war verheiratet und hatte zwei erwachsene Söhne. Er wohnte mit seiner Frau in Ylöjärvi, elf Kilometer von Tampere entfernt, in einem Eigenheim, dessen Bau durch eine kleine Erbschaft seiner Frau und zu einem geringeren Teil durch Huhtanens handwerklichen Einsatz ermöglicht worden war. Huhtanen und seine Frau verstanden sich prächtig, obwohl sie kaum miteinander sprachen. In Ylöjärvi galt die Frau als wahre Quasselstrippe. Der Grund für ihre Redseligkeit war allgemein bekannt.

Huhtanen hatte seine Berufslaufbahn als Idealist begonnen; in seiner Jugend war die Polizeischule noch nicht die letzte Zuflucht für Arbeitslose gewesen. Er hatte fleißig gearbeitet und insbesondere bei Vernehmungen außergewöhnliches Talent bewiesen. Er hatte den Instinkt und die Fähigkeit, Worte richtig einzusetzen, vielleicht ging er gerade deshalb so sparsam mit ihnen um.

Aber auf Idealismus folgen fast immer Enttäuschung und Desillusionierung. So erging es auch Huhtanen im Lauf der Jahre, als er immer häufiger bekannte Verbrecher frei herumlaufen sah und im Beruf zunehmendem Stress ausgesetzt war. Um die Zeit, als auf seinem Kopf die ersten grauen Haare auftauchten, begann er die Menschen, die er zu vernehmen hatte, immer wütender aus seinen grauen Augen anzustarren.

Da seine Frustration durch das vom Staat gezahlte und seiner Meinung nach unverhältnismäßig geringe Gehalt in keiner Weise aufgewogen wurde, begann er immer häufiger an Geld zu denken. Es gab nur eine Arbeit, von der er genug verstand. Er konnte seine Erfahrung nutzen, indem er eine eigene Detektei gründete. Er wusste, dass er auf keinen Fall weniger verdienen würde als in seiner jetzigen Stellung, selbst wenn die Detektei noch so schlecht lief. Außerdem, redete er sich ein, konnte er notfalls auf irgendetwas verzichten. Nur nicht auf seine Pfeife.

Hanhivaara gönnte seinem Magen einige beschwichtigende Gedanken und bestellte eine kleine Portion Kaffee in einer großen Tasse. Dann füllte er die Tasse mit Sahne auf. Sein Magen knurrte halbwegs zufrieden. Aber nur halbwegs.

Es widerstrebte ihm, die Sache vorzubringen, doch er hatte das Gefühl, es tun zu müssen.

»Morgen«, sagte er. »Was Neues?«

»Selbstmord, mit Sicherheit«, erwiderte Siika.

Huhtanen sagte nichts.

»Aha«, sagte Hanhivaara und trank von seiner Mischung.

»Was trinkst du da?«, fragte Siika.

»Kaffee.«

»So. Ziemlich helle Röstung.«

»Wieso Röstung?«, fragte Hanhivaara.

»Firlefanz«, brummte Huhtanen.

»Hanhivaara ist so kultiviert«, sagte Siika. »Er reist bestimmt über Weihnachten ins Ausland. Das hat Stil.«

Kein, dass sogar Huhtanens Pläne in aller Munde sind, obwohl er nichts sagt, dachte Hanhivaara.

Huhtanen sog an seiner röchelnden Pfeife und erklärte: »Siika ist mit einem Mädchen aus der Telefonzentrale befreundet. Mehr steckt nicht dahinter, mein lieber Watson.«

Hanhivaara schüttelte den Kopf. »Siika ist nur mit sich selbst befreundet.«

»Willst du ein Rätsel hören?«, fragte Siika.

»Nein. Zur Abwechslung möchte ich mal ein kleines Quiz veranstalten. Frage eins: Um was für ein Dokument handelt es sich? Frage zwei: Um wen geht es? Und Frage 3: Was sind die Schlussfolgerungen? Für jede richtige Antwort gibt es einen Punkt. Wer von euch als Erster zehn Punkte hat, erreicht in diesem Intelligenztest das Normalniveau.«

Huhtanen sog an seiner Pfeife und lächelte.

Siika dagegen protestierte: »Da haben wir ja gar keine Chance! Bei drei Fragen kann man keine zehn Punkte kriegen. Und dann gehst du hin und tratschst bis ins Justizministerium herum, die Intelligenz der Polizisten läge weit unter dem Niveau von Debilen.«

»Wagt er nicht. Ist selbst Polizist. Könnte gefeuert werden.« Huhtanens Stakkato erklang in gewohnter Manier.

Hanhivaara sagte: »Der erste Abschnitt beginnt folgendermaßen: Aus den Gerichtsakten geht hervor. Den Teil kennt ihr. Ein Mann ist des Mordes an seiner Frau angeklagt und der Staatsanwalt ist der Ansicht, dass die Tat mit besonderer Brutalität und Grausamkeit verübt wurde. Dann folgen Auszüge aus dem Abschlussbericht der Kripo. Die habe übrigens ich geschrieben, es ist also ein passabler Text. Der Mann sagt aus, er wäre ganz normal zum Abendessen nach Hause gekommen und seine Frau hätte ihm in der Küche aus heiterem Himmel eröffnet, sie wolle sich scheiden lassen.«

Hanhivaara machte eine Pause und Siika sagte: »Mit Ausnahme des Angeklagten hatte nie jemand von den Scheidungsabsichten der Frau gehört. Alle Verwandten und Bekannten waren völlig überrascht.«

Hanhivaara trank von seiner hellen Röstung und nickte. »So ist es. Aber bleiben wir bei der Aussage des Mannes. Er behauptet, sich nicht zu erinnern, was danach passierte, erst auf dem Revier sei er wieder zu sich gekommen. Als man ihm mitteilte, er stehe unter dem Verdacht, seine Frau getötet zu haben, sagte er, das könne nicht sein. Ein Zeuge namens Karl Svanström gab dagegen zu Protokoll, der Mann sei mit dem Messer in der Hand zu ihm gekommen und habe gesagt, er habe seine Frau getötet. Dann habe der Mann den genannten Svanström gebeten, die Polizei zu rufen. Später hat er dann die Tat gestanden und behauptet, er sei in Wut geraten, als er von dem Scheidungsvorhaben seiner Frau hörte.«

Ein Botenmädchen in Holzpantinen klapperte vorbei. Die Kasse klingelte. Der hünenhafte Streifenpolizist brachte seinen leeren Teller zur Geschirrrückgabe und rülpste herzhaft. Und Hanhivaara setzte sein absurdes Geschwätz fort: »Auch im nächsten Teil dieses Gutachtens werden die von der Kripo gesammelten Informationen intensiv verwertet. Nach der Bluttat hat die Polizei sämtliche Freunde des Mannes, seine Verwandten, Kollegen et cetera befragt. Der Mann heißt übrigens Kaarto, falls ihr es vergessen habt. Der Grund für die Befragungen war natürlich die Suche nach einem vernünftigen Motiv. Es wurde jedoch keines gefunden, abgesehen von Kaartos Behauptung, seine Frau habe die Scheidung verlangt. Dagegen haben alle, nämlich seine Sekretärin Saara Halme, seine Mitarbeiter Pekka Varpela und Viljo Partala, seine Kinder Visa und Hannele, Hanneles Freund Hannu Pulli und sogar ein Safeknacker namens Anto Puputti wie aus einem Mund ausgesagt, Kaarto habe sich schon seit einiger Zeit ›merkwürdig‹ benommen. Selbst einige

Polizisten, unter ihnen Hauptmeister Hanhivaara, haben feststellen müssen, dass Kaartos Verhalten nicht ganz normal war. Kurz und gut, alle hielten Kaarto für leicht verrückt.

Als Nächstes werden einige Passagen aus dem Plädoyer von Kaartos Anwalt zitiert. Darin heißt es unter anderem, dass Kaarto seelisch aus dem Gleichgewicht geraten war, dass er glaubte durchzudrehen und so weiter und so fort.

Dann folgen die Analysen und Beurteilungen der sogenannten Sachverständigen. Ich lese euch nur einige Schlüsselsätze vor, damit ihr einen allgemeinen Eindruck bekommt; ich weiß ja, dass es mit eurer Konzentrationsfähigkeit nicht weit her ist. Kaarto war als Kind extrem abhängig von seiner Mutter. Die Beziehung zum Vater war dagegen schlecht ... Ich erspare euch die schäbigen Einzelheiten ... Kaarto hatte ein schwaches Selbstbewusstsein ... Hier wird auch erklärt, warum, aber das könnt ihr euch selber denken ... In der Schule war er nicht besonders gut und als Kind zog er sich meist von den anderen zurück ... Er leidet von Zeit zu Zeit unter Schlaflosigkeit ... Er ist narzisstisch veranlagt und sieht nur seine eigenen Bedürfnisse ... Unmittelbar vor der Bluttat stand er unter stärkerem Stress als gewöhnlich, verursacht durch den Einbruch in seinem Büro und durch die Auseinandersetzung mit dem Freund seiner Tochter ... vielleicht auch durch erhöhten Alkoholkonsum.«

Siika unterbrach ihn: »Soweit ich mich erinnere, hatte er null Komma acht Promille.«

Hanhivaara fuhr fort: »Genau. Dann kommen psychologische Tests. Seine allgemeine Intelligenz wird ziemlich hoch eingestuft, IQ 118. In einigen Tests hat er sogar fast Hochbegabtenniveau erreicht. Wenn ihr ein bisschen Normaljargon hören wollt, kann ich auch damit dienen ... Bei Kaarto wurden sadistische Aggressivität und zwangsneurotische Züge festgestellt ... Der Proband erfüllt nicht die Kriterien eines antisozialen Charakters ... Tendiert zu größenwahnsinnigen Vorstellungen ... Noch mehr?«

Siika kratzte sich am Kopf. »Das reicht wohl.«

Huhtanen sagte nichts.

Hanhivaara meinte: »Ich möchte doch noch ein paar Sätze vom Schluss anfügen. Aus rechtspsychiatrischer Sicht dürfte die Feststellung begründet sein, dass der Proband zurzeit unbestreitbar geisteskrank ist, weshalb es begründet sein dürfte, ihn als unzurechnungsfähig zu betrachten. Der Gewaltausbruch ist durch jahrelang angestaute Wut motiviert. Der Proband benötigt stationäre psychiatrische Behandlung.«

Nun reagierte auch Huhtanen: »Dürfte? Steht das so da?«

Hanhivaara trank seinen Kaffee aus und nickte. »Ja, und ›unbestreitbar‹ auch. Nur ein wirklich offener, experimentierfreudiger Geist kombiniert ›unbestreitbar‹ mit ›dürfte‹. Ihr erinnert euch doch an das klassische Beispiel aus einem Leitartikel: ›Es dürfte meine feste Überzeugung sein ...‹.«

Huhtanen knurrte: »Und dann gleich zweimal. Ich lach mich tot.«

Siika sagte: »Und jetzt überprüfen wir die Antwort auf Hanhivaaras erstem Blatt. Unzurechnungsfähig, stimmt's?«

Hanhivaara brummte: »Sind sie doch alle. Töten ist schließlich nicht normal.«

»Die Punkte haben wir also. Und der Fall ist abgeschlossen«, sagte Siika.

# SECHZEHN

Das Amtsgericht stellte fest, dass Sakari Kaarto seine Frau ermordet hatte, vertrat aber die Ansicht, dass er zur Tatzeit unzurechnungsfähig gewesen war, und sah von einer Strafverhängung ab.

Kaarto wurde zur psychiatrischen Behandlung in das Krankenhaus Pitkänniemi aufgenommen.

Der Staatsanwalt legte Einspruch gegen das Urteil ein.

Hanhivaara verbrachte den Weihnachtsabend in der Westminster Abbey in London.

# DRITTER TEIL

# SIEBZEHN

Sakari Kaarto wurde am 6. März aus der Klinik entlassen. Am 7. März saß er zum ersten Mal nach mehr als einem halben Jahr wieder an seinem Schreibtisch. Am 8. März starb er.

Am 8. März schien die Sonne. Die Temperatur lag am Morgen fünf Grad unter null und aus Südost blies ein scharfer Wind. Von der Kolahalbinsel zog jedoch ein Hochdruckgebiet in Richtung Südfinnland herauf, sodass mit stärkerem Frost zu rechnen war. Auf der Erde lag Schnee, der unter den Sohlen knirschte. Der blaue Himmel war wolkenlos.

Setzten die Frühjahrssuizide in diesem Jahr etwa schon vor der Schneeschmelze ein? Nach Hanhivaaras Ansicht hätte die Selbstmordwelle eigentlich noch nicht beginnen sollen. Aber heutzutage, da man Regenwälder abholzte und als Weideland nutzte, gewaltige Flüsse von Norden nach Süden umleitete und das Gesangbuch reformierte, war auf nichts mehr Verlass.

Es war tatsächlich möglich, dass Sakari Kaarto sich selbst erschossen hatte, auch wenn einige Indizien nicht ganz ins Bild passten.

Vor dem Haus standen zwei Polizeifahrzeuge. Das eine war ein großer Mercedes Transporter, in dem sich die neuen Gerätschaften der ruhmreichen Kriminaltechnik befanden. Das andere war ein blau-weißer Saab, das übliche Gefährt der finnischen Polizei. Die polierten Seiten beider Wagen spiegelten sich in der fünf Meter langen und dreieinhalb Meter hohen Glasfront, hinter der Kaartos geräumiges und lichtdurchflutetes Wohnzimmer lag. Auf dem Hof standen fünf gestutzte Pappeln, die aber nach nichts aussahen, da das alte Laub abgefallen und das neue noch nicht nachgewachsen war.

Granitstufen führten zu einer Eichentür, die mit Bronzeintarsien verziert war und aussah, als ob sie jedem, der an Muskelschlaffheit litt, den Eintritt verwehren würde, die sich aber so anstandslos öffnete wie Gretchens Schenkel auf der Reeperbahn.

Hinter der Tür lag eine Eingangshalle, die viel kleiner war als der Wartesaal im Hauptbahnhof. Ohne weitere Türen ging sie auf der einen Seite in das Speisezimmer und auf der anderen Seite in das Wohnzimmer mit dem dreieinhalb Meter hohen Fenster über.

Am runden Esstisch, die linke Wange auf der Tischplatte, lag Sakari Kaartos Leiche. Die Tischdecke war von Tomatensuppe und Blut rot gefleckt. In Kaartos rechter Schläfe befand sich ein Schussloch, desgleichen in der linken. Er hatte sich quer durch den Kopf geschossen. Falls irgendjemand sich erschießt, wenn er gerade Tomatensuppe isst.

»Bei Verrückten weiß man nie«, sagte Kommissar Kari Kairamo. »Vielleicht ist ihm die Idee tatsächlich beim Essen gekommen.«

Kairamo stand in straffer Haltung neben der Leiche. Sein energisches, markantes Gesicht ließ keine Gefühle erkennen. Er hatte ein Problem geliefert bekommen, das er nach bestem Vermögen lösen musste. Und er war fest entschlossen, es richtig zu lösen.

Kommissar Kairamo war Volljurist und Leiter des Gewaltdezernats. Er trug grundsätzlich eine strenge Miene zur Schau und hoffte, vor dem starren Blick seiner grauen Augen würde jeder erzittern, der etwas auf dem Kerbholz hatte. Und wer hatte das nicht.

Kairamo war ein eigenartiger Vorgesetzter: Seine Untergebenen respektierten ihn, machten sich zugleich aber auch über ihn lustig. Kairamo war dem Menschengeschlecht nämlich ein wenig entfremdet und fiel dadurch auf. Er war ein eingefleischter Junggeselle und wusste nicht genau, wozu es überhaupt Frauen gab. Doch wohl nicht nur für das eine? Die typischen Merkmale des Junggesellen suchte man bei ihm allerdings vergebens: Er war weder schmuddelig noch hilflos. Im Gegenteil, er trat jeden Morgen makellos gekleidet und gut genährt zur Arbeit an. Ein wenig komisch war wohl auch, dass er tatsächlich deshalb Polizist geworden war, weil er als Kind so viele Detektivromane gelesen hatte.

Neben der Rechtswissenschaft interessierte ihn die Logik. Er pflegte jedes menschliche Problem in eine mathematische Gleichung umzuwandeln. Auch ein Verbrechen ist ein menschliches Problem und Kairamo klärte Verbrechen auf, wie man eine Gleichung löst. Bei Kairamos Ermittlungsstil konnte es durchaus passieren, dass der eine oder andere Mensch überrollt wurde; Kairamo verachtete die Menschen nicht, doch er nahm sie nur als Teile eines Problems wahr.

Siika dagegen war kein Volljurist. Er war ein großer, blonder Polizist aus Ostbottnien, der beschlossen hatte, seine kriminalistischen Fähigkeiten in den südlicheren Landesteilen zu erproben, sich folglich um eine offene Stelle in Tampere beworben und sie bekommen hatte. Er hatte ein hervorragendes Zeugnis von der Polizeischule und die Vorgesetzten in seiner vorigen Stelle konnten ihm keine Versäumnisse vorwerfen und hatten auch sonst nichts Negatives über seine Arbeit zu sagen. Allerdings kommt es in manchen Branchen vor, dass man ein gutes Arbeitszeugnis schreibt, weil man den Mitarbeiter trotz seiner Kompetenz gern loswerden möchte, vielleicht einfach deshalb, weil er alle Kollegen auf die Palme bringt.

Bei der Polizei geschah dies selten, denn hervorragende Ermittler, denen Verbrechen gewissermaßen ans Herz gewachsen sind, waren dünn gesät. Tatsächlich hatte in Oulu niemand Siika loswerden wollen. Aber lästig konnte er trotzdem sein.

Da Siika wusste, dass Kairamo juristisch vorgebildet war, baute er sich ständig vor ihm auf, legte die Spitzen seiner langen Finger gegeneinander und sagte beispielsweise: »Zwei Männer sind des Mordes angeklagt. Der eine wird für schuldig erklärt, der andere freigesprochen. Der Richter wendet sich an den Schuldigen und sagt: ›Das ist der seltsamste Fall, der mir je untergekommen ist. Obwohl kein Zweifel daran besteht, dass Sie schuldig sind, zwingt mich das Gesetz, Sie laufen zu lassen.‹ Wie erklärst du dir das, Kairamo?«

Siika verfügte über einen unerschöpflichen Vorrat an solchen logischen Kniffeleien, die manchmal durch Nachdenken zu lösen, manchmal aber auch nur Fangfragen waren. Kairamo reagierte gelassen auf Siikas Rätsel und war oft sogar bereit, sie zu lösen. Aber es gab viele im Polizeipräsidium, die Siikas Steckenpferd ein wenig ermüdend fanden.

Wie Kairamo war auch Siika Junggeselle, aber nicht aus mangelndem Interesse an Frauen. Er war der Ansicht, von seinem Polizistengehalt keine Ehefrau ernähren zu können, wozu ihn sein ostbottnisches Ehrgefühl verpflichtete. Da er erst dreiunddreißig war, rechnete er damit, irgendwann einen Ausweg aus diesem Dilemma zu finden.

Kairamo und Siika kamen gut miteinander aus, was nach Hanhivaaras Ansicht daran lag, dass Siika eher ein wandelndes Fragezeichen war als ein richtiger Mensch.

Es war Vormittag. Die Uhr zeigte halb zwölf und die Polizisten waren seit einer Viertelstunde am Ort.

»Tütensuppe, fürchte ich«, sagte Hanhivaara, nachdem er über Kairamos Schulter einen Blick auf die Leiche geworfen hatte.

Kairamo drehte sich um und sah Hanhivaara an, verzichtete jedoch auf einen Kommentar. Er hatte sich schon seit Langem abgewöhnt, Hanhivaara herumzukommandieren.

Siika, der an der anderen Seite des Tisches stand, sagte: »Hanhivaara erkennt an jedem Tatort sofort die wesentlichen Details.«

Hanhivaara erklärte: »Vermutlich konnte er überhaupt nicht kochen. Wenn ich mich recht entsinne, ist er ein alter Bekannter von uns, und wenn ich mich weiterhin recht entsinne, war seine unglückselige Ehefrau eine ausgezeichnete Köchin, wenn auch übermäßig unsicher. Er ist wohl erst kürzlich aus der Klinik gekommen, denn er hatte noch keine Zeit, eine Haushälterin einzustellen. Er war allein im Haus.«

»Er wurde vorgestern entlassen und war meines Wissens allein«, kam eine Stimme von der Treppe zum Esszimmer.

Hanhivaara drehte sich um. »Sie haben die Leiche gefunden?«

»So ist es.« Die Stimme des jungen Mannes klang rau. Sein dichtes braunes Haar war feucht und ungekämmt. Andere Anzeichen eines Schocks waren nicht zu erkennen.

Kairamo fragte: »Sie sind sein Sohn, nicht wahr?«

»Ja.«

»Wann haben Sie den Toten gefunden?«

»Vor einer Dreiviertelstunde.«

Kairamo sah auf die Uhr und sagte: »Sie besitzen also einen Hausschlüssel. Oder waren Sie hier, als er sich erschossen hat?«

»Ja, ich habe einen Schlüssel. Und ich war nicht im Haus, als es passiert ist.«

»Warum ist Ihr Haar nass?«, fragte Hanhivaara.

Visa Kaarto fuhr sich über den Kopf. »Ich habe mir kaltes Wasser über den Kopf laufen lassen. Ich war erschüttert, als ich ihn in diesem Zustand fand.«

»Verständlich«, sagte Hanhivaara.

»Warum sind Sie hergekommen?«, erkundigte sich Kairamo.

»Ohne besonderen Grund. Ich hatte gehört, dass er aus der Klinik entlassen wurde, und wollte ihn besuchen. Er war zwar kein besonders guter Vater, aber immerhin war er mein Vater. Ich habe kein Recht, ihn zu verurteilen, und gerade jetzt hatte ich auch nicht das Recht, ihn zu verstoßen. Er war ein kranker Mann.«

»Wen mochten Sie lieber, Ihre Mutter oder Ihren Vater?«, fragte Kairamo, denn er bildete sich ein, psychologischen Instinkt zu besitzen. Vielleicht stimmte das sogar, aber seine Frage war kein Beispiel für die optimale Technik.

Visa Kaarto kam die Stufen herauf; er klopfte nervös seine Taschen ab und seine Stimme klang noch rauer: »Netter Versuch. Ich mochte beide. Ich habe versucht, meinen Vater zu hassen, nach dem, was er getan hat, aber es ging nicht. Eher tat er mir leid.«

»Jedenfalls werden Sie ihn beerben«, sagte Siika.

Nach Hanhivaaras Ansicht verlief die Vernehmung einigermaßen chaotisch, obwohl er selbst kaum daran teilnahm. Er war ein wenig verärgert, dabei hatte er eigentlich kein Monopol auf eine chaotische und den Befragten dadurch verwirrende Vernehmungstechnik.

»Das weiß ich nicht«, erwiderte Visa Kaarto. »Vielleicht hat er ein Testament gemacht.«

»Das wird sich zeigen«, sagte Kairamo. »War jemand im Haus, als Sie kamen?«

»Nein. Jedenfalls habe ich niemanden gesehen.«

»Sie haben auch nicht gesehen, dass jemand das Haus verließ?«

»Nein.«

Hanhivaara fragte: »Stand das Haus die ganze Zeit leer, während Ihr Vater in der Klinik war?«

»Ja. Meine Schwester und ich wohnen in der Stadt. Eine Putzfrau hat ab und zu Staub gewischt, das war alles.«

Visa Kaarto trat von einem Bein aufs andere und fügte dann hinzu: »Ich habe ihn nicht umgebracht. Er muss es selbst getan haben.«

Kivimaa stand mit zwei schwarzen Köfferchen im Wohnzimmer. Er wartete darauf, dass das Gatter geöffnet wurde und er antraben durfte. Hinter ihm standen noch zwei muntere Fohlen, die Kivimaa gerade zu perfekten Kriminaltechnikern heranzog. Alle drei warteten auf das Signal, und sie brauchten nicht lange zu warten. Ein Wink von Kairamo und sie waren zur Stelle.

Kairamo sagte: »Schau dich ein bisschen um, Siika. Hanhivaara und ich suchen uns mit dem jungen Mann ein ruhiges Plätzchen.« Wohlwollend sah er Hanhivaara an, der sich verwundert fragte, wann Kairamo sich angewöhnt hatte, seine Untergebenen wohlwollend anzusehen.

»Gibt es hier ein nettes kleines Kämmerlein, in dem wir uns unterhalten können?«, wandte sich Kairamo an Visa Kaarto.

»Na ja«, sagte der und setzte sich in Bewegung. Die Polizisten folgten ihm.

Nachdem sie das Wohnzimmer durchquert hatten, hielt Visa Kaarto ihnen eine Tür auf.

Besonders klein schien in diesem Haus nichts zu sein. Hanhivaara schätzte das Zimmer auf rund vierzig Quadratmeter. Im Gegensatz zum cremefarbenen Wohnzimmer war dieser Raum dunkel und hatte nur drei kleine Fenster. Das Mobiliar bestand vorwiegend aus Chrom. Ein Regal mit einer riesigen Musikanlage füllte eine ganze Wand.

Visa Kaarto sagte: »Mein Vater hat nie Musik gehört, aber er wollte seinen Gästen zeigen, dass er die Möglichkeit dazu hatte.«

Kairamo begann die Anlage in Augenschein zu nehmen, während Hanhivaara verwundert die Möbel betrachtete.

Visa Kaarto erklärte: »Der Sessel ist von Le Corbusier. Chromgestell und Bezug aus Ponyfell. Ein Klassiker.«

»Sie kennen sich offenbar mit Möbeln aus«, sagte Hanhivaara.

»Ich studiere Architektur. Einen Teil der Möbel in diesem Raum habe ich ausgewählt. Ich habe versucht, meinen Vater im Zaum zu halten. Er hat leidenschaftlich gern Möbel gekauft, hatte aber praktisch keinen Geschmack.«

Hanhivaara bückte sich und strich über den etwa zwanzig Zentimeter hohen Tisch, der neben einem anderen Sessel stand.

Visa Kaarto sagte: »Der ist aus Dänemark, die Platte ist aus Marmor. Ein Entwurf von Poul Kjærholm, wie auch der Sessel daneben. Mein Vater hat sich irgendwann für Chromröhren und dunkle Farben begeistert. Den seltsamen Tisch da drüben hat der Schweizer Alfred Senn entworfen, ebenfalls Chrom und Glas.«

Hanhivaara bestaunte weiterhin das Zimmer. Er hatte das Gefühl, dass Kaarto Preis mit Stil gleichgesetzt hatte. An einer der Wände hing in fünfzig Zentimeter Höhe ein aus kleinen Elementen zusammengesetztes Regal, auf dem unter anderem Lampen standen, deren Arme grotesk verdreht waren. Es kam Hanhivaara vor, als schrien sie vor Schmerz.

Visa Kaarto setzte seine Führung fort: »Die Lampen sind aus England, Entwürfe von Robert Welch. Die Arme sind flexibel, die Füße aus Gusseisen.«

»Kein Chrom mehr«, lächelte Hanhivaara.

Visa Kaarto schien in Fahrt zu kommen: »Mein Vater hatte ein starkes Bedürfnis, sich zu präsentieren. Sie können sich ja vorstellen, dass er wegen seiner einfachen Herkunft Minderwertigkeitskomplexe hatte. Er hat es allen gezeigt, die ihn heimlich verachteten, und damit hat er sie in Rage gebracht. Und er hat grundsätzlich nur das Allerneueste gekauft. Kopien oder Antikmöbel hat er nicht akzeptiert.«

»Warum wohl?«, fragte Hanhivaara zerstreut.

»Wahrscheinlich war auch das ein Protest gegen die Traditionspflege, die die Familie meiner Mutter treibt«, meinte Visa Kaarto. »Sie finden in diesem Haus auch ein ganz anderes Zimmer, das meiner Mutter nämlich. Stilechtes Biedermeier. Eigentlich ist das Haus eine Art Museum. Meine Mutter hat den Stil bewahrt, den das Bürgertum vor rund hundertfünfzig Jahren liebte. Mein Vater repräsentierte die heutige Version.«

Kairamo räusperte sich. Hanhivaara sah ihn an und machte eine warnende Geste. Obwohl Kairamo sein Metier verstand, preschte er manchmal zu schnell vor. Hanhivaara wusste, dass Visa Kaarto einem bestimmten Thema auswich, über das gesprochen werden musste. Dennoch war auch seinem harmlosen Geplauder vielleicht etwas Wichtiges zu entnehmen.

»Kann man in denen auch sitzen?« Hanhivaara zeigte auf die Sessel.

»Sie sind hervorragend gestaltet«, erwiderte Visa Kaarto. Und Hanhivaara nahm Platz.

Auch Visa Kaarto setzte sich, nahm eine Zigarette vom Rand des Aschenbechers, zündete sie an und sagte: »Eleonore Peduzzi Riva.«

»Wie bitte?«, fragte Kairamo, der mit gequälter Miene ebenfalls Platz nahm.

»Die Aschenbecher«, sagte Hanhivaara. »Ein bisschen bunt für diese Umgebung.«

»Sie sind aus Italien. Ich weiß nicht, wie Vater auf sie verfallen ist. Ich habe sie jedenfalls nicht ausgesucht.«

Hanhivaara drehte und wand sich, bis er bequem saß, und sah sich um. Er wirkte völlig entspannt, als wäre er gerade dabei, sich vor dem Schlafengehen ein Glas guten Rotwein zu gönnen.

Visa Kaarto redete weiter und seine Stimme nahm allmählich einen hysterischen Klang an: »Mein Vater hatte vor, sämtliche Möbel rauszuwerfen. Er verstand nicht viel von der ganzen Sache, aber er hatte ein paar Innenarchitekten an der Hand, die er ständig nach den neuesten Strömungen gefragt hat, und da er sogar für bloße Informationen und Tipps gut bezahlt hat, bekam er sie haufenweise. In letzter Zeit waren Korbmöbel große Mode, aber Vater hielt davon nicht viel, weil die Dinger letzten Endes doch ziemlich billig sind. Stattdessen hatte er die Absicht, zwei Zahnarztstühle zu kaufen.«

Hanhivaara wartete schweigend, aber Kairamo fragte erstaunt: »Warum denn das?«

Visa Kaarto klärte ihn auf: »Das ist momentan der letzte Schrei. Wer up to date sein will, möbliert seine Wohnung mit Zahnarztstühlen, Rollstühlen oder meinethalben OP-Tischen. Es gibt sogar schon einen Namen dafür: Hightech. Vater wollte diesen Raum durchgängig mit solchem Zeug möblieren.«

»Ein Instrumentenschrank würde sich bestimmt prima als Barschrank machen«, meinte Hanhivaara.

Visa Kaarto schwieg. Er drückte seine Zigarette aus und rieb sich die Augen. Dann entgegnete er: »Ich weiß, worauf Sie anspielen, aber mein Vater hat nie viel getrunken. Außer vor einem Jahr, als er irgendwie durchgedreht ist. Als hätte er es absichtlich gemacht. Wie aus Trotz. Ich habe es nicht verstanden.«

Hanhivaara sagte: »Wir wissen ziemlich viel über Ihren Vater, aus naheliegenden Gründen. Aber vielleicht können Sie uns noch irgendetwas über ihn erzählen, was seinen Selbstmord erklären würde.«

»Er hatte doch einen einleuchtenden Grund, sich das Leben zu nehmen, finden Sie nicht? Wahrscheinlich hat er es einfach nicht ertragen, ein Mörder zu sein.«

»Aber er hat es doch ertragen«, mischte sich Kairamo ein. »Er ist ja sogar wieder zur Arbeit gegangen.« Dann wandte er sich an Hanhivaara: »Wir müssen klären, wie sein erster Arbeitstag verlaufen ist.«

Wie ist er denn darauf gekommen, dachte Hanhivaara, verbarg seinen Sarkasmus aber hinter einem Lächeln und fragte: »Wo waren Sie, als Ihr Vater sich erschossen hat?«

Visa Kaarto antwortete verwundert: »Das weiß ich nicht. Ich weiß ja gar nicht, wann er es getan hat.«

Hanhivaara gestand sich ein, dass sein Versuch ein wenig kindisch gewesen war.

Kairamo sagte: »Aufgrund langjähriger Erfahrung würde ich schätzen, dass er höchstens zwei Stunden vor Ihrem Eintreffen gestorben ist, wenn Sie tatsächlich kurz vor elf gekommen sind. Demnach wäre er gegen neun Uhr gestorben. Können Sie die Frage jetzt beantworten?«

»Da war ich zu Hause. Gegen neun bin ich gerade wach geworden.«

»Waren Sie allein?«

»Ja.«

»Schade«, sagte Kairamo.

Visa Kaarto sah ihn fragend an, und Hanhivaara erklärte: »Wir sind nicht ganz sicher, ob er sich tatsächlich selbst erschossen hat. Wir haben keinen Abschiedsbrief gefunden. Fast alle Selbstmörder hinterlassen einen. Außerdem erscheint es uns sehr eigenartig, dass er sich erschoss, bevor er seine Suppe aufgegessen hatte. Unmöglich ist es natürlich nicht, es gibt alle Arten von Selbstmördern. Aber es weckt doch gewisse Zweifel.«

»Ich habe ihn nicht erschossen«, stammelte Visa Kaarto.

»Das wollen wir Ihnen vorläufig glauben«, sagte Kairamo. »Wer käme denn sonst infrage? In diesem Stadium interessieren wir uns in der Regel für die Namen eventueller Feinde.«

»Ha...«, begann Visa Kaarto, dann verstummte er und nahm noch eine Zigarette vom Rand des roten Aschenbechers. Er zündete sie an und sagte: »Ich kenne keinen, der ihn gehasst hat.«

»Derartige Fisimatenten machen keinen guten Eindruck«, sagte Kairamo und stand auf. Die messerscharfen Bügelfalten seiner Hose ließen den Verdacht aufkommen, dass sie auch allein hätte stehen können.

Visa Kaarto gab sich einen Ruck: »Hannu Pulli könnte ihn gehasst haben. Vater hat ihn entlassen und nicht wieder eingestellt, obwohl die Kündigung für unrechtmäßig erklärt wurde. Er hat ein halbes Jahresgehalt als Abfindung bekommen. Aber seine Stelle hat er trotzdem verloren. Vielleicht konnte er meinem Vater das nicht verzeihen.«

Hanhivaara sah den jungen Mann prüfend an: ein guter Versuch. Er sagte: »Mag sein, aber möglicherweise gibt es Menschen, denen er noch Schlimmeres angetan hat.«

»Davon weiß ich nichts.«

Hanhivaara sagte in freundlichem Ton: »Hannele. Die ist Ihnen doch als Erste in den Sinn gekommen.«

»Nein!«, rief Visa Kaarto. »An sie habe ich nicht gedacht.«

»Doch, das haben Sie«, beharrte Hanhivaara erbarmungslos.

Visa Kaarto brach in Tränen aus. Er weinte offen und hemmungslos. Hanhivaara und Kairamo sahen sich an: Kairamo war verlegen, denn seiner Meinung nach schickte es sich für einen Mann nicht, in aller Öffentlichkeit zu weinen;

Hanhivaara wiederum schämte sich seiner Grausamkeit, aber er wusste, wann er handeln musste.

Visa Kaarto rang die Hände und gab sich seiner Qual hin. Seine Zigarette war auf den niedrigen Marmortisch gefallen, Hanhivaara hob sie auf und legte sie in den Aschenbecher.

Die Hysterie flaute ab und Visa Kaarto stieß schwer atmend hervor: »Was für eine Familie! Der Mann bringt seine Frau um und die Tochter ihren Vater. Das hält doch kein Mensch aus!«

Hanhivaara neigte dazu, den Ausbruch, der natürlich alle möglichen Gründe haben konnte, für echt zu halten. Er sagte: »Wir haben Hannele nicht beschuldigt.«

»Aber es ist wahr«, schluchzte Visa Kaarto. »Sie hat Vater gehasst.«

»Wo ist sie heute Morgen gewesen?«, erkundigte sich Kairamo.

»Das weiß ich nicht. Ich habe sie seit mindestens einer Woche nicht gesehen.«

Hanhivaara machte sich ein paar Notizen. Wenigstens hatte er jetzt außer Visa Kaarto zwei weitere Namen. Das war immerhin ein Anfang. Er fragte: »Was ist mit diesem Puputti, der behauptet hat, Ihr Vater hätte ihn mit falschen Versprechungen dazu gebracht, seinen Safe aufzubrechen?«

»Der sitzt wohl noch im Gefängnis«, meinte Kairamo.

»Ach ja, natürlich. Ein fantastisches Alibi.«

»Wie standen Sie nach dem Tod Ihrer Mutter zu Ihrem Vater?«, fragte Kairamo.

»Ich habe versucht, ihn zu hassen, aber es ist mir nicht gelungen, wie gesagt. Ich habe ihn einmal wöchentlich in der Klinik besucht. Und er schien sich gut zu erholen. Er sprach vernünftig und bestand sogar darauf, dass ich Geschäftsunterlagen zwischen seinem Büro und der Klinik hin- und hertransportierte. Er hat sich mit seinen Geschäftsführern über irgendwelche Maschinenkäufe gestritten. An sich wäre das nicht weiter von Bedeutung gewesen, denn er konnte ja immer allein entscheiden. Aber zu dem Zeitpunkt war das schwieriger. Und Vater schien seinen Geschäftsführern nicht restlos zu vertrauen.«

»Er hat also tatsächlich von der Nervenklinik aus seine Firma geleitet«, staunte Kairamo.

Hanhivaara meinte trocken: »Man konnte ihm wohl kaum das Besitzrecht entziehen, nur weil er ein bisschen verrückt war.«

»Gibt es noch andere nahe Bekannte oder Verwandte, die möglicherweise Rachegelüste hatten oder vom Tod Ihres Vaters profitieren?«, setzte Kairamo die Befragung fort.

Visa Kaarto schnäuzte sich laut und wischte sich die Tränen aus den Augen. Sein Anfall schien recht schnell vorbeizugehen. Er sagte: »Vater hatte nicht viele Freunde. Er hatte nie Zeit, Freundschaften zu pflegen. Sein Vater ist tot, und für seine Mutter hat er zwar gesorgt, aber kaum persönlichen Kontakt zu ihr gehabt. Die Verwandten meiner Mutter haben Vater immer abgelehnt; in dieser Richtung gab es überhaupt keine Beziehungen, keinen Hass mehr, glaube ich, aber auch keine freundlichen Gefühle. Tiefster Frost, würde ich sagen.«

»Hatte er Freundinnen?«, fragte Kairamo plötzlich.

»Von den letzten Monaten abgesehen, hatte er auch zu mir kein besonders enges Verhältnis, deshalb weiß ich es nicht. Aber wenn ich raten sollte, würde ich schon aufgrund der Statistiken Ja sagen.«

Kairamo machte sich Notizen. Er sagte: »Zu diesem Zweck hielt er sich wohl auch die Stadtwohnung.«

»Möglicherweise«, meinte Visa Kaarto. »Übrigens wusste ich von dieser Wohnung auch nichts, bis Hannu Pulli behauptete, er hätte sich dort mit Vater getroffen.«

Siika kam herein, nur um ein Paradox von sich zu geben: »Ein merkwürdiges Haus, aber nichts Merkwürdiges zu finden.«

»Na, das ist aber merkwürdig«, sagte Hanhivaara, doch er zählte im Moment nicht.

Siika erklärte, er habe sich alle Zimmer gründlich angesehen. Er hatte manches Interessante entdeckt, so zum Beispiel einen Gewürzständer aus Silber und Ebenholz auf dem Esszimmertisch, der aber wohl nicht unmittelbar dazu beigetragen hatte, Kaarto aus dem Kreis der Lebenden zu entfernen.

Der Arzt hatte die Leiche untersucht und sie war abtransportiert worden, nachdem der Fotograf seine Pflicht getan hatte. Auch in den anderen Zimmern hatte er eifrig geknipst und gesagt, das Haus sei ein wenig extravagant.

Auch ein Safe war gefunden worden, doch er war unberührt.

Es gab keinerlei Anzeichen für einen Kampf. Nichts war in Unordnung gebracht worden.

Der Fotograf hatte behauptet, es müsse sich um Selbstmord oder um einen Insidejob handeln. Siika hatte ihn gefragt, was das Fremdwort bedeutete, und der Fotograf hatte erklärt, der Täter müsse jemand sein, den Kaarto gekannt und eingelassen habe. Und Siika hatte gedacht, dass die Englischkenntnisse des Fotografen nicht so gut waren, wie er offenbar glaubte.

Emsig wie eine Biene im Rosenbusch hatte der Fingerabdruckspezialist seine Aufgabe erfüllt.

»Die Pistole!«, rief Hanhivaara plötzlich. »Sie hat also wirklich existiert.«

»Klar, lag ja auf dem Boden«, sagte Siika.

Hanhivaara schüttelte den Kopf. »Nein, nein, nein. Ich meine, das könnte die Pistole sein, die Kaarto vor fast einem

Jahr als gestohlen gemeldet hat. Wenn es dieselbe ist, wirft das doch ein neues Licht auf seine Aussage über den Einbruch. Vielleicht war an Puputtis Behauptung doch etwas dran.«

Kairamo spann den Gedanken weiter: »Wenn es seine eigene Pistole war, spricht das entweder für die Selbstmordtheorie oder dafür, dass der Täter ein Bekannter war, der wusste, wo Kaarto die Waffe aufbewahrte.«

Doch Hanhivaara, der sich gelegentlich das Vergnügen gönnte, mit sich selbst zu debattieren, widerlegte sein eigenes Argument: »Andererseits könnte Puputti die Pistole tatsächlich gestohlen haben, und nachdem ihm klar geworden war, dass Kaarto ihn übers Ohr gehauen hatte, hat er sie aus dem Versteck geholt und sich an dem Betrüger gerächt.«

Kairamo machte seine Theorie zunichte: »Du vergisst nur eins. Er sitzt im Gefängnis.«

Hahnhivaara fragte: »Kennst du die Namen aller Ausbrecher?«

»Ja«, sagte Kairamo.

Das glaubte ihm keiner, aber selbst Hanhivaara wusste, was Kairamo meinte: Wenn Puputtis Name auf der Liste der Ausbrecher gestanden hätte, wäre es ihm aufgefallen. Kairamos Gedächtnis fotografierte alles Wichtige.

Visa Kaarto hatte die Fassung wiedergewonnen – ein Zyniker hätte gedacht, das sei verdächtig schnell gegangen, und hätte dem Vatermörder Handschellen angelegt. Er sagte: »Mein Vater hatte nur eine Pistole. Ich glaube, es ist seine, oder zumindest eine ähnliche. Ich bin kein Waffenexperte.«

Siika erklärte: »Das lässt sich leicht feststellen. Er hatte einen Waffenschein, auf dem die Nummer der Waffe steht. Wir müssen nur daran denken.«

Kairamo warf ihm einen säuerlichen Blick zu. Wieso daran denken, er vergaß doch nie etwas.

Hanhivaara, der gerade beschlossen hatte, sich einen Sessel für viertausend Mark zu kaufen, hatte sich so gut eingelebt, dass er eher wie ein Tourist auf der Terrasse eines Strandhotels wirkte und nicht wie ein Kriminalhauptmeister, der zu entscheiden hatte, ob jemand ermordet worden war und, wenn ja, von wem. Aber immer, wenn sich Hanhivaara seinen Tagträumen hingab, fielen ihm neue Fakten ein. Schon viele Kriminelle waren über seine trügerische Langsamkeit gestolpert. Als er einmal mit gebrochenem Bein im Krankenhaus gelegen hatte, hatte er das ärztliche Gutachten gelesen, in dem es hieß, er sei ein wenig langsam. Er hatte gelacht.

Hanhivaara reckte sich. Es fehlte nur noch, dass er sich auf die andere Seite gedreht hätte, um gleichmäßig braun zu werden. Er fragte Visa Kaarto: »Wie hieß noch gleich der Mann, der hier war, als Ihre Mutter ermordet wurde?«

Visa Kaarto sagte: »Sie meinen Karl Svanström. Er ist ein Verwandter von Mutter. Ein Vetter zweiten Grades oder so.«

»Sie sagten doch, Ihre Familie hätte kaum Verbindung zu den Verwandten Ihrer Mutter gehabt.«

»Karl war eine Ausnahme.«

»Inwiefern?«

»Er hat selbst kaum Kontakt zu seinen Verwandten. Deshalb haben die beiden, meine Mutter und Karl, zueinander Verbindung gehalten.«

»Wie nahe standen sich die beiden? Ich versuche, die Hassliste zu ergänzen«, erklärte Hanhivaara träge. Visa Kaarto schien eine Aufmunterung zu brauchen, um wieder in Fahrt zu kommen.

Hanhivaara hatte recht gehabt. Visa lachte auf: »Karl mochte Mutter und Mutter mochte Karl, das steht fest. Karl war seit Mutters Tod nicht mehr hier. Mag sein, dass er meinen Vater hasste, aber er hätte ihn wohl kaum umgebracht.«

»Wie kommen Sie zu diesem Schluss?«

»Er würde so etwas für unfein halten.«

»Die beste Begründung, die ich je gehört habe«, lachte Siika. »Unfein!«

Visa Kaarto fuhr fort: »Sie verstehen mich nicht. Karl ist ein vollblütiger Snob. Es ist schwer zu erklären, aber ... Außerdem ist er alkoholsüchtig. Ich glaube nicht, dass er dazu fähig gewesen wäre.«

Kairamo sagte: »Der Junge hat keine Ahnung, wie viele Gewaltverbrechen in betrunkenem Zustand begangen werden.«

Visa Kaarto schwieg eine Weile, dann zuckte er mit den Achseln. »Wie Sie wollen. Ich habe Ihnen nur gesagt, was ich denke. Fragen Sie ihn einfach, wo er heute früh war. Vielleicht hat er ein Alibi. Aber von mir aus kann er auf Ihrer Liste ganz oben stehen.«

Hanhivaara sah den jungen Mann scharf an, als hätte er gerade geträumt und wüsste nicht recht, ob er wach war oder noch schlief.

Kairamo räusperte sich. »Ich denke, das war vorläufig alles. Sie begleiten uns allerdings noch aufs Präsidium.«

»Selbstverständlich«, sagte Visa Kaarto.

Das Grüppchen verließ das Musikzimmer, in dem nie Musik gehört wurde, und blieb kurz im cremefarbenen Wohnzimmer stehen. Siika winkte Kivimaa herbei.

Kivimaa sagte: »Es war Campbell.«

Keiner fragte nach, denn alle wussten, dass Kivimaa auf jeden Fall eine Erklärung liefern würde, die tatsächlich nicht lange auf sich warten ließ. »Also Suppe aus der Dose. Bei uns gibt es zum Beispiel auch Tütensuppe von Knorr zu kaufen. Aber die war es nicht. Hanhivaara hat sich geirrt.«

»Du hast in den Mülleimer geguckt«, maulte Hanhivaara.

»Mülleimer haben oft viel zu erzählen. Diesmal allerdings nur diesen einen Fakt.«

Siika sagte: »Nachdem wir nun die Speisekarte kennen, zeigst du dem jungen Herrn bitte mal die Pistole.«

Kivimaa holte einen Plastikbeutel aus einem seiner schwarzen Koffer und hielt ihn so, dass Visa Kaarto den Inhalt sehen konnte.

Der junge Mann nickte. »Ja, die sieht aus wie Vaters Pistole.«

»Wo hat er sie normalerweise aufbewahrt?«, fragte Kairamo.

»Mal hier, mal da. Ich weiß auch nicht, warum. Manchmal lag sie im Wagen, manchmal ließ er sie in der Firma im Safe, manchmal hatte er sie hier zu Hause. Wenn sie zu Hause war, lag sie in der Nachttischschublade. Auch so eine verrückte Idee.«

»Wer wusste, dass er sie in der Nachttischschublade aufbewahrte?«, fragte Kairamo weiter.

»Ich«, sagte Visa Kaarto. »Hannele bestimmt auch. Und womöglich andere. Karl hat es vielleicht von Mutter erfahren.«

Aha, jetzt hat sich der Junge auf ihn verlegt, dachte Hanhivaara.

»Wann haben Sie die Pistole zuletzt gesehen?«, wollte Kairamo wissen.

»Ich habe sie nicht mehr gesehen, seit Vater erzählt hat, dass sie gestohlen wurde. Andererseits habe ich auch nicht in seiner Nachttischschublade gekramt.«

Kivimaa ging mit seinen Laborknaben zum Kleintransporter.

In seiner Zerstreutheit setzte sich Hanhivaara ans Steuer des Saab. Kairamo ließ Visa Kaarto auf der Rückbank Platz nehmen und setzte sich neben ihn.

Siika blieb neben dem Wagen stehen und sagte: »Hanhivaara rutscht auf den Beifahrersitz oder ich nehme den Bus.«

»Nimm den Bus«, sagte Hanhivaara und schlug die Tür zu.

Mit saurer Miene stieg Siika auf der anderen Seite ein.

Keine fünf Minuten später hatte Hanhivaara es geschafft, den Motor anzulassen, und fuhr vom Grundstück auf die Straße.

Wie alle miserablen Autofahrer dachte Hanhivaara beim Fahren an alles andere als an den Verkehr. Diesmal dachte er darüber nach, was für ein Elend dieser Fall war. Er überlegte sich, dass Elend offenbar die Tendenz hatte, sich zu häufen: Traurige Ereignisse kamen nicht einzeln, nicht einmal paarweise, sondern strömten heran wie eine unaufhaltsame Masse.

Mit dem Auge des Polizisten beobachtete Hanhivaara zudem die Umgebung. Kaartos Haus war abgelegen; nachdem er hundert Meter gefahren war, sah Hanhivaara immer noch kein Nachbarhaus. Nur ein einsamer Skiläufer zog seine Bahn über den Acker und verschwand im Wald. Aber ganz so abgelegen war Kaartos Haus doch nicht. Nach zweihundert Metern tauchte eine weitere Prachtvilla auf; der Eindruck von Einsamkeit entstand hauptsächlich durch den Wald, der zwischen den Häusern lag.

»Guck nach vorn!« Siika knirschte mit den Zähnen.

Hanhivaara konzentrierte sich auf den Verkehr.

# ACHTZEHN

Niemand im Polizeipräsidium glaubte, dass Sakari Kaarto Selbstmord begangen hatte. Die Gründe lagen auf der Hand. Niemand erschoss sich bei einem Teller Tomatensuppe. Niemand erschoss sich, nachdem er gerade mal einen Tag mit seinem Lebenswerk verbracht hatte. Niemand erschoss sich unmittelbar nach einem Telefonat mit seiner Sekretärin, mit der er das Tagesprogramm besprochen hatte. Niemand erschoss sich mit einer Pistole, die er als gestohlen gemeldet hatte.

Es sei denn, er war verrückt.

Halb vier nachmittags. Der Frost würde strenger werden, in der Nacht waren minus fünfzehn Grad zu erwarten, sagten die Meteorologen, die immer behaupten, es zu wissen.

Huhtanens Pfeife zerbrach und er betrachtete sie, als wäre zumindest er bereit, Selbstmord zu begehen. Hätte er einen Hut aufgehabt, hätte er ihn abgenommen, als er die Teile der Pfeife vor sich auf den runden Tisch legte. Er erstattete Bericht: »Saara Halme sagt, Kaarto habe sie um acht Uhr zu Hause angerufen. Sie sollte irgendwelche Unterlagen vorbereiten, er wäre spätestens um Viertel nach neun in der Firma. Außerdem hat er sie um die Personalakte von Viljo Partala gebeten.«

Kairamo saß wieder als Vorsitzender am Tisch, obwohl es an einem runden Tisch schwierig ist, den Platz des Vorsitzenden zu bestimmen. Er fragte: »Was hat Partala dazu gesagt?«

»Nichts.«

Huhtanen trieb seine Wortkargheit zu weit und Kairamo rügte ihn: »Natürlich hat er etwas gesagt.«

Gramgebeugt brummte Huhtanen: »Er hat gesagt: ›Ich weiß nicht, warum Kaarto meine Personalakte sehen wollte.‹«

In der ersten Besprechung waren die Ermittler immer ein wenig niedergeschlagen und nervös. Es sei denn, der Täter hatte rechtzeitig ein Geständnis abgelegt. Diesmal stand nicht einmal mit Sicherheit fest, ob es überhaupt einen Mörder gab.

Kairamo hatte sich angewöhnt, die Brille auf die Stirn zu schieben; er bildete sich ein, dadurch effektiver und nachdenklicher zu wirken. Hanhivaara lehnte sich zurück, verschränkte die Hände im Nacken und betrachtete die Decke. Huhtanen leistete gründliche Trauerarbeit. Siika dachte, dass ihm noch kein einziges Mal ein Mord in einem von innen verschlossenen Zimmer untergekommen war; das verdross ihn. Olavi Jorma wirkte interessiert, denn er war noch sehr jung, erst fünfundzwanzig.

Er war an Rimpiahos Stelle getreten; Rimpiaho war tot; ein verrückter Kellner hatte ihm mit einer Präzisionspistole ins Gesicht geschossen.

Kairamo hatte den Staatshaushalt belastet, indem er einen Block Karopapier im Format DIN A4 beansprucht hatte. Den Federhalter hatte er von seinem eigenen Geld gekauft. Er schrieb damit in gleichmäßiger Handschrift auf den Block. Zwar hatte er alles im Gedächtnis gespeichert, aber er wollte vor seinen Mitarbeitern gut organisiert erscheinen.

Er sagte: »Wir sollten trotzdem davon ausgehen, dass es sich um ein Verbrechen handelt.«

Was er meinte, war: Da sich niemand so erschießt, wie Kaarto es getan zu haben schien, war es nicht wahrscheinlich, dass er es tatsächlich getan hatte. Und alles, was unwahrscheinlich war, war zweifelhaft. Bis man wieder einmal feststellte, dass in der Realität Dinge geschahen, die niemand glauben würde, wenn er sie in irgendeinem Roman läse. Danach wurde das Unwahrscheinliche dann als ausgesprochen merkwürdiger Fall archiviert, und die Ausbilder an der Polizeischule bekamen neues Material, mit dem sie unschuldige junge Leute verwirren konnten, die zu viele Detektivromane gelesen hatten oder einfach arbeitslos geworden waren.

Hanhivaara sagte: »Ja.«

Olavi Jorma glaubte daraufhin, dass Kairamo eine Bestätigung für seine Schlussfolgerung erwartete, deshalb meldete auch er sich zu Wort: »Unbedingt. Wenn jemand den Mord als Selbstmord tarnen wollte, hat er schlampig gearbeitet.«

Kairamo hielt im Schreiben inne und hob den Blick: »Möchte mir noch jemand beipflichten?«

Siika sagte: »In einem Wald wurden einmal ein Mann und eine Pistole im selben Grab gefunden. Das Grab war ziemlich flach. Das Gericht kam zu dem Schluss, dass der Mann die Grube ausgehoben, sich hineingelegt und Erde über sich geschaufelt hatte und dass er sich zum Schluss die letzte Scholle aufs Gesicht gelegt und sich dann erschossen hatte. Es war allerdings schon ein alter Fall, als er gefunden wurde. Genau genommen musste man ihn mit einem Löffel aus der Grube schöpfen. Ich wollte bloß sagen, dass es alle möglichen Arten gibt, sich umzubringen.«

»Wer hat ihn gefunden?«, fragte Hanhivaara.

»Ein gewisser Jorma Karvinen«, sagte Siika.

»Was war das für ein Mann?«

»Doktor der theoretischen Statistik. Aber zu der Zeit arbeitslos.«

»Wie hat er das Grab entdeckt?«

»Er hat am Waldrand nach Würmern gegraben.«

»Na ja, wenn er arbeitslos war, hatte er natürlich Zeit zum Angeln.«

»Er hat übrigens versucht zu berechnen, wie hoch die Wahrscheinlichkeit war, dass gerade er das Grab entdeckt. Aber das Ergebnis hatte zu viele Nullen hinter dem Komma.«

»Tja, Arbeitslosigkeit gibt es fast in allen Berufen.«

»Die Geschichte ist jedenfalls wirklich passiert. Die Akte liegt im Archiv des Amtsgerichts in Jyväskylä.«

»Schluss jetzt«, unterbrach Kairamo den Dialog.

Huhtanen fragte: »Hast du Zigaretten, Siika?«

Siika hielt Huhtanen die Schachtel hin und Stille senkte sich über den runden Tisch.

Kairamo sagte: »Wenn die Herren nichts dagegen haben, kehren wir zum Fall Sakari Kaarto zurück.« Da niemand Einspruch erhob, fuhr er fort: »Wir haben einen ungeklärten Todesfall.« Kairamo neigte dazu, nichts dem Zufall zu überlassen. »Entweder stellen wir fest, dass kein Verbrechen vorliegt, und legen den Fall zu den Akten. Oder wir gehen von der Hypothese aus, dass es sich um ein Verbrechen handelt, was bedeutet, dass der Fall völlig offen ist. Ich habe mir einige Ausgangspunkte für unsere Ermittlungen notiert. In Form von Namen. Die engste Umgebung zuerst. Die Kinder Hannele und Visa Kaarto: Beide haben ein Motiv, entweder Rache oder Profitsucht. Auch Hannu Pulli kann auf Rache gesonnen haben. Aber wir müssen den Kreis erweitern. Zu überprüfende Punkte: erstens Puputti. Besteht irgendeine Möglichkeit, dass er die Tat begangen oder einen Komplizen damit beauftragt hat? Zweitens Kaartos sonstige Beziehungen. Er hatte möglicherweise Frauengeschichten, das muss überprüft werden. Dann gibt es noch einen Gentleman namens Karl Svanström. Über ihn wissen wir nicht viel. Und Huhtanen hat uns einen neuen Kandidaten genannt, Viljo Partala. Er hatte offenbar Differenzen mit

Kaarto. Überhaupt muss die Firma genauer unter die Lupe genommen werden. Saara Halme zum Beispiel. Auch Kirsti Kaartos Eltern könnten infrage kommen.«

»Oder Kaartos Mutter. Die lebt auch noch«, warf Hanhivaara ein.

»Ich vergesse niemanden und schließe niemanden vorzeitig aus«, entgegnete Kairamo trocken.

Es war allen klar, dass es keinen pünktlichen Feierabend geben würde. Es gab viele Stellen, die aufzusuchen waren. Die Umgebung von Kaartos Haus musste genau untersucht werden, vielleicht hatte ein Nachbar jemanden in der Gegend herumschleichen sehen. Die Nachbarn der Stadtwohnung standen ebenfalls auf der Liste. Die Ergebnisse der Laboruntersuchungen und der Obduktion waren erst am nächsten Tag, zum Teil auch noch später, zu erwarten, aber die Alibis der Verdächtigen mussten überprüft werden. Auch mit Kaartos Hintergrund musste man sich noch einmal befassen: Er hatte seine Frau ermordet und die Akten über diesen Fall konnten eventuell Hinweise liefern.

»Wie heißt du noch mal?«, wandte sich Kairamo an Jorma.

»Olavi Jorma«, antwortete der angehende Kriminalist.

»Ich möchte, dass du dir die Protokolle über den Mordfall Kirsti Kaarto ganz genau ansiehst.«

»In Ordnung«, sagte Jorma scheinbar eifrig. Er hatte gewusst, dass es so kommen würde. Er war der Jüngste und bekam die langweiligsten Aufgaben. Aber er würde es ihnen allen zeigen.

Damit war die Besprechung beendet, denn es gab noch nicht allzu viel zu analysieren.

Es gab nur eine Leiche.

# NEUNZEHN

»Wissen Sie, auf meine Art bin ich ein sehr anspruchsloser Mann. Andererseits gebe ich ziemlich viel Geld aus. Aber warum sollte ich mir ein größeres Atelier leisten, wenn ich an dieses gewöhnt bin und es für meine Zwecke völlig ausreicht?« Mit diesen Worten stellte Karl Svanström Hanhivaara sein Atelier vor.

»Mein Glas kann ich auf der Fensterbank abstellen. Wozu brauche ich also eine Bar? Das Fenster ist groß, die Aussicht weit, ich habe viel Licht«, fuhr er fort.

Hanhivaara fragte: »Was ist Ihnen wichtiger, das Fenster oder die Fensterbank?«

Hanhivaara befand sich in einem Mansardenzimmer mit gekacheltem Boden und weißen Wänden. An den Wänden lehnten bespannte und grundierte Leinwände und einige fertige Gemälde. Nichts schien an einem vorher festgelegten Platz zu sein, die Dinge hatten sich niedergelassen, wo es ihnen gefiel. Aber auch ohne linealgenaue Systematik vermittelte der Raum den Eindruck sorgfältiger Ordnung. Hanhivaara registrierte die Sauberkeit und erriet zugleich die Funktion des Kachelbodens: Farbflecken ließen sich leicht abwischen.

Svanström, in dunkler Hose und seidenem Morgenmantel, sah Hanhivaara forschend an: »Die Leute machen Bemerkungen über Dinge, die sie nicht verstehen. In erster Linie trinke ich. Ich würde sagen, in dieser Disziplin bin ich ein richtiger Profi. Es gefällt den Leuten, das zu wissen, denn es gibt ihnen das Gefühl, mir irgendwie überlegen zu sein. Wenn Sie so wollen, ist mir also die Fensterbank wichtiger.«

Svanström zündete sich eine Zigarette an, die in einer zierlichen Zigarettenspitze steckte.

Hanhivaara kam sich irgendwie idiotisch vor. Er betrachtete die Gemälde, auf denen mit zarten schwarzen Linien gezeichnete menschliche Gestalten gewissermaßen aus einer Welt grüner und brauner Farben hervorzubrechen versuchten, aber zu kraftlos waren, um ihr zu entkommen. Porträts resignierter Menschen.

Hanhivaara fragte: »Wie gut kannten Sie Sakari Kaarto?«

Svanström mischte neue Grüntöne, die sich bald den alten anschließen würden. Er sagte: »Ich kannte ihn gerade so gut, wie ich ihn kennen wollte. So gut, wie ich jeden Mann gekannt hätte, der mit Kirsti verheiratet gewesen wäre.«

»Aber Sie mochten ihn nicht?«

»Er hat Kirsti getötet«, sagte Svanström und machte sich nicht die Mühe, weiterzureden, obwohl er nicht wusste, ob sein Gegenüber ihn verstand.

»Das hat er. Und Sie waren dabei.«

»Im Nebenzimmer. Ich bin nicht besonders traurig über Kaartos Tod.«

»Warum hat er seine Frau umgebracht?«

»Sie stellen seltsame Fragen. Kaarto hat es mir nie erklärt. Vermutlich hat er den Psychiatern, die sich einbilden, etwas von der menschlichen Seele zu verstehen, alle möglichen Geschichten aufgetischt. Aber ich kann Ihnen sagen, warum er es getan hat. Er konnte Kirsti einfach nicht mehr ertragen, aber eine Scheidung kam für ihn auch nicht infrage. Also hat er das Problem auf seine zupackende Art gelöst.«

Hanhivaara sagte: »Kaarto selbst hat behauptet, seine Frau hätte die Scheidung verlangt.«

»Kaarto ging mit der Wahrheit um wie ein echter Geschäftsmann.«

»Wie viel wissen Sie eigentlich?«, fragte Hanhivaara, der Svanström nicht recht einordnen konnte.

»Kirsti hätte nie die Scheidung verlangt. Sie können das vielleicht nicht verstehen, aber sie war ein kompromissloser Mensch. Sie hatte Kaarto damals gewollt und nichts in der Welt hätte sie zu dem Eingeständnis gebracht, dass sie sich geirrt hatte.«

»Aber Ihnen hat Sie es eingestanden«, sagte Hanhivaara.

»Ja. Wir hatten ein ganz besonderes Verhältnis zueinander. Wir waren beide Ausgestoßene und haben uns verstanden. Mit seiner erdrückenden Art hat Kaarto im Lauf der Jahre Kirstis Persönlichkeit zerstört und sie dann links liegen gelassen. Kirsti war eine schöne, begabte junge Frau, aber sie hat sich schließlich in ein furchtsames Wrack verwandelt, das nur noch in seinen Erinnerungen lebte.«

»Was für Erinnerungen?«, fragte Hanhivaara. Lebensgeschichten interessierten ihn, deshalb hörte er aufmerksam zu, obwohl er eigentlich den Mord an Kaarto untersuchen sollte. Kirstis Fall war längst geklärt.

»Ich glaube, Kirstis letzte Erinnerung liegt schon mehr als zwanzig Jahre zurück. Damals hat sie ihre letzte selbstständige Entscheidung getroffen. Wie gesagt, sie war ein begabtes Mädchen. Sie bewarb sich um ein Reisestipendium, bekam es auch und beschloss, nach Italien zu reisen, nach Venedig. Kaarto hielt das vermutlich für einen schlechten Scherz und hätte auch für dieses Geld einen besseren Verwendungszweck gewusst. Kirstis Eltern haben wahrscheinlich Beifall geklatscht und geglaubt, das sei das Ende der Ehe. Aus irgendeinem Grund gab Kaarto dann doch seine Zustimmung und so brach Kirsti mit ihrem kleinen Sohn auf. Einen Monat später gab es eine Überraschung und

Kaarto reiste seiner Frau nach und holte sie zurück. Seitdem hat Kirsti nie mehr gemalt. Aber sie wurde eine gute Ehefrau.«

Hanhivaara spielte mit den Schlüsseln in seiner Tasche. Er wusste nicht, was er erwartet hatte, aber vielleicht doch eine etwas dramatischere Geschichte. Er fragte: »Wo waren Sie heute Morgen gegen neun Uhr?«

»Die Geschichte langweilt Sie«, stellte Svanström fest. »Ich finde sie irgendwie rührend. Aber Sie haben Kirsti nicht so gut gekannt wie ich. Ach nein, Sie haben sie ja gar nicht gekannt.« Geistesabwesend korrigierte er das Porträt, an dem er gerade arbeitete.

»Ich habe eine Frage gestellt«, sagte Hanhivaara.

»Das habe ich gehört. Ich denke gerade über die Antwort nach. Ich versuche, eine Antwort zu finden, die Sie zufriedenstellt und mir gleichzeitig ein Alibi liefert«, lächelte Svanström.

»Sie glauben, über den anderen zu stehen«, sagte Hanhivaara ruhig.

»Wir haben alle unsere Fehler. Wie auch immer, ich war zu Hause.«

»Das hilft Ihnen nicht viel. Zu Hause zu sein ist kein Alibi«, sagte Hanhivaara. »Sofern Sie allein waren.«

»Ich war allein, was denn sonst«, gab Svanström zurück und lächelte im selben Moment, als habe er gerade eine Eingebung gehabt. »Aber kurz nach neun habe ich einen Anruf bekommen. Ich hatte gestern Abend einen Bekannten besucht. Wir haben ein wenig getrunken. Oder vielleicht auch ein wenig mehr, denn mein Freund hat mich heute früh aus einer Kneipe angerufen, wo er seinen Kater auskurierte. Er wollte, dass ich auch hinkam. Sofern Sie den Zeitpunkt von Kaartos Tod auf die Stunde zwischen halb neun und halb zehn festlegen können, bin ich aus dem Schneider, denn von hier bis zu Kaartos Haus braucht man selbst mit dem Taxi mindestens vierzig Minuten. Und wenn ich vorhätte, jemanden umzubringen, würde ich kein Taxi nehmen, stimmt's?«

Hanhivaara fragte: »Hat dieser Bekannte auch einen Namen?«

»Pertti Karttunen«, sagte Svanström. »Ich kann Ihnen auch die Adresse geben, damit Sie die Sache überprüfen können.«

»Danke.« Jetzt holte Hanhivaara sein Notizbuch hervor.

Immer noch leise lächelnd nannte Svanström ihm die Adresse und fügte hinzu: »Er ist allerdings ein ziemlicher Säufer, also vielleicht ein nicht ganz zuverlässiger Zeuge.«

»Sie halten sich immer noch für etwas Besseres, wie?«, fragte Hanhivaara, konnte sich aber nicht verhehlen, dass er eine vage Sympathie für den verwitterten Mann empfand.

»Wussten Sie übrigens, wo Kaarto seine Waffe aufbewahrte?«

»Da ich jetzt ein Alibi habe, kann ich es ja zugeben. Kirsti hat mir vieles erzählt.«

»Wer könnte Kaarto umgebracht haben?«

»Keine Ahnung.«

»Irgendeine Ahnung müssen Sie doch haben.«

»Nein. Nicht die geringste.«

Hanhivaara klappte das Notizbuch zu und steckte es in die Jackentasche. Er sagte: »Sie malen schöne Bilder. Wenn ich es mir leisten könnte, würde ich eins kaufen.«

»Wenn Sie Kaartos Mörder fassen, schenke ich Ihnen eins.«

»Warum? Ich dachte eher, Sie würden hoffen, dass der Mörder davonkommt.«

»Einerseits ja. Aber sollten Sie ihn doch fassen, möchte ich ihm zu dem guten Werk gratulieren, das er vollbracht hat.«

Hanhivaara gab dem Mann die Hand und ging.

Svanström griff nach dem Glas, das recht lange unbeachtet auf der Fensterbank gestanden hatte. Er trank einen Schluck und zog ein paar grüne Pinselstriche über die Leinwand.

Dann stellte er das Glas wieder auf die Fensterbank, griff zum Telefon und wählte.

»Pertti?«, fragte er.

»Ja. Ach, du bist es. Hallo«, antwortete eine Stimme.

»Erinnerst du dich noch, dass du mich heute früh kurz nach neun angerufen hast?«

»Natürlich.«

»Nach neun also?«

»Ja, ja, was fragst du denn so blöd?«

»Ach weißt du, es ist etwas passiert und deshalb wird die Polizei zu dir kommen und dir diese Frage stellen. Ich wollte nur sichergehen, dass du dich erinnerst.«

»Was ist denn passiert?«

»Nichts Wichtiges. Dich betrifft es sowieso nicht. Leg dich ruhig wieder schlafen.«

»Mir scheint, du bist betrunken«, sagte Pertti Karttunen.

Svanström lachte und legte auf.

# ZWANZIG

Hanhivaara hatte noch mehrere Namen auf seiner Liste. Er hoffte, Hannele Kaarto und Hannu Pulli gleichzeitig befragen zu können. Huhtanen kümmerte sich um Kaartos Mitarbeiter. Siika wollte Visa Kaarto noch einmal in die Zange nehmen, denn der war immerhin als Erster am Tatort gewesen.

Hanhivaara hatte das Gefühl, dass Sakari Kaartos Tod irgendwie mit dem seiner Frau zusammenhing. Allerdings fiel ihm außer Rache kein halbwegs einleuchtendes Motiv ein. Aber Rache reichte nicht selten aus. Grund zur Rache hatten die Kinder, falls sie eine engere Bindung an ihre Mutter gehabt hatten als an ihren Vater, sowie Hannu Pulli und Anto Puputti, falls ihre Behauptungen der Wahrheit entsprachen, und sogar, wenn auch mit Einschränkungen, Karl Svanström. Sofern es in Kaartos Druckerei irgendwelche Unstimmigkeiten gab, kam als Motiv vielleicht auch die Furcht vor Aufdeckung einer Unterschlagung infrage.

Hanhivaara klingelte und wunderte sich über den Nagel, der aus der Wohnungstür ragte.

Hannele Kaarto öffnete. Sie sah verweint aus.

Hanhivaara sagte: »Ich bin von der Polizei. Hanhivaara.«

»Kommen Sie herein.«

Hanhivaara betrat die jugendliche Wohnung, deren beherrschende Stilmerkmale Kontrastfarben, Poster, ein wildes Durcheinander von Büchern und Schallplatten, Kerzen auf Rotweinflaschen, Butterfly-Stühle und auf dem Fußboden aufgehäufte Kissen waren. Hannele Kaarto wollte sich offenbar nicht allzu sehr von ihren Freunden unterscheiden. Mal abgesehen davon, dass die Zweizimmerwohnung mit Küche ihr Eigentum war.

Hannu Pulli saß auf einem der Kissen, den Rücken an die Wand gelehnt.

Hanhivaara fragte: »Warum ist da draußen an der Tür ein Nagel?«

Pulli grinste: »Ich hänge meine Arbeitskleidung immer da draußen hin. Für den Fall, dass Hanneles Vater vorbeikommt.« Im selben Moment begriff er, dass seine Bemerkung einigermaßen unpassend war. Er warf Hannele einen raschen Blick zu und murmelte: »Entschuldigung.«

Hannele erklärte: »Ich hatte eine Weihnachtsdekoration an die Tür gehängt und vergessen, den Nagel wieder rauszuziehen.« Ihre Stimme klang tonlos, nicht mehr weinerlich.

Hanhivaara sagte: »Es tut mir leid, dass ich Sie gerade jetzt stören muss. Aber je früher ich mit Ihnen spreche, desto besser sind unsere Chancen, den Mörder zu finden, falls es sich wirklich um ein Verbrechen handelt.«

Hannele nickte. »Ich verstehe.«

Hanhivaara sah sich um und wählte einen Butterfly-Stuhl statt eines Kissens. Er sagte: »Wir müssen also herausfinden, was mit Sakari Kaarto geschehen ist, und sind für jeden Hinweis dankbar.«

»Woher sollen wir etwas darüber wissen?«, fragte Hannu Pulli.

»Wir suchen Personen, die ihn möglicherweise gehasst haben. Oder eventuell von seinem Tod profitieren.«

Hannele sagte: »Ich habe ihn gehasst. Und vermutlich profitiere ich auch von seinem Tod. Ich werde bestimmt reich.« Sie lachte auf.

»Hannele«, mahnte Pulli. Dann wandte er sich an Hanhivaara: »Sie steht unter Schock. Sie dürfen nichts auf ihr Gerede geben.«

»Ja, ich bin erschüttert«, sagte Hannele. »Aber das heißt nicht, dass ich ihn nicht gehasst hätte. Er hat meine Mutter ermordet!«

Hanhivaara mischte sich feinfühlig in das Gespräch ein: »Haben Sie Ihren Vater getötet?« Manchmal verabscheute er sich selbst, aber die Arbeit musste getan werden.

»Nein!«, rief Hannele. »Ich habe ihn trotzdem nicht umgebracht.«

»Und Sie?« Hanhivaara sah Pulli an.

»Er hat mich saumäßig behandelt, aber ich habe ihn nicht umgebracht. Inzwischen bin ich sogar froh, dass er mich entlassen hat. Ich habe nämlich vor, Tischler zu werden und Möbel zu bauen. Ich habe schon eine Lehre angefangen, in einer kleinen Möbelwerkstatt in Ylöjärvi. Unheimlich interessant.«

»Bestimmt«, sagte Hanhivaara. »Aber mich interessiert vor allem, wo Sie heute früh gegen neun Uhr waren.«

»Auf dem Weg zur Arbeit.«

»Sie haben einen eigenen Wagen?«

»Einen alten Cortina.«

»Und der Weg nach Ylöjärvi führt an Kaartos Haus vorbei.«

»Keineswegs. Das ist ein ziemlicher Umweg.«

»Aber mit dem Auto kein Problem.«

»Trotzdem bin ich nicht dort vorbeigefahren.«

»Um welche Zeit sind Sie in der Tischlerei angekommen?«

»Gegen zehn.«

»Merkwürdig, wie spät Werkstätten heutzutage mit der Arbeit beginnen. Außerdem lässt Ihnen das reichlich Zeit.«

»Ich war etwas später dran als gewöhnlich, aber ich hatte den Chef um Erlaubnis gebeten. Ich bin nicht arbeitsscheu.

Auch jetzt wäre ich nicht hier, wenn mir der Chef nicht ausdrücklich erlaubt hätte, zu Hannele zu fahren.«

Hannele ging im Zimmer auf und ab, von einer Tür zur anderen. »Möchten Sie einen Kaffee?«, fragte sie beflissen.

»Aus Kaffee mache ich mir nichts, aber die Wahrheit würde ich jetzt gerne hören«, erwiderte Hanhivaara und drehte den Charakterzeiger, den er zur Selbstbeobachtung verwendete, auf ›gereizt‹ oder ›absichtlich rücksichtslos‹. »Und Sie, wo waren Sie?«

»Sie ist hier geblieben, als ich losfuhr«, antwortete Pulli rasch.

»Wohnen Sie denn hier?«

»Nicht offiziell. Aber letzte Nacht war ich hier.«

Hannele war vor der Küchentür stehen geblieben, mit dem Gesicht zur Tür, als ob sie keine Kraft mehr hätte, das Zimmer erneut zu durchqueren, oder die Strecke leid geworden wäre.

Hanhivaara sagte: »Ich hatte Hannele Kaarto gefragt. Also, was ist?«

Hannele drehte sich immer noch nicht um. Fast hysterisch rief sie: »Warum wollen Sie keinen? Ich koche guten Kaffee. Nicht wahr, Hannu?«

»Ja, Schatz, du kochst guten Kaffee.« Und zu Hanhivaara: »Warum quälen Sie sie?«

»Ich quäle niemanden. Aber zufällig arbeite ich in einem Beruf, in dem ich Mordfälle aufklären muss. Und ich warte immer noch auf die Antwort.«

Hannele drehte sich um und rief: »Ja, ich bin noch im Bett geblieben, als Hannu losgefahren ist.«

»Schön. Um welche Zeit war das?«

»Vor neun. Vielleicht um halb«, sagte Hannele.

Hanhivaara machte sich Notizen. Die exakte Todeszeit stand noch nicht fest, aber der Arzt hatte aufgrund der vorläufigen Untersuchung geschätzt, dass Kaarto gegen neun Uhr gestorben war. Auf dieser Basis arbeitete Hanhivaara. Aber die Zeitangaben der Befragten mussten überprüft werden.

Pulli nannte ihm den Namen seines Arbeitgebers und fügte hinzu: »Er wird meine Aussage bestätigen.«

»Mag sein. Aber dann kann er nicht bestätigen, wo Sie eine Stunde vorher waren.«

»Warum gehen alle auf mich los? Zuerst Kaarto und jetzt die Polizei.«

Hanhivaara sagte: »Eigentlich könnte ich doch eine Tasse Kaffee vertragen.«

Hannele eilte in die Küche.

Hanhivaara fragte: »Hat Hannele nie jemanden erwähnt, der Grund gehabt hätte, Kaarto zu hassen?«

Pulli bemerkte einen neuen, freundlicheren Ton in Hanhivaaras Stimme und entspannte sich: »Sie hat mit Kaartos langjähriger Freundin gesprochen und erfahren, dass Kaarto sie mir nichts, dir nichts verlassen hat.«

»Wusste Hannele über Kaartos Affären Bescheid?«

»Zumindest über diese eine. Sie ist nicht so kindlich, wie sie aussieht.«

»Kennen Sie auch den Namen der Dame?«

»Sinikka Koivu. Ihre Adresse weiß ich nicht, aber die finden Sie ja leicht heraus.«

»Und was hat diese Frau Koivu erzählt?«

»Nur dass Kaarto sich sehr seltsam verhalten hat. Aber denselben Eindruck hatten damals alle, ich auch.«

»Es ist also schon länger her?«

»Kurz bevor Kaarto seine Frau ermordet hat.«

Hanhivaara dachte, dass alles damals passiert war. Aber Kaarto war erst jetzt gestorben. Nun ja, er würde mit Sinikka Koivu sprechen müssen.

Hanhivaara lobte Hannele Kaartos Kaffee überschwänglich. Und ehrlichen Herzens.

Dann bat er: »Würden Sie mich in das Haus Ihres Vaters begleiten?«

Hannele fuhr zusammen: »Warum?«

»Ich hatte gehofft, Sie könnten mich ein wenig herumführen. Vielleicht stoßen wir dabei auf irgendetwas.« Hanhivaaras Stimme klang teilnahmsvoll. Er fasste Hannele leicht am Arm und sagte: »Ich entschuldige mich für mein Benehmen von vorhin. Manchmal müssen wir so vorgehen.«

»Ich verstehe. Gut, ich komme mit.«

Hanhivaara fuhr wie immer: flüssig und sicher. Aber ohne Licht. Die Gangschaltung ruckelte ständig, doch er schob das Geräusch auf den schlechten Zustand des staatseigenen Fahrzeugs. Hannele Kaarto war anderer Ansicht.

Trotz der schlechten Prognose schaffte Hanhivaara es, ohne größere Schäden Kaartos Haus zu erreichen. Der Knopf an der Gangschaltung löste sich, aber das lag nun wirklich am Knopf.

Das Haus war voll beleuchtet, als wäre eine große Party im Gange. In der Einfahrt standen zwei Fahrzeuge.

»Sie sind gründlich«, sagte Hanhivaara. »Durchsuchen jeden Winkel.«

»Wer?«

»Die Polizisten natürlich. Und das Haus ist groß. Das dauert seine Zeit.«

Sie stiegen aus.

Der Schnee knirschte unter ihren Füßen, der Frost war strenger geworden. Dieses eine Mal hatten die Meteorologen recht behalten.

Hanhivaara wusste nicht, wonach er suchte. Aber er wollte eine kleine Besichtigungstour. Es war immer dasselbe: Sie wussten praktisch nie, wonach sie suchen sollten, aber immer gab es irgendetwas, was nicht am richtigen Platz stand oder verschwunden war. Auch hier musste es etwas geben.

Die Tür war nicht abgeschlossen, Hanhivaara drückte sie auf. Hannele Kaarto folgte ihm zögernd.

In der Eingangshalle sah Hanhivaara keine Menschenseele; er schloss daraus, dass die Kollegen von der Spurensicherung sich irgendwo in den Schränken vergraben hatten. Er warf Hannele, die sich ängstlich umsah, einen ermutigenden Blick zu.

Dann verwandelte sie sich plötzlich. Ihre Haltung straffte sich und sie fragte: »Was möchten Sie sehen?«

»Alles«, sagte Hanhivaara.

Hannele führte ihn ins Obergeschoss, in dem sich vier Schlafzimmer befanden. Im gemeinsamen Schlafzimmer der Kaartos untersuchte ein Ermittler gerade den Kleiderschrank. Er sagte: »Tach, Hanhivaara. Die Pistole ist tatsächlich in der Nachttischschublade aufbewahrt worden. Jedenfalls mit ziemlicher Sicherheit. Da liegt noch Munition.«

Hanhivaara nickte stumm. Die luxuriöse und elegante Villa machte einen tieferen Eindruck auf ihn, als er aufgrund von Bildreportagen in Wohnzeitschriften erwartet hätte.

Das ungleiche Paar besichtigte alle Zimmer im Obergeschoss und kehrte dann ins Parterre zurück, ging ins Speisezimmer, in die Küche und schließlich in Kirsti Kaartos Zimmer.

»Das ist also Biedermeier«, murmelte Hanhivaara vor sich hin.

»Kennen Sie sich mit Stilrichtungen aus?«, fragte Hannele.

»Nein, aber im Allgemeinen erinnere ich mich an das, was man mir erzählt. Sind das Verwandte?«

Hannele sah zu dem ordentlich aufgeräumten Regal hin und sagte: »Ja.«

Hanhivaara nahm einige Gegenstände in die Hand, betrachtete die Fotos und spähte in die Schreibtischschubladen. Dann sagte er: »Auf dem Regal fehlt etwas.«

»Tatsächlich?«

»Die Fotografien stehen in regelmäßigem Abstand nebeneinander, aber hier, zwischen Ihnen und Ihrem Vater, ist eine Lücke. Wessen Bild fehlt da?«

»Da hat nie eins gestanden«, sagte Hannele. »Vielleicht hatte Mutter den Platz für sich reserviert, aber kein Foto gefunden, das ihr gefiel.«

Oder sie war so bescheiden, dass sie glaubte, keinen Platz auf dem Regal verdient zu haben, dachte Hanhivaara. Vielleicht fand sie, dass eine leere Stelle sie am besten repräsentierte. Er fragte: »Woher sind all die Sachen da, die Porzellanfiguren und so weiter?«

»Von Mutters Auslandsreisen.«

»Ich dachte, nach dem Aufenthalt in Venedig wäre Ihre Mutter nicht mehr verreist.«

»Wie kommen Sie darauf? Sie ist viel gereist. Meistens allein oder mit uns Kindern.«

»Ihr Vater war nicht dabei?«

»Nein. Mutter hat gern historisch bedeutsame Orte besucht. Aber sie war nie lange unterwegs. Höchstens zwei Wochen.«

Hanhivaara war an Chaos gewöhnt und er war an Systematik gewöhnt. Aber Lücken in einer ordentlichen Reihe störten ihn. »Fehlt dort etwas?«

»Wo?«

»Da oben links.«

Hannele blickte nachdenklich auf das Regal und sagte dann: »Ja, ein rotes Glaspferd, Mutters erstes Souvenir.«

»Das rote Glaspferd? Da gehört das also hin?«, fragte Hanhivaara.

»Wo haben Sie es denn gesehen?«

»Es stand auf dem Esstisch, an dem wir ... Ich dachte, es wäre eine Esstischdekoration.«

Mit roboterhaften Bewegungen ging Hannele hinaus. Gleich darauf kam sie mit dem Glaspferd zurück und stellte es vorsichtig ins Regal. Sie sagte: »Muranoglas. Aus Venedig.«

»Warum stand es auf dem Esstisch, wenn sein Platz im Regal ist? Wurden die Souvenirs Ihrer Mutter umgeräumt?«

Hannele hatte einen Finger in den Mund gesteckt und schaute zum Fenster hinaus. Sie sagte: »Ich habe keine Ahnung, wieso es auf dem Esstisch stand. Meine Mutter hielt ihre Souvenirs beisammen und wischte sie jede Woche mit einem Tuch ab. Sie waren ihr sehr wichtig.«

»Warum? Ich meine, es sind doch nur Souvenirs. Bei den meisten Leuten geht so etwas irgendwann kaputt oder man verlegt ein paar und findet sie nie wieder. Einen Teil wirft man beim Umzug weg ...«

»Sie verstehen nicht. Jede Reise war für meine Mutter eine Flucht aus dem Gefängnis, in das sie sich selbst gesteckt hatte. Die Reisen bedeuteten Freiheit für sie.«

»In einer Ehe ist niemand gefangen. Aus dieser Art Gefängnis kommt man leicht heraus. Glauben Sie mir, ich weiß, wovon ich rede«, sagte Hanhivaara wie ein ausgewiesener Experte. Aber vielleicht war ja die Ehe eine Disziplin, in der man gleich beim ersten Versuch zum Experten wurde.

»Nicht in Mutters Fall. Sie war anders.«

In der Eingangshalle traf Hanhivaara auf Jorma. »Solltest du nicht die Archive erforschen?«

»Na ja, ich dachte mir, die Archive haben sicher schon zu, und weil ich neu bin, kann ich sie noch nicht ohne Hilfe benutzen. Ich dachte, hier wäre ich nützlicher. Die Protokolle kann ich mir auch morgen früh vor der Besprechung noch ansehen.«

»Meist empfiehlt es sich trotzdem zu tun, was einem die

Vorgesetzten auftragen«, sagte Hanhivaara immer noch wie ein gewiefter Experte, obwohl er in diesem Punkt nicht die geringste Erfahrung vorweisen konnte.

Denen werde ich es noch zeigen, dachte Jorma, während er sagte: »Ja. Natürlich.«

Im Grunde ein Jasager, dachte Hanhivaara. Der Junge wird es noch weit bringen. Vielleicht nicht ganz zu einem weißen Mercedes, aber zu einem Farbfernseher bestimmt.

»Ich fahre Sie nach Hause«, wandte Hanhivaara sich an Hannele.

»Na gut«, sagte sie ergeben. Hanhivaaras Umgang mit der Gangschaltung gefiel ihr nicht.

Der Polizeiwagen ließ sich Hanhivaaras Behandlung jedoch gefallen und Hannele kam unversehrt nach Hause.

# EINUNDZWANZIG

Huhtanen hatte seinen Wagen auf der Anhöhe geparkt. Er war die Treppe zum See hinuntergestiegen und hatte festgestellt, dass das Haus dunkel war. Auch in einem dunklen Haus können Bewohner hocken. Huhtanen rüttelte an der Tür. Doch drinnen rührte sich nichts. Er ging um das Haus herum und klopfte im Obergeschoss an. Kein Mucks.

Dann spazierte er zur Straßenecke, zündete seine Pfeife an und versuchte auszusehen, als stünde er sorglos in der Gegend herum. Die schmalen Straßen des Stadtteils Pispala waren spärlich beleuchtet, aber bestimmt stand an einem der vielen Fenster jemand und beobachtete ihn.

Er stand vier Stunden da und fror.

Vorher hatte er versucht, die Direktoren Varpela und Partala in Kaartos Druckerei zu erreichen, doch beide schienen verschwunden zu sein.

Dann hatte er im Zentralgefängnis in Riihimäki angerufen.

»Hauptmeister Huhtanen aus Tampere, guten Tag«, hatte er gesagt.

»Einen schönen guten Tag«, erwiderte der Diensthabende.

»Die Urlaubsliste«, sagte Huhtanen.

»Bitte?«

»Die Urlaubsliste. Lies sie mir vor.«

Der Diensthabende hielt Huhtanen für anmaßend, dabei war er nur wortkarg. Diese Fehldeutung hatte zur Folge, dass er sagte: »Die les ich doch nicht jedem vor!«

»Ruf zurück, wenn du mir nicht glaubst«, sagte Huhta-

## GrafiTäter & GrafiTote

**Regionale Anthologien:** Tatort Deutsche Weinstraße • Blutgrätsche • Tatort Bayern • Mord am Hellweg III • Mehr Morde am Hellweg • Mord am Hellweg • Mord am Niederrhein
**H. Apotheker:** Ayse ist weg
**Leo P. Ard:** Der letzte Bissen
**Ard/Junge:** (Auswahl) Der Witwenschüttler • Meine Niere, deine Niere • Die Waffen des Ekels • Das Ekel schlägt zurück • Das Ekel von Datteln
**J. Berndorf:** Eifel-Kreuz • Eifel-Träume • Die Raffkes • Eifel-Liebe • Eifel-Wasser • Eifel-Müll • Eifel-Sturm • Eifel-Jagd • Eifel-Rallye • Eifel-Feuer • Eifel-Schnee • Eifel-Filz • Eifel-Gold • Eifel-Blues • Otto Krause hat den Blues
**H. Bieber:** (zuletzt) Sein letzter Tresor
**M. Bruheim:** Letztes Blind Date
**N. de Jong:** Schwerer Ausnahmefehler
**H. Eckert:** 617 Grad Celsius • Purpurland • Ausgezählt • Die Zwillingsfalle • Finstere Seelen • Aufgeputscht • Bittere Delikatessen • Annas Erbe
**W. Eggers:** Ziegelbrand • Die Tote, der Bauer ...
**I. Gach:** Caligulas Rache
**R. Gerstenberg:** Das Kreuz von Krähnack • Grimm und Lachmund • Hart am Rand • Ganzheitlich sterben
**P. Godazgar:** Unter Schweinen • Unter freiem Himmel
**Ch. Güsken:** (zuletzt) Untäter • Faust auf Faust
**Hagemann & Stitz:** Das Geheimnis des Mithras-Tempels
**K. Holst:** (zuletzt) Der Prinz ist tot • Der Tod steht auf der Schwelle • Volles Haus • Zu lebendig zum Sterben
**A. Hoppert:** Zug um Zug • Die Medwedew-Variante • Erbfall • Der Fall Helms
**J. Isaksen:** Option Färöer • Endstation Färöer
**A. Izquierdo:** Schlaflos in Dörresheim • Jede Menge Seife • Das Doppeldings • Der Saumord
**R. Junge:** Glatzenschnitt • Straßenfest • Totes Kreuz • Klassenfahrt
**J. Kehrer:** (Auswahl) Wilsberg und die 3. Generation • Blutmond – Wilsberg trifft Pia Petry (zus. mit **P. Würth**) • Wilsberg und die Malerin • Wilsberg und der tote Professor • Wilsberg isst vietnamesisch • Das Kappenstein-Projekt • Wilsberg und die Wiedertäufer • Gottesgemüse • In alter Freundschaft • Und die Toten läßt man ruhen
**S. Kelly:** (zuletzt) Mördernest • Schwesterkind
**P. Kirstilä:** Schwarzer Frühling • Nachtschatten • Tage ohne Ende
**R. Knott:** Krähenbrut • Karriere ins Jenseits
**Leenders/Bay/Leenders:** Die Schatten schlafen nur • Ackermann tanzt • Eulenspiegel • Clara! • Feine Milde • Jenseits von Uedem • Belsazars Ende • Königsschießen
**F. Lenk:** (zuletzt) Paparazzi-Poker • Schattenland
**H. Liedtke:** (zuletzt) Scharfe Schnitte
**H. Nykänen:** (zuletzt) Raid und der dicke Mann • Raid und der dumme Junge
**M. Oggero:** Schön, reich, blond und tot
**O. Pakkanen:** (zuletzt) Der rote Sessel
**T. Pointner:** (zuletzt) Highscore • Der Dominoeffekt • Rosenmunds Tod • Ein Tropfen Blut
**G. Rigosi:** Nachtbus
**M. Rönkä:** Der Grenzgänger
**B. Sauer:** Der Geschmack der Tollkirsche • Die Buchmalerin • Der Heilige in deiner Mitte
**K. Schickinger:** Blaues Gold
**N. Schmid:** (zuletzt) Stelzvogel und Salzleiche
**W. Schmitz:** (zuletzt) Schreiber und der Wolf
**E. Solèr:** Staub im Wasser • Staub im Feuer
**den Tex:** Die Macht des Mr. Miller
**F. Thijssen:** Rebecca • Rosa • Charlotte • Caroline • Ingrid • Tiffany • Isabelle • Cleopatra
**J. Toes:** (zuletzt) Die kleine Lüge • Der freie Mann • Fotofinish • Verrat
**J. Vis:** Silvesterknaller • Der Kopf von Ijsselmonde
**G. Wollenhaupt:** (zuletzt) Grappa und die Nackenbeißer • Rote Karte für Grappa • Grappa und der Tod aus Venedig • Grappa und die acht Todsünden • Grappa und das große Rennen
**J. Zweyer:** (Auswahl) Als der Himmel verschwand • Verkauftes Sterben • Glänzender Tod • Tatort Töwerland • Tödliches Abseits • Siebte Sohle, Querschlag West • Glück auf, Glück ab

nen. Er hasste lange Gespräche und Menschen, die nicht sofort kapierten, was man von ihnen wollte.

»Schon gut, ich glaub dir. Was willst du mit der Liste?«

Huhtanen seufzte und beschloss, die Unterhaltung abzukürzen: »Ich ermittle in einem Kriminalfall. Hat Anto Sulevi Puputti Hafturlaub?«

»Puputti ... warte mal. Ja, an den erinnere ich mich. Ziemlich klein, mit langer Nase und schütterem Haar. Hat sich bisher gut geführt. Er wirkt ganz helle. Es wundert mich wirklich, dass er so oft geschnappt worden ist. Er ist vor mehr als einem halben Jahr zu uns gekommen. Ich glaube, er hat zwei Jahre gekriegt, etwas in der Größenordnung. Eine lange Zeit hinter Gittern, aber andererseits haben wir Gefängniswärter auch nicht die schönste Aussicht. Wir sind genauso hinter Gittern, wenn auch aus freien Stücken. Ich weiß nicht, ob ich ...«

Huhtanen seufzte erneut und legte den Hörer auf den Tisch. Ruhig und sorgsam setzte er seine Pfeife in Brand, machte ein paar Probezüge, sah eine halbe Minute lang auf die Uhr und meinte dann, nun sei das Geschwafel wohl zu Ende. Er nahm den Hörer auf und fragte: »Hat Puputti Urlaub?« Das wirkt bestimmt, dachte er, noch einfacher und klarer kann man sich nicht ausdrücken.

»Ach ja, warte mal, ich sehe nach.«

Wieder wartete Huhtanen eine Weile. Der Wärter kam zurück: »Anto Sulevi Puputti, geboren ...«

»Genau der.«

»Ach, hier ist es so einsam. Es ruft auch kaum jemand an. Ja, er hat Urlaub. Gestern angetreten. Er müsste morgen zurückkommen. Sie kommen nicht immer zurück. Genauer gesagt, dreißig ...«

»Danke«, sagte Huhtanen und legte auf.

Anschließend hatte er über die Zentrale alle Streifen aufgefordert, Puputti festzunehmen, falls sie ihn sahen. Sich selbst hatte er abgemeldet: Er wollte Puputtis Wohnung observieren.

Bei der Erinnerung an das Telefonat schauderte ihn. Nicht mal die allereinfachsten Dinge, dachte er. Wenn er nach der Uhrzeit gefragt hätte, hätte der Mann ihm wahrscheinlich einen halbstündigen Vortrag über millimeterdünne Quarzuhren gehalten, die zwanzigtausend Mark kosteten, nur um zum Schluss zu erklären, er habe keine Uhr und brauche auch keine.

Huhtanen hätte sich eine Uhr gewünscht, die ein bisschen schneller ging.

Ab und zu durchschnitten Scheinwerfer die Dunkelheit in der schmalen Gasse, und jedes Mal hoffte Huhtanen, dass Puputti endlich kam. Er schaute gerade wieder auf die Uhr, als er ein Auto näher kommen hörte. Es war zehn.

Ein großer amerikanischer Schlitten, der seine besten Tage ungefähr um die Zeit gesehen hatte, als der erste Kennedy erschossen wurde, kam den Hügel herab. Er fuhr langsam und bog in Puputtis Hof ein. Huhtanen, den die Scheinwerfer nicht erfasst hatten, marschierte zügig auf den Wagen zu.

Er war noch zehn Meter entfernt, als ein schmächtiger Mann ausstieg und die Tür zuschlug. Der Mann sah sich um und rannte sofort los. Er lief die Treppe hoch, die vom Hof am Obergeschoss des Hauses vorbei auf die nächste Straße führte. Huhtanen setzte ihm nach und nahm vier Stufen auf einmal. Der Schmächtige war flink wie ein Wiesel, aber auch Huhtanen hatte die positiven Seiten sportlicher Betätigung nicht völlig vergessen. Der Schmächtige lief die Straße hinauf und nahm die nächste Treppe hügelauf. Immer wenn er drei Stufen hinaufsprang, nahm Huhtanen mit einem Satz vier. Aber der Schmächtige war schneller und wäre wahrscheinlich entkommen, wenn er nicht das Pech gehabt hätte auszurutschen. Die Treppe war natürlich gestreut, mit Ausnahme der einen Stufe, die der Schmächtige vor Huhtanen erreichte. Sein Fuß fand keinen Halt, seine Arme schwangen zur Seite, suchten die richtige Stellung, um das Gleichgewicht wiederherzustellen; einige Sekunden später glitt er Huhtanen direkt in die Arme. Huhtanen sah ihn kommen, hielt sich am Geländer fest und tackelte ihn skrupellos in einem Stil, für den er für zwei Minuten auf die Strafbank geschickt worden wäre, selbst wenn er sich im eigenen Strafraum befunden hätte.

Der Schmächtige winselte: »Bring mich nicht um. Ich verpfeif dich nicht.«

»Ich mach dich trotzdem kalt«, sagte Huhtanen. Er mochte wortkarg sein, aber blöd war er nicht. Das Verhör hatte bereits begonnen.

»Ich schwör's«, sagte der Schmächtige. Und dann: »Du bist ja gar nicht …« Er verstummte, denn er hatte begriffen, dass er den Falschen ansah. Huhtanen hatte keinen Grund, ihn umzubringen.

»Red nur weiter«, sagte Huhtanen. »Wer will dich umbringen?«

»Niemand. Ich übe bloß für das nächste Stück im Laientheater.« Der Schmächtige atmete immer noch schwer, aber sein Gehirn sandte bereits eine andere Botschaft aus als den dringenden Befehl: Lauf um dein Leben.

»Was für ein Stück?«, fragte Huhtanen und schüttelte ihn.

»Gib dir keine Mühe. Ich weiß, dass du ein Bulle bist«, keuchte der Mann.

»Hör zu, Puputti, ich kann dich hier zusammenschlagen und behaupten, du hättest dir die Rippen gebrochen, als du versucht hast, auf der Treppe Schlitten zu fahren«, sagte Huhtanen. Auch er keuchte, Sprints waren nicht seine Spezialität.

»Lass mich los!«

Huhtanen tat es und fragte ruhig: »Warum hattest du es so eilig? Ich will etwas mit dir bereden.«

»Was du willst, kümmert mich einen Dreck«, sagte Puputti.

»Diesmal sperren wir dich wegen Mord ein.«

Puputti schwieg. Huhtanen fasste ihn am Arm und sagte: »Auf geht's.«

Huhtanens Adrenalinspiegel sank so rasch, wie er gestiegen war. Er beutelte Puputti nicht unnötig, hielt ihn aber fest, bis er ihn in sein Auto bugsiert hatte.

Dann setzte er sich ans Steuer, kramte seine Pfeife hervor und sagte: »Jetzt unterhalten wir uns mal.«

»Worüber denn?«, fragte Puputti unschuldig.

»Über den Mord.«

»Ich weiß nichts von einem Mord.«

»Du weißt etwas. Und du redest.«

»Das kannst du dir abschminken.«

»Dann hängen wir den Mord eben dir an.«

»Könnt ihr nicht.«

»Du hast die Pistole gestohlen.«

»Da war keine Pistole.«

»Dummkopf«, grinste Huhtanen.

Auch Puputti erkannte seinen Fehler. Nun wusste sein Gegenüber mit Gewissheit, dass sie von derselben Sache sprachen.

Huhtanen sagte wie zu sich selbst: »Du weißt also, dass er tot ist. Das ist schon mal ein Anfang.«

»Wer ist tot?«

»Du fährst einen auffällig großen Wagen«, sagte Huhtanen und wartete, ob der Groschen fiel.

»Große Autos gibt's viele.«

»Ein DeSoto Baujahr sechzig ist ein verdammt seltener

Anblick auf finnischen Landstraßen. Aus deiner Sicht ein betrüblicher Fakt.«

Das stopfte Puputti das Maul, doch es lag nicht in Huhtanens Absicht, diesen Zustand andauern zu lassen. Er verfolgte genau die Absicht, die der Einbrecher ihm unterstellte: Er wollte Puputti durch Drohungen zum Reden bringen.

Huhtanen war sich bereits darüber im Klaren, dass Puputti etwas mit Kaartos Tod zu tun hatte. Jetzt musste er ihm nur noch suggerieren, dass sein Wagen gesehen worden war. Er sagte: »Was glaubst du, warum ich auf dich gewartet habe? Denkst du etwa, ich wäre scharf auf deine Gesellschaft? Kapier doch, dass du gesehen worden bist. Oder jedenfalls dein Auto. Aber wenn ich dich dem Zeugen gegenüberstelle, wird er schwören, dass du und kein anderer am Steuer gesessen hat.«

»Ich hab's aber nicht getan«, beteuerte Puputti.

Der arme Kerl wird nervös, dachte Huhtanen. Er zuckte die Achseln. »Okay, ich glaub dir. Du hast es nicht getan. Aber wenn der Staatsanwalt vor Gericht einen Zeugen aufmarschieren lässt, der schwört, dich in der Nähe von Kaartos Haus gesehen zu haben, und zwar genau zu der Zeit, als Kaarto nach Ansicht des Pathologen ins Gras gebissen hat, sieht es düster für dich aus, das schwöre ich dir.«

Puputti schob eine Hand in die Tasche. Huhtanen umklammerte sein Handgelenk etwas fester als nötig. »Ich wollte doch bloß die Zigaretten ...«, stöhnte Puputti. Huhtanen ließ los und Puputti holte eine Zigarettenschachtel hervor.

Huhtanen schnappte sie ihm weg und sagte: »In diesem Wagen wird nicht geraucht. Ungesund.«

»Alle Bullen sind Sadisten«, protestierte Puputti.

»Und du bist ein Masochist, wie mir scheint«, gab Huhtanen zurück. Seine Stimme klang drohend. Auf der Laienbühne war er einmal als Messerstecher aufgetreten und hatte im Provinzblatt eine gute Kritik bekommen. Er war ein besserer Schauspieler als Puputti. Und er erzielte Wirkung.

»Schön, ich war da«, sagte Puputti. »Aber ich schwöre, dass er schon tot war, als ich hinkam. Ich habe geklingelt, aber es hat niemand aufgemacht, und da dachte ich, ich seh mich mal um. Die Tür war offen.«

»Aber sicher doch«, sagte Huhtanen, obwohl er im Allgemeinen keine überflüssigen Worte machte.

Puputti redete weiter: »Ich bin also rein. Mannomann, das ist vielleicht ein Palast! Und der Kerl hat mir nicht mal die lumpigen sechzigtausend gegeben, die er mir versprochen hatte. Für den wäre das bloß ein Klacks gewesen! Und dann hat er mich auch noch absichtlich ans Messer geliefert.«

»Warum bist du hingefahren?«

»Dreimal darfst du raten. Der Kerl hat mir fast zwei Jahre Knast verschafft, für nichts und wieder nichts. Darüber wollte ich mich mit ihm unterhalten.«

»Also bist du mit der Pistole zu ihm. Ts, ts.«

»Nein!«, begehrte Puputti auf. »Das mit der Knarre hatte der Scheißkerl frei erfunden. In dem Safe lagen bloß irgendwelche Papiere.«

»Weiter.«

»Ich bin also rein und dachte mir, wenn ich schon mal da bin, hole ich mir eine kleine Entschädigung für das halbe Jahr, das ich schon abgerissen hab. Aber dann habe ich ihn gesehen. Ich hab nichts angefasst, absolut nichts! Ich bin abgehauen, so schnell ich nur konnte.«

»Das ist also deine Version«, sagte Huhtanen und ließ den Motor an. »Dann wollen wir mal.«

Puputti fügte sich widerspruchslos. Natürlich würden sie ihn über Nacht einsperren, aber den Mord konnten sie ihm nicht anhängen.

Huhtanen, der sein Gefährt gekonnt durch die schmalen Gassen von Pispala steuerte, sagte: »Und jetzt kommen wir zur Hauptsache: Wen hast du dort gesehen?«

Puputti starrte vor sich hin und brummte: »Niemanden.«

»Es ist doch sinnlos, einen anderen zu schützen, wenn du dir damit selbst die Schlinge um den Hals legst«, sagte Huhtanen. Der Wagen kam am Hang ein wenig ins Schlingern, aber Huhtanen brachte ihn mühelos unter Kontrolle.

»Glaub mir doch, ich hab keinen gesehen! Sonst würde ich es dir erzählen. Für einen anderen in den Knast zu gehen, ist Blödsinn, das hast du ja selbst gesagt.«

Huhtanen glaubte ihm nicht. »Vorhin auf der Treppe hast du wirklich Angst gehabt. Das war nicht gespielt.«

»Da ging es um was ganz anderes, eine uralte Geschichte. Ein Kumpel hat mal behauptet, ich hätte ihm Beute unterschlagen. Er würde mich umbringen, hat er gesagt.«

Puputti tat sein Bestes. Aber Huhtanen glaubte ihm kein Wort. Als er den Safeknacker in die Zelle schob, sagte er: »Ich glaube dir nicht.«

Puputti wusste, dass dazu auch gar kein Grund bestand.

# ZWEIUNDZWANZIG

Hanhivaara mochte den Sommer lieber. Im Sommer schien das Auto irgendwie besser auf der Straße zu liegen.

Er schaltete das Autoradio ein: »Im Norden der Provinz Turku und Pori sowie in der Provinz Vaasa leicht bewölkt, schwacher Wind aus Südwest, niederschlagsfrei. Der Frost zieht ein wenig an …« Er schaltete das Radio wieder aus. Die Provinz Häme, seine Provinz, hatte er verpasst.

Da es erst sieben Uhr war, beschloss Hanhivaara, noch bei Sinikka Koivu vorbeizufahren, deren Adresse er von Hannele Kaarto erhalten hatte. Hannele war ein seltsames Wesen: Zeitweilig hatte sie selbstsicher und ruhig gewirkt, die meiste Zeit aber unsicher und nervös, ja, und zerbrechlich und kindlich. Sogar am Daumen hatte sie gelutscht. Andererseits war sie ja auch in einer Situation, in der ein alltägliches Verhalten geradezu unnormal gewirkt hätte. Hanhivaara hatte an Hannele wenigstens keine Kälte bemerkt und das war gut: Kälte begegnete ihm bei seiner Arbeit mehr als genug.

Es herrschte wenig Verkehr. In den Fenstern der Etagenhäuser brannte Licht. Es fiel kein Schnee, aber in diesem Winter hatte es auch schon zur Genüge geschneit. Zumindest für Hanhivaaras Geschmack; er machte sich nämlich nichts aus Skilaufen, und aus Schnee auch nicht.

An die Stelle der Etagenhäuser traten flachere Ein- oder Zweifamilienhäuser. In irgendeiner Mansardenwohnung lebte noch ein kinderloses junges Paar, dessen größte Hoffnung es war, im Lauf der nächsten sechs Jahre den Studienkredit zurückzahlen zu können. Hanhivaara überlegte, was er selbst sich eigentlich vom Leben erhoffte. Er war geschieden. Kinder hatte er nicht. Seit zwanzig Jahren arbeitete er im selben Job. Zum Vorgesetzten taugte er nicht. Er hielt seine Arbeit für wichtig, aber nicht für besonders befriedigend. Er hatte nicht viel Geld, allerdings auch keine größeren Schulden. Es gab keine politische Bewegung, mit der er sich voll und ganz identifiziert hätte, und religiöse Riten langweilten ihn. Momentan hatte er keine Geliebte. Er hatte nicht viele Freunde, denn sein Sarkasmus schmeckte den wenigsten; aber die Freunde, die er hatte, waren wirkliche Freunde. Auf banale Weise hatte er begonnen, einfache Tugenden wie Ehrlichkeit und Redlichkeit zu schätzen, vielleicht deshalb, weil man sie so selten antraf und die meisten Menschen Raritäten besonders erstrebenswert finden. Hanhivaara hielt sich für einen sentimentalen Zyniker; dieser Menschentyp ist weitaus weniger selten, als man glaubt.

Aber Hoffnungen? Er hatte genug zu essen und zu trinken, eine Wohnung, einen Arbeitsplatz und Musikkassetten. Was brauchte man eigentlich mehr? Letzten Endes waren die Bedürfnisse eines Menschen ziemlich gering, sofern er immun gegen Werbung war und keine neidische Veranlagung hatte. Lesen war eine ganz angenehme Beschäftigung, Angeln ebenfalls; beidem gab sich Hanhivaara gelegentlich hin. Aber wonach er sich wirklich sehnte, war Wärme, ganz einfach warmes, sonniges Wetter. Er hasste die Kälte, die ihn frösteln machte. Und im selben Moment, als Hanhivaara begriff, dass er sich nach Wärme sehnte, erkannte er auch seinen eigentlichen Wunsch: Er wäre gern in einem anderen Land geboren. Was seine Träume anging, unterschied er sich also gar nicht so sehr von den meisten seiner Landsleute. Ein paar Krankenhausaufenthalte hatten ihn gelehrt, die guten Seiten seines Vaterlands anzuerkennen, und deshalb wünschte er sich, irgendwer, der dazu befugt und fähig war, hätte rechtzeitig ganz Finnland ins Schlepptau genommen und östlich von Sardinien verankert. Dort war allerdings nicht genug Platz, das wusste er.

Dann sagte sich Hanhivaara, dass er mit dem sentimentalen Blödsinn für heute aufhören musste. Er war auf dem Weg zur Vernehmung einer Zeugin, einer eventuellen Verdächtigen. Es war Zeit, den Zyniker herauszukehren.

Hanhivaara las die Straßennamen, fuhr an der richtigen Straße vorbei und bog in die nächste ein. Er gelangte auf die richtige Straße, hielt nach der Hausnummer Ausschau, fuhr vorbei und musste zurücksetzen, was ihm nicht gleich beim ersten Anlauf gelang.

Das Haus war ein ordentlich aussehendes Einfamilienhaus, ein zweistöckiges Modell aus den Fünfzigerjahren, mit Mansardendach und sechs Betonstufen vor der Haustür. Durch den dicken Schnee führte ein extrem schmaler Pfad zu den Stufen, was Sherlock Holmes zu der Schlussfolgerung geführt hätte, dass hier eine Frau allein lebte, vorausgesetzt, als Londoner hätte er etwas vom Schneeschaufeln verstanden. Nach Hanhivaaras Ansicht kam ebenso gut ein fauler oder schwächlicher Mann infrage; dass die Feministinnen gleiches Recht aufs Schneeschippen forderten, konnte er sich nicht vorstellen.

Vor Kälte schlotternd stieg Hanhivaara die Stufen hinauf und drückte auf die Klingel. Drinnen brannte Licht, woraus er schloss, dass jemand zu Hause war; ein Schluss, der häufig gezogen wird, obwohl die einzige logische Schlussfolgerung wäre, dass irgendwann jemand das Licht angeknipst hat und die Birne noch nicht ausgebrannt ist.

Hanhivaaras unlogische Schlussfolgerung erwies sich jedoch als richtig. Dann war ein Geschmacksurteil an der Reihe: Eine schöne Frau, dachte Hanhivaara.

»Guten Abend«, sagte er.

»Guten Abend«, erwiderte Sinikka Koivu. Ihre Stimme hatte einen angenehmen Klang. Sie zeigte keinerlei Unsicherheit vor dem unbekannten Mann.

»Ich würde gern hereinkommen«, sagte Hanhivaara.

»Typisch Mann«, lachte Sinikka Koivu.

»Schauen Sie, Kaarto ist tot und wir wissen nicht, ob er sich selbst erschossen hat oder ob es jemand anders getan hat. Wir würden es aber gern wissen. Vielleicht können Sie uns helfen, vielleicht auch nicht, das werden wir sehen.«

Ein Zucken lief über Sinikkas schönes Gesicht. Hanhivaara wunderte sich, was eine so attraktive Frau bewogen hatte, ein Verhältnis mit einem so rücksichtslosen Mann wie Kaarto anzufangen. Doch ihm blieb keine Zeit, diesem Gedanken nachzuhängen, denn Sinikka Koivu fragte: »Sie sind von der Polizei?«

»Ja.«

»Kann ich bitte Ihren Ausweis sehen?«

Hanhivaara reichte ihr seinen Dienstausweis, die Frau prüfte ihn sorgfältig und gab ihn achselzuckend zurück. »Eigentlich ist das ja überflüssig. Ich könnte sowieso nicht erkennen, ob er gefälscht ist, weil ich noch nie einen echten gesehen habe.«

»Er ist echt.«

»Kommen Sie herein«, sagte die Frau.

Hanhivaara gehorchte, zog seinen Mantel aus und hängte ihn an die Garderobe.

Sinikka Koivu führte ihn ins Wohnzimmer und sagte: »Ich sollte Ihnen vielleicht etwas anbieten.«

»Nicht nötig. Wärme ist alles, was ich brauche. Und warm scheint es hier zu sein.«

»Rotwein und heißes Wasser vielleicht«, sagte Sinikka Koivu und verschwand.

Hanhivaara stellte fest, dass das Wohnzimmer ziemlich konventionell aussah.

Das Haus war offenbar kürzlich renoviert worden; dafür bekam man neuerdings problemlos einen staatlichen Kredit. Die Möbel waren alt, aber frisch aufgepolstert. Ein massiver altmodischer Lehnstuhl lockte Hanhivaara und er gab der Verlockung nach.

Sinikka Koivu kam bald zurück. Sie goss aus einer Thermoskanne Wasser in zwei Teegläser, gab Zucker hinein und goss Rotwein dazu. Hanhivaara wusste, dass er jetzt sagen musste: Nein danke. Er sagte: »Vielen Dank. Sehr freundlich von Ihnen.«

Sinikka Koivu rührte ihr eigenes Glas nicht an. Sie fragte: »Habe ich Sie richtig verstanden? Sie sprachen von Sakari Kaarto, nicht von seiner Frau?«

»Sie haben richtig verstanden.«

»Das dachte ich mir. Der Tod seiner Frau liegt ja schon länger zurück, außerdem wurde sie erstochen.«

»Ganz richtig«, bestätigte Hanhivaara. »Sakari Kaarto wurde erschossen.«

»Furchtbar«, sagte Sinikka Koivu.

Hanhivaara hatte einen wortreicheren Kommentar erwartet, doch da dieser ausblieb, fragte er: »Sind Sie nach dem Mord an Kirsti Kaarto überhaupt nicht vernommen worden? Sie waren doch Kaartos Freundin, wenn ich richtig verstanden habe.«

»Davon hat kaum jemand gewusst. Von der Polizei bin ich nicht vernommen worden. Ich habe nur einem Arzt, der offenbar einen Bericht über Sakaris Geisteszustand schrieb, ein kurzes Statement gegeben. Mein Name wurde darin aber nicht genannt. Ich hatte den Eindruck, dass Sakari selbst den Arzt auf mich aufmerksam gemacht hat. Man hat mich hauptsächlich nach Sakaris Verhalten gefragt, kurz bevor er … Mag sein, dass ich allzu sehr betont habe, wie merkwürdig er sich benommen hat. Aber es war eben merkwürdig. Wir waren sieben Jahre lang ziemlich eng liiert und dann war es plötzlich vorbei, einfach so, ohne Vorwarnung und ohne Erklärung.«

»Sieben Jahre?«

»Ja.«

»Wie ging es zu Ende?«

»Das werde ich nie vergessen. Sakari hat sich sonst nie so verhalten. Er galt als harter Geschäftsmann, aber mich hat er immer sehr zuvorkommend behandelt. Und dann fing er plötzlich an, mich zu beschimpfen, bot mir Geld an, als wäre ich eine Hure, und wollte seinen Schlüssel zurück. Das war's.«

Hanhivaara trank einen Schluck Rotwein und wurde auch von innen warm. »Sicher waren Sie ziemlich verbittert?«

»Ich wusste, dass eines Tages Schluss sein würde. Von Heirat war nie die Rede gewesen.«

»Aber dass es so hässlich zu Ende ging, muss Sie doch verbittert haben?«, machte Hanhivaara einen neuen Versuch.

»Ich weiß, worauf Sie hinauswollen«, sagte Sinikka Koivu gleichmütig. »Ich verstehe es. Das ist Ihr Job. Aber ich habe Sakari nicht so wild gehasst, dass ich ihn umgebracht hätte. Schon gar nicht jetzt, nach so vielen Monaten.«

»Vielleicht hatten Sie vorher keine Gelegenheit.«

Sinikka Koivu sagte nichts. Ihre blauen Augen sahen Hanhivaara offen an: nichts zu verbergen.

»Was machen Sie beruflich?«, fragte Hanhivaara.

»Ich habe ein Buchhaltungsbüro, das ganz gut läuft. Ich habe Kaartos Geld wirklich nicht nötig gehabt, wenn Sie das meinen. Dieses Haus gehört mir, und wenn es mit einer Hypothek belastet ist, dann nur aus steuerlichen Gründen. Mit diesen Dingen kenne ich mich aus.« Sie schwieg eine

Weile, als wäre sie über ihre eigenen Worte überrascht. Dann setzte sie hinzu: »Aber daran ist nichts Illegales.«

Hanhivaara kannte viele Fragen, die im Allgemeinen nutzlos waren, wenn man sie zum ersten Mal stellte. Zum Beispiel: Wo waren Sie heute Morgen um neun Uhr? Wenn die Frau bei Kaarto gewesen war und ihn getötet hatte, würde sie kaum wahrheitsgemäß antworten. Noch nicht. Wenn sie andererseits nicht dort gewesen war und die Wahrheit sagte, war er der Lösung keinen Schritt näher.

Aber Hanhivaara kannte auch die Fragen, die gestellt werden mussten, und deshalb fragte er: »Wo waren Sie heute Morgen gegen neun Uhr?«

Sinikka Koivu sagte: »Da war ich noch zu Hause. Ich habe auch hier ein kleines Büro, wo ich morgens und abends manchmal arbeite.«

»Sie waren allein, nehme ich an?«

»Ja. Ich bin nicht verheiratet und mein Sohn ist schon zwanzig und gerade bei der Armee.«

»Einen zwanzigjährigen Sohn haben Sie? Das ist doch gar nicht möglich!«

»Bringt man Polizisten heutzutage auch schon die Kunst des Schmeichelns bei?«

»Meine Bemerkung drückt echte Verblüffung aus«, sagte Hanhivaara. »Normalerweise kann ich nämlich das Alter ziemlich genau schätzen.«

»Wenn es so ist, danke schön«, lächelte die Frau. »Warum machen Sie nicht irgendetwas mit Ihrer Frisur? Wenn Sie die Haare einfach so nach hinten kämmen, sehen Sie älter aus, als Sie sind.«

Hanhivaara sah ihr unverwandt in die Augen und versuchte herauszufinden, was sie im Sinn hatte; solche Dinge sagte man selten zu einem Polizisten, der in einem Mordfall ermittelte.

»Sie scheinen an den Einzelheiten des Mordes nicht besonders interessiert zu sein. Die meisten Menschen sind verblüfft, entsetzt oder wenigstens neugierig«, sagte er.

»Sie haben mir ja schon erzählt, dass Sakari erschossen wurde. Die blutigen Einzelheiten will ich gar nicht hören. Das Einzige, was mich interessieren könnte, wäre die Identität des Mörders. Aber wenn Sie wüssten, wer der Mörder ist, wären Sie nicht hier.«

»Was haben Sie eigentlich von Kaarto gehalten?«

»Im Grunde war er richtig nett, wenn er mit mir zusammen war«, sagte Sinikka Koivu. »Seine Ehe war eigenartig. Meiner Meinung nach lohnt es sich nicht, in einer solchen Ehe zu leben. Ich spreche aus Erfahrung.«

»Sie sind also geschieden?«, fragte Hanhivaara.

»Ja. Aber entgegen der landläufigen Vorstellung galoppieren geschiedene Frauen nicht mit vor Lust zitternden Nüstern den Männern hinterher.«

»Das wollte ich auch keineswegs behaupten«, sagte Hanhivaara. »Sie waren jahrelang mit Kaarto befreundet. Wie viel hat er Ihnen über seine Privatangelegenheiten erzählt?«

»Viel.«

»Auch über geschäftliche Dinge?«

»Auch darüber.«

»Hat er seine Bücher von Ihnen führen lassen?«

»Nein, nie.«

»Warum nicht?«

»Eigentlich geht Sie das nichts an. Aber wenn Sie mir versprechen, sich einen neuen Haarschnitt zuzulegen, erzähle ich es Ihnen.«

Hanhivaara schwieg. Er schlürfte Rotwein und hörte sich dann zu seiner eigenen Verblüffung sagen: »Na schön, ich verspreche es. So neugierig bin ich.«

»Ich bin seit sechs Jahren geschieden. Als ich Sakari kennenlernte, wollte ich nicht, dass mein Mann etwas von unserer Verbindung erfährt. Später hat Sakari das gleiche Argument in Bezug auf seine Frau angeführt.«

Hanhivaara mochte noch nicht gehen. Er wusste, dass es draußen kalt war, auch im Auto würde es kalt sein und es würde eine Weile dauern, bis der Motor ansprang – mit dem Anlasser stimmte etwas nicht, nahm er an –, und noch länger würde es dauern, bis die Heizung Wirkung zeigte. Hier dagegen war es warm.

Er fragte: »Wann haben Sie Kaarto zuletzt gesehen?«

»Gestern«, antwortete die Frau.

Manche Menschen hatten die Fähigkeit, selbst Hanhivaara aus der Fassung zu bringen; im Allgemeinen mochte er diese Menschen nicht. Diesmal war er sich jedoch nicht sicher. Er bemühte sich um einen scharfen Ton: »Warum haben Sie das nicht sofort gesagt?«

»Sie haben mich nicht danach gefragt.«

Wieder diese dumme Antwort, dachte Hanhivaara. Er wusste nicht mehr, von wem er sie zum ersten Mal gehört hatte, aber sie klang, als wäre sie ursprünglich für einen Film geschrieben worden und hätte sich dann zum Verdruss der Polizisten im allgemeinen Sprachgebrauch eingenistet. Er sagte: »Vielleicht habe ich tatsächlich vergessen, danach zu fragen. Na und, wie ging es ihm gestern?«

»Er war gerade aus der Klinik gekommen und wirkte wie früher, so wie er war, bevor er seine Frau ermordete. Er steckte voller Energie, voller Pläne.«

»Hatten Sie keine Angst, zu ihm zu gehen?«

»Habe ich gesagt, dass ich bei ihm war?«, fragte Sinikka Koivu zurück. Ein Lächeln lag auf ihren Lippen.

Zum Teufel, die Frau spielt mit mir, dachte Hanhivaara. Doch er konnte sich nicht zu einer barschen Bemerkung aufraffen.

Die Frau sprach weiter: »Schon gut. Ja, wir haben uns in seinem Haus getroffen. Und nein, ich hatte keine Angst.« Und nach einer kurzen Pause: »Warum sind Sie nicht aggressiv?«

Darauf wusste Hanhivaara keine Antwort. Er spielte mit dem Gedanken, das alte Klischee anzubringen: Die Fragen stelle ich. Stattdessen fragte er: »Hatte Kaarto ein bestimmtes Anliegen oder hat er Sie nur eingeladen, um alte Erinnerungen aufzufrischen?«

»Wie soll ich sagen? Beides. Er wollte einen neuen Anfang machen. Er sagte, er wäre damals nicht bei Verstand gewesen. Er hätte sich wie ein Schuft benommen. Er sprach sogar von Heirat.«

»Ein mutiger Schritt für einen Gattinnenmörder«, meinte Hanhivaara. »Oder anders ausgedrückt, ein ziemlich optimistischer Vorschlag.«

Sinikka Koivu strich sich die dunklen Haare aus der Stirn. Ihre Brust unter der roten Bluse hob und senkte sich gleichmäßig. Es war nicht leicht, sie in Aufregung zu versetzen.

»Ich habe abgelehnt, aber nicht, weil ich Angst gehabt hätte. Aber unsere Beziehung war nun mal vorbei und ich wollte sie nicht wieder aufwärmen. Sakari hat es ganz ruhig aufgenommen. Er hat gesagt, er könne meinen Standpunkt verstehen. Wir haben ein Glas zusammen getrunken, dann habe ich mir ein Taxi bestellt und bin nach Hause gefahren.«

»Das ist gut.«

»Sind Sie ein Moralapostel?«

»Ich meine, es ist gut, dass der Taxifahrer bezeugen kann, wann Sie das Haus verlassen haben. Obwohl damit natürlich nicht bewiesen ist, dass Sie nicht noch einmal zurückgekehrt sind. Um wie viel Uhr sind Sie abgefahren?«

»Gegen zehn gestern Abend.«

»Wie wirkte Kaarto?«

»Jedenfalls nicht wie ein Mann, der vorhat, sich spätestens am nächsten Morgen das Leben zu nehmen«, sagte Sinikka Koivu.

Hanhivaara überlegte, wie ein Mann aussehen mochte, der beschlossen hat, sich am nächsten Morgen das Leben zu nehmen. Dafür gab es keine Regeln.

»Hat er irgendwelche Drohungen erwähnt?«, fragte Hanhivaara.

»Nein. Aber ich glaube nicht, dass er es mir gesagt hätte, wenn er bedroht worden wäre. Das hätte er für unmännlich gehalten. Er sprach gern über seine Pläne, aber nicht über seine Ängste.«

»Haben Sie je eine Pistole bei ihm gesehen?«

»Ich wusste, dass er eine hatte, aber gesehen habe ich sie nie.«

Hanhivaara stand auf und merkte, dass er kein einziges Wort notiert hatte. Er war manchmal ein wenig zerstreut, deshalb schrieb er sich normalerweise die wichtigsten Punkte auf.

»Sie sind ein Meister im Anstarren«, erklärte Sinikka Koivu sein Versäumnis.

»Vielen Dank für den Wein und die Auskünfte«, sagte Hanhivaara. »Übrigens, was ich über Sie und Ihren Sohn gesagt habe, war ehrlich gemeint.«

»Nochmals besten Dank«, lächelte die Frau.

»Ich hätte eine kleine Bitte.« Nun lächelte auch Hanhivaara.

»Ja?«

»Verraten Sie der Polizei nicht, dass ich ein halbes Glas Rotwein getrunken habe. Ich bin nämlich mit dem Wagen da.«

Die Frau lachte.

An der Tür drehte sich Hanhivaara um und stellte noch eine Frage: »Was macht denn Herr Koivu heutzutage?«

»Es gibt keinen Herrn Koivu. Koivu ist mein Mädchenname.«

»Und wie heißt der Herr Koivu?« Hanhivaara fand seine Formulierung witzig.

»Varpela. Pekka Varpela.«

»Aha. Auf Wiedersehen. Und gute Nacht«, sagte Hanhivaara.

»Auf Wiedersehen«, erwiderte Sinikka Koivu.

Schon auf der Treppe begann Hanhivaara zu bibbern. Er lief zum Auto. Aus irgendeinem unerfindlichen Grund hatte sich der Anlasser ganz von selbst repariert. Nachdem er hundert Meter gefahren war, merkte Hanhivaara, dass sich die Scheinwerfer nicht von selbst eingeschaltet hatten. Ein komisches Auto, dachte er.

Sinikka Koivus Lächeln ging ihm nicht aus dem Sinn. Dann dachte er an Pekka Varpela. Er kannte den Namen, der Mann war einer der Leiter in Kaartos Druckerei. Aber an sein Gesicht konnte er sich nicht erinnern. Bestimmt ein farbloser Typ, dachte er verächtlich, kein Wunder, dass er gegen seinen Nebenbuhler verloren hat.

# DREIUNDZWANZIG

Es war Morgen. Der Wind hatte nach Osten gedreht. Ein Hochdruckgebiet hatte Tampere erreicht, das Thermometer zeigte fünfzehn Grad minus und Kairamos Miene war säuerlich.

Kairamo hatte nur zwei Stunden geschlafen. Er betrachtete es als seine Pflicht, alle Morde persönlich aufzuklären, war aber der Meinung, er könne sie allein mit seinem Gehirn aufklären. Er las die Berichte seiner Befehlsempfänger, auf deren Grundlage er ein Gesamtbild entwarf, und dann wurden wieder neue Pläne gemacht. Um mit dieser Technik Verbrechen aufklären zu können, genügte es nach Kairamos Ansicht, dass die Berichte fehlerfrei und sorgfältig geschrieben waren.

So hatte er bereits einen dicken Stapel von Protokollen über die Tatortuntersuchung und über diverse Vernehmungen vor sich liegen. Doch der Stapel, der vor dem jungen Olavi Jorma lag, war noch zehn Zentimeter höher, und deshalb blickte Kairamo säuerlich drein.

Alle Polizisten, die um den runden Tisch versammelt waren, hatten eine Tasse Kaffee vor sich stehen. Helle Röstung für Hanhivaara.

»Du hast eine neue Pfeife«, wandte sich Hanhivaara an Huhtanen.

»Yes«, erwiderte Huhtanen.

»Bei Pfeifenrauchern ist das Krebsrisiko auch nicht geringer. Du machst nämlich Lungenzüge«, sagte Hanhivaara.

Huhtanen zündete die Pfeife an.

Kairamo sagte: »Mir scheint, unser junger Freund hat mehr zu berichten als wir anderen zusammen. Jedenfalls nach dem Stapel zu urteilen, den er vor sich aufgebaut hat. Also, lass hören!«

Jorma versuchte, seinen Eifer zu verbergen, was ihm jedoch nicht ganz gelang. Er sagte: »Ja. Also. Die Sache ist die, dass ich gestern Abend mit der Spurensicherung mitgefahren bin, um Kaartos Haus zu durchsuchen. Das war kein Kinderspiel, denn das Haus ist groß.«

»Das wissen wir«, unterbrach ihn Kairamo schroff.

»Ja. Natürlich. Klar«, stotterte Jorma. »Mir ist unter anderem Kaartos Schreibtisch zugefallen. In der untersten Schublade waren Hängeordner mit ziemlich interessanten Papieren. Insgesamt siebenunddreißig psychiatrische Gutachten über den Geisteszustand von Personen, die wegen Mord oder Totschlag angeklagt waren. Ich habe überlegt, was ein Mann wie Kaarto, der sich angeblich nur für seine Firma interessierte, mit solchen Papieren anfing. Ja, und meiner Ansicht nach …«

Kairamo unterbrach ihn erbarmungslos: »Es war also doch vorsätzlicher Mord. Und die sogenannten Experten sind ihm auf den Leim gegangen.« Kairamo wirkte manchmal eitel und nutzte jede Gelegenheit, seinen Untergebenen zu zeigen, dass an seiner Auffassungsgabe nichts auszusetzen war. Er setzte hinzu: »Wieso sind diese Papiere nicht schon damals gefunden worden, als er seine Frau ermordet hat?«

Hanhivaara sagte: »Der Fall war klar. Es gab keinen Grund, das Haus zu durchsuchen. Kaarto hat ja fast sofort ein Geständnis abgelegt.«

»Ein elender Fehler«, meinte Kairamo.

»Ja«, nickte Hanhivaara.

»Wie ist er an die Unterlagen gekommen?«, fragte Siika.

Jorma, der noch damit beschäftigt war, die bitteren Tränen der Enttäuschung hinunterzuschlucken, nachdem er sich doch auf einen Triumph vorbereitet hatte, antwortete hastig: »Alle Gutachten stammen vom Amtsgericht Helsinki. Alle von abgeschlossenen Gerichtsverfahren. Es war kein Problem für Kaarto, sie zu bekommen, denn es sind öffentliche Dokumente. Er ist einfach ins Archiv des Amtsgerichts spaziert und hat um ein Verzeichnis der behandelten Fälle gebeten. Die Fälle sind chronologisch geordnet und auf jedem Formular sind die Art des Delikts und das Aktenzeichen vermerkt. Also brauchte er nur alle Fälle von Mord und Totschlag herauszusuchen und sich die entsprechenden Protokolle geben zu lassen. Die hat er dann kopiert. Die einzigen Voraussetzungen sind Sitzfleisch, denn es braucht Zeit, die Akten durchzusehen, und Geld, denn Kopien bekommt man nicht umsonst. Kaarto hatte offenbar beides.«

Jorma lächelte, denn nun hatte er doch noch Gelegenheit gehabt, eine kleine Rede zu halten.

»Nachdem unser junger Freund seine Mission erläutert hat, mit der ihn niemand beauftragt hatte, müssen wir uns fragen: Ändert das etwas? Nein.« Kairamo hatte wieder das Wort ergriffen. »Rache ist immer noch ein plausibles Motiv, es gewinnt sogar an Wahrscheinlichkeit, falls nämlich jemand herausgefunden hat, dass Kaarto den Mord an seiner Frau von langer Hand geplant und erfolgreich den Verrückten gespielt hat. Meines Erachtens liefert uns die neue Information keine zusätzlichen Verdächtigen.«

Hanhivaara räusperte sich. Das war seine Art, ums Wort zu bitten: »Da der Ermordete offenbar ein ziemlicher Intrigant war, sollten wir vielleicht überprüfen, ob er auch Puputtis Namen in irgendeinem Archiv gesucht hat.«

Siika wandte ein: »Das lohnt sich doch nicht mehr. Kaarto ist tot. Warum sollen wir der Sache jetzt noch nachgehen?«

»Um der Wahrheit willen«, sagte Hanhivaara.

Huhtanen lachte auf.

»Die Wahrheit ist nichts Schlechtes«, sagte Kairamo überraschend. »Jorma, du bist unser Archivexperte, also kannst du dich dieser Frage widmen. Am besten gehst du gleich mal ins Archiv des Amtsgerichts.«

»Ja, Herr Kommissar«, sagte Jorma beflissen.

Ein Jasager, dachte Hanhivaara, er wird es noch weit bringen.

Jorma stand auf, trank im Stehen seinen Kaffee aus und ging. Denen werde ich es noch zeigen, dachte er.

Als die Tür zugefallen war, sagte Kairamo: »Und jetzt ein paar tatsächlich zur Sache gehörende Informationen, die wir zusammenfassen sollten.«

Kairamo ist ein glänzender Zusammenfasser, er hat einen analytischen Verstand, dachte Hanhivaara. Dann versuchte er sich zu erinnern, wie Pekka Varpela aussah, doch es gelang ihm nicht. Er sagte: »Ich denke, ich werde Kaartos Untergebene befragen. Aber dazu später.«

Kairamo, der die Brille wieder auf die Stirn geschoben hatte, sagte: »Ja, dazu später. Kommen wir erst einmal zu den Fingerabdrücken. An Kaartos Pistole, die übrigens wirklich seine eigene war, befinden sich nur Abdrücke von seinen Fingern und seiner Handfläche. Ungefähr an den richtigen Stellen, nur eins ist überraschend ...«

Mich überrascht nichts mehr, dachte Huhtanen und versuchte, sich hinter einem Vorhang aus Rauch zu verstecken.

»Es gibt nämlich sehr wenig Fingerabdrücke. Wenn Kaarto die Waffe ganz normal in die Hand genommen hätte, müssten mehr Abdrücke an verschiedenen Stellen sein. Vorläufig bestätigt sich also der Verdacht, dass die Pistole sauber gewischt und dann dem Toten in die Hand gedrückt wurde. Und jetzt zum Bericht über die Umgebung des Hauses. Hier sind die Untersuchungsergebnisse gleich null. Der Schnee vor dem Haus ist fest und hart. Da es in den letzten Tagen nicht mehr geschneit hat, sind dort keine Spuren zu finden.«

»Der verdammte Hochdruck«, sagte Huhtanen plötzlich. Alle schraken zusammen.

Alle außer Kairamo, der ungerührt fortfuhr: »Hinter dem Haus ist der Schnee dagegen weich, aber leider unberührt. Niemand ist auf anderen Wegen zu Kaartos Villa gekommen als durch das Tor. Und dann das Resultat der Hausdurchsuchung. Auch nicht so prächtig. Was Jorma berichtet hat, ist zwar neu und bestätigt zudem einen Verdacht, den einige von uns bereits hatten, trägt aber nicht dazu bei, den Mord an Kaarto aufzuklären. Falls es tatsächlich Mord war. Kaartos Briefwechsel liefert keine Hinweise auf eventuelle Feinde. Der Jurist seiner Firma hat mitgeteilt, dass kein Testament vorliegt, die Kinder erben also den Betrieb. Das wäre natürlich ein Motiv, aber nach meinem Dafürhalten kein überzeugendes.«

Kairamo legte eine Pause ein und blätterte in seinen Unterlagen. Er ärgerte sich über ihre Unvollkommenheit. Sie wiesen in keine bestimmte Richtung.

»Hinter dem Haus liegt Wald, ebenso zu beiden Seiten. Kaarto hatte nur zwei direkte Nachbarn. Der eine wohnt rund zweihundert Meter weiter in Richtung Ylöjärvi, der andere etwa gleich weit entfernt in Richtung Tampere. Auch die Bewohner der weiter entfernt liegenden Häuser wurden befragt«, setzte Kairamo sein Resümee fort. »Es scheint, dass Kaarto am Morgen mindestens zwei Besucher hatte. Der eine Nachbar hat einen großen amerikanischen Wagen gesehen, der kurz nach neun Uhr ankam, aber das wussten wir ja schon.« Er warf Huhtanen einen anerkennenden Blick zu. »Der andere Wagen war früher gekommen. Laut Aussage des Nachbarn ein heller Cortina, älteres Baujahr, wie übrigens auch der Ami-Schlitten. Der Nachbar auf der Ylöjärvi-Seite hat keinen der beiden Wagen gesehen. Der andere Nachbar wiederum hat den Cortina nicht zurückkommen sehen, woraus wir schließen können, dass er in Richtung Ylöjärvi weggefahren ist und dass der Nachbar auf dieser Seite kein so emsiger Straßengucker ist. Er hat nämlich auch das Polizeifahrzeug nicht gesehen, das aus Ylöjärvi kam.«

Kairamo sah Huhtanen an, der hinter seiner Rauchwolke gerade noch zu erkennen war. Er wartete.

Huhtanen hüstelte. »Puputti gibt nichts zu. Er war aber im Haus.«

»Er wird schon noch gestehen«, meinte Siika.

»Glaub ich nicht«, sagte Huhtanen. »Er hatte eindeutig Angst. Aber als ich ihn fragte, vor wem, hörte er auf, sich zu fürchten, und behauptete, er hätte nur Quatsch gemacht.«

Huhtanen zog wieder an seiner Pfeife und Kairamo fragte: »Irgendwelche Schlussfolgerungen?«

Huhtanen hatte eine parat: »Puputti glaubt wahrscheinlich, den Mörder gesehen zu haben. Und er befürchtet, dass der Mörder ihn gesehen hat.«

»Warum redet er dann nicht?«, warf Siika aufgebracht ein.

»Die reden nie«, sagte Kairamo. »Vielleicht glaubt er, ein nettes Sümmchen herausschlagen zu können.«

»Dann muss der Mörder reich sein«, folgerte Hanhivaara.

Stille senkte sich über den Raum, denn alle Anwesenden überlegten, wer von den Verdächtigen das Reichtumskriterium erfüllte.

Sie kamen zum selben Ergebnis.

Hanhivaara sagte: »Pullis Cortina ist nicht der einzige in Finnland, aber immerhin hat er einen. Reich ist er allerdings nicht.«

»Fährt Pulli einen Cortina?«, fragte Kairamo.

Hanhivaara nickte und machte sich auf einen Tadel gefasst, weil er erst jetzt damit herausrückte. Der Tadel blieb jedoch aus.

»Pulli muss auch aufs Präsidium geholt werden«, entschied Kairamo. »Mal sehen, was Puputti dazu sagt.«

Es war eine langweilige Besprechung, denn sie schien zu keinem Ergebnis zu führen. Viel angenehmer waren Besprechungen, bei denen zum Schluss alle aufsprangen, um den zweifelsfrei identifizierten Mörder zu verhaften.

Kairamo kam zum nächsten Punkt: »Und nun die Alibis der Hauptverdächtigen.«

Hanhivaara sagte: »Sinikka Koivu hat kein Alibi.« Er überlegte, warum er die Frau als Erste genannt hatte. »Karl Svanström scheint eins zu haben, denn er behauptet, einer seiner Freunde hätte ihn gegen neun Uhr aus einer Kneipe angerufen. Wir haben uns das von dem Freund bestätigen lassen, der meines Wissens keine Verbindung zu Kaarto oder dessen Frau hatte. Hannele Kaarto hat ein Alibi, das Pulli ihr gegeben hat. Pulli dagegen hat keinerlei Alibi, man könnte fast sagen, im Gegenteil.«

Kairamo setzte die Aufzählung fort: »Puputti hat zugegeben, dass er am Tatort war. Visa Kaarto hat die Leiche gefunden, ist aber für die Tatzeit ebenfalls ohne Alibi. Und dann fehlt hier etwas: das Alibi der Druckereileute. Wir sollten sie auch in Betracht ziehen.«

»Unbedingt«, sagte Hanhivaara und fragte sich verwundert, ob seine Stimme etwa eifrig klang. »Ich kann mich gleich nach der Besprechung darum kümmern.«

»Tu das«, nickte Kairamo.

Es klopfte. Alle sahen sich an, als ob es ihnen gerade gelungen wäre, in einer spiritistischen Sitzung Kontakt mit dem Jenseits aufzunehmen.

Kairamo rief verärgert: »Herein!«

In der Türöffnung erschien ein kleiner, dunkelhaariger Mann mit stutzerhaftem Latinoschnurrbart, einer dicken Brille und einem hinterhältigen Grinsen.

»Haltet ihr Vigilia?«, rief er fröhlich.

»Was soll das nun wieder?«, fragte Kairamo.

»Totenwache. Leichenschmaus. Immer eine andachtsvolle Veranstaltung«, sagte der Mann. Das Grinsen verschwand keine Sekunde lang von seinem munteren, aber unverkennbar diabolischen Gesicht.

»Vargas!«, sagte Kairamo. »Grüß dich. Wo kommst du denn plötzlich her?«

»Vom Korridor. Ich habe mir sagen lassen, dass euch noch ein Trauergast fehlt. Kaffee gibt es, wie ich sehe, aber wo ist der Kuchen?«

Vargas wandte sich an Hanhivaara: »An dich erinnere ich mich. Einer der Eifrigsten in der Totengruft.«

»Setz dich«, sagte Kairamo. Und Hanhivaara fügte hinzu: »Hinter all den Kondolenzen steckt womöglich eine Nachricht.«

Vargas setzte sich. Er verstand sich gut mit Kairamo und Hanhivaara. Er war Rechtsmediziner und führte Obduktionen durch, unter anderem auf Wunsch der Polizei. Viele behaupteten, Vargas liebe seinen Beruf, doch das war möglicherweise nur das neidische Gerede von Menschen, die mit ihrem eigenen Beruf unzufrieden waren. Freilich begegnete Vargas weder Leichen noch dem Tod mit besonderer Ehrfurcht. Ein eifriger junger Journalist hatte einmal gebeten, ihm bei seiner Arbeit zuschauen zu dürfen. Als man den Zeitungsmann im Vorraum des Leichenschauhauses wiederbelebte, behauptete er, das Zerstückeln der Leichen habe ihn nicht geschockt, aber Vargas' Bemerkungen hätten ihn umgehauen. Aus purer Boshaftigkeit hatte Vargas auch das Erbrochene des Journalisten analysieren lassen.

Vargas sagte: »Leider nicht. Diesmal müsst ihr ohne mich auskommen, meine Lieben. Zumindest, wenn ihr einen Mörder fangen wollt. Ah, Kaffee, verbindlichsten Dank. Ich sehe nichts, was die Möglichkeit eines Selbstmords hundertprozentig ausschließt. Es ist keineswegs unmöglich, dass er die Pistole, auch wenn sie recht groß ist, so gehalten hat, dass die Kugel an der rechten Schläfe eindrang, ein paar Hirnzellen beiseite schob, von denen übrigens sicher ein Teil verschwunden ist, auf den Teppich oder den Tisch oder sonst wohin, und dann an der linken Stirnseite etwas oberhalb der Schläfe austrat. Ich würde sagen, sie hat im Gehirn genug Schaden angerichtet, dass der Mann als debil einzustufen wäre, wenn er überlebt hätte. An der Todesursache besteht kein Zweifel. Das Kaliber stimmt ebenfalls. Sonstige Anzeichen von Gewaltanwendung sind nicht festzustellen, überhaupt war er in guter Verfassung. Gift habe ich auch nicht gefunden. Aber ihr wisst ja, dass manche Gifte sich nicht nachweisen lassen, und wenn ihr es nicht wisst, möchte ich mich dazu nicht weiter äußern, denn womöglich hat einer von euch eine böse Schwiegermutter. Der Mann war Rechtshänder und hat mit der rechten Hand geschossen. Wie ihr sicher selbst bemerkt habt, ist die Haut an der rechten Schläfe versengt, und ihr wisst bestimmt, was das bedeutet. Fürchterliche Eckzähne hatte der Kerl. Wenn sein Personalausweis nicht etwas anderes behaupten würde, hätte ich vermutet, dass er aus den Bergen Transsilvaniens stammt.«

Vargas trank Kaffee und Kairamo fragte: »Und die Todeszeit? Die ist immer wichtig für uns.«

»Die ist allen wichtig. Die meisten denken, je später, desto besser. Aber ich habe auch andere Fälle gesehen. Leute, die darum gefleht haben, sterben zu dürfen.«

»Ein Clown«, flüsterte Hanhivaara Siika zu und deutete mit dem Daumen auf Vargas.

»Aha, so, so«, sagte Siika.

»Aber, liebe Freunde, was jetzt kommt, habe ich euch schon des Öfteren erklärt. Das Ganze ist kein Sekundenspiel. Der Arzt, der die äußerliche Untersuchung durchgeführt hat, versteht sein Fach. Ich bin erst am Nachmittag in Erscheinung getreten und kann seinen Befund nicht widerlegen. Durchaus möglich, dass euer Mann um neun gestorben ist. Mir ist es sowieso egal, ich habe ihn ja nicht gekannt.«

Hanhivaara beschloss, ein Experiment zu machen. Er fragte: »Warum macht ihr eigentlich Obduktionen, wenn ihr trotzdem nie etwas Gesichertes sagen könnt?«

»Tja, auf allgemeiner Ebene kann ich mich dazu nicht äußern. Aber mir persönlich macht es einfach Spaß«, erwiderte Vargas und grinste immer noch.

Damit war zumindest geklärt, woher das Gerücht kam, Vargas liebe seine Arbeit. Neid hatte damit nichts zu tun.

Vargas stand auf. Er reichte Kairamo eine Klarsichthülle, die einige eng beschriebene Bögen enthielt. »Hier hast du dieselben Resultate und noch ein bisschen mehr schriftlich und lateinisch. Ich weiß doch, dass ihr alles liebt, woraus ihr nicht schlau werdet. So, Jungs, ich muss jetzt gehen, ein paar Patienten warten. Nicht dass sie es eilig hätten, gut zahlen tun sie auch nicht, aber je schneller ich mit ihnen fertig bin, desto eher habe ich Zeit für die Frauen. Ich liebe kalte Frauen! Ach ja, ich habe meine Messerchen dem Schuster zum Schleifen gegeben. Der verdammte Wucherer verlangt fünf Mark pro Klinge. Aber was bleibt mir anderes übrig.«

Er hüpfte zur Tür und kreischte: »Auf Wiedersehen. Oder wie man in unseren Kreisen sagt: Wir treffen uns auf dem Tisch.«

Damit entschwand er.

»Ein munterer Bursche«, sagte Huhtanen.

»Sein Gutachten hilft uns diesmal kaum weiter«, meinte Kairamo.

»Tut es doch nie«, brummte Huhtanen.

»Wieso läuft der eigentlich frei rum?«, wunderte sich Siika.

Kairamo fand es an der Zeit, zur normalen Tagesordnung zurückzukehren. Er sagte: »Also gut, die Vernehmung von Pulli und Puputti ist jetzt unsere beste Option. Sehr wahrscheinlich klärt sich damit die ganze Sache. Ohne übereilte Schlussfolgerungen zu ziehen, können wir wohl annehmen, dass Puputti und Pulli bei dem Einbruch doch zusammengearbeitet haben.«

Obwohl Kairamo äußerst selten falsche Analysen laut aussprach, stürzte ihn jede einzelne in massive Selbstvorwürfe: Warum habe ich nicht den Mund gehalten. Es war ärgerlich genug, dass er bei einer übereilten Schlussfolgerung ertappt wurde, von der er vor ein paar Sekunden gesagt hatte, sie sei nicht übereilt. Noch ärgerlicher war natürlich, dass seine Schlussfolgerung von einem rotbäckigen Anfänger namens Olavi Jorma liquidiert wurde.

Vor Begeisterung glühend setzte sich Jorma an den Tisch und berichtete: »Der Mann im Archiv sagt, er erinnert sich an Kaarto.«

»Aha«, sagte Kairamo ohne besonderes Interesse.

»Ja, Kaarto hat ihn nach Gerichtsprotokollen gefragt, und zwar gerade nach solchen, in denen es um Einbrüche ging. Kaarto hat die Protokolle studiert und ist gegangen und nicht mehr zurückgekommen, obwohl er behauptet hatte, er würde sich für die Entwicklung der Rechtsprechung interessieren.«

»Warum hat der Archivar sich denn nicht gemeldet, als Kaarto und Puputti sich vor Gericht gezankt haben?«, wollte Siika wissen.

»Das habe ich ihn auch gefragt. Er sagt, der Mann habe

ihm seinen Namen nicht genannt und deshalb habe er keine Verbindung gesehen«, erklärte Jorma. »Er hat Kaarto aber auf dem Foto erkannt.«

Kairamo sagte: »Das scheint irgendwie darauf hinzudeuten, dass Puputti doch die Wahrheit gesagt hat. Kaarto hat nach einem Einbruchsspezialisten gesucht. Bleibt nur die Frage, was in Drei Teufels Namen er damit bezweckt hat.«

Hanhivaara meldete sich zu Wort: »Die Wahrheit werden wir nie erfahren. Aber immerhin können wir einige begründete Hypothesen aufstellen. Kaarto hatte sich vorgenommen, so verrückt zu werden, dass er für den Mord an seiner Frau nicht belangt würde. Deshalb hat er alles Mögliche getan: Er hat angefangen, haltlos zu trinken; er hat auf mieseste Art mit seiner langjährigen Geliebten Schluss gemacht; er hat einen scheinbar sinnlosen Einbruch arrangiert, in den er obendrein Hannu Pulli verwickeln konnte, dem er seine Tochter nicht geben wollte. Je unsinniger all das wirkte, desto besser, denn damit hatte er umso mehr Zeugen für seine Unzurechnungsfähigkeit. Es war ihm völlig egal, ob Puputti geschnappt wurde oder nicht. Besser natürlich, wenn er nicht geschnappt worden wäre, denn dann hätte er Pulli den Einbruch anhängen können. Ich glaube, dass Puputti sogar mit den Fingerabdrücken recht hatte. Aber bei all dem war Kaarto ein vernünftiger Geschäftsmann, denn er nahm das Geld aus dem Safe, bevor er Puputti zum Einbruch bestellte.«

»Eine Serie scheinbar plausibler Annahmen«, meinte Kairamo. »Aber was sagen sie uns über den Mord an Kaarto?«

»Eigentlich nichts«, gab Hanhivaara zu. »Immerhin verschaffen sie uns aber die Genugtuung, dass wir wenigstens eine alte Geschichte geklärt haben. Dass wir die Wahrheit gefunden haben. Jetzt müssen wir nur noch die zweite Wahrheit finden.«

»Du hast doch gerade gesagt, die Wahrheit würden wir vielleicht nie erfahren«, wandte Kairamo ein.

»Wir müssen einfach daran glauben«, sagte Hanhivaara.

Huhtanen schnaubte verächtlich. »Glauben!«

»Etwas Besseres ist derzeit nicht im Angebot«, sagte Hanhivaara. »Ich werde mich jetzt mal in Kaartos Druckerei begeben. Vielleicht finde ich dort einen neuen Anhaltspunkt. Es hat nämlich den Anschein, dass die Frau des Verwaltungsleiters Kaartos Geliebte war.«

# VIERUNDZWANZIG

»Zuerst würde ich gern ein paar Worte mit Ihnen wechseln und dann bringen Sie mir bitte den technischen Leiter und anschließend den Verwaltungsleiter.«

»Wohin?«, fragte Saara Halme.

»In das Zimmer von Direktor Kaarto. Da quartiere ich mich vorübergehend ein«, erwiderte Hanhivaara.

»Das geht nicht. Ohne die Erlaubnis von Direktor Kaarto darf ich niemanden in sein Zimmer lassen.«

»Kaarto hat seit gestern keine Vollmacht mehr«, sagte Hanhivaara, der das unnütze Geschwätz satt hatte. »Schließen Sie die Tür auf und dann gehen wir beiden Hübschen mal zusammen rein.«

Er grinste anzüglich.

»Direktor Kaarto hat aber ausdrücklich ...«

»Ich verhafte Sie gleich wegen Widerstand gegen die Staatsgewalt.«

Es war leicht, Saara Halme mit Autorität einzuschüchtern. Ehe Hanhivaara es sich versah, war sie durch ihr Vorzimmer geflattert, und die Tür zu Kaartos Zimmer stand sperrangelweit offen.

Hanhivaara ging hinein, weckte noch mehr Missbilligung, indem er sich auf Kaartos Stuhl niederließ, und sagte im besten Chefton: »Setzen Sie sich.«

Saara Halme nahm mit steifem Kreuz auf dem Besucherstuhl Platz. Sie parodierte sich selbst.

»Kaarto ist vorgestern zum ersten Mal wieder zur Arbeit

gekommen. Sicher hat er mit Ihnen über seine Pläne gesprochen.«

»Er hat über vieles mit mir gesprochen, schließlich war ich seine Sekretärin. Wenn er mir einen Vertrag diktierte, konnte er mir schwerlich dessen Inhalt verheimlichen.«

»Na, dann erzählen Sie doch mal!«, drängte Hanhivaara.

Saara Halme hielt Stift und Block in der Hand. Aber der Stift flog nicht über das Papier. Von diesem Mann würde sie sich nichts diktieren lassen. »Er bat mich, ihm zu berichten, was in den letzten Monaten in der Firma geschehen ist. Und das habe ich getan.«

»War in der Zeit etwas Merkwürdiges oder Außergewöhnliches vorgefallen?«

»Natürlich nicht.«

»Soweit ich verstehe, gab es aber Streitigkeiten zwischen Kaarto und seinen Abteilungsleitern.«

»Na ja, Direktor Kaarto wollte alle Entscheidungen selbst treffen. Er war der Ansicht, dass Partala in seiner Abwesenheit zu eigenmächtig gehandelt hatte.«

»Worum genau ging es?«

»Da müssen Sie Partala fragen.«

»Das werde ich tun. Hatte er vor, Partala zu entlassen?«

»So weit wäre er wohl nicht gegangen.«

»Warum wollte er Partalas Personalakte sehen? Da stand wohl kaum etwas drin, was er nicht schon wusste.«

»Das weiß ich nicht.«

»Hat er vorgestern mit Partala und Varpela gesprochen?«

»Ja.«

»Holen Sie Partala her.«

Saara Halme erhob sich, froh, das Gespräch mit dem widerwärtigen Polizisten hinter sich zu haben. Sie verließ das Zimmer fast im Laufschritt.

Hanhivaara schaute hinter das Gemälde. Ein neuer, selbstsicher aussehender Safe verbarg nun die Geheimnisse, die noch übrig waren. Hanhivaara schaute in einen der Schränke. Er war diesmal nicht abgeschlossen, aber es stand trotzdem noch Whisky drin.

Partala kam herein. Hanhivaara musterte ihn prüfend. Keine Anzeichen von Nervosität. Ein gesund und energisch aussehender Mann, der bestimmt mit Maschinen zurechtkam; Hanhivaara wollte jedoch feststellen, ob er auch mit Menschen auskam.

Er ging in Gedanken sein Repertoire durch und sagte dann schlapp: »Nehmen Sie Platz.«

Partala schien sich über Hanhivaaras Kraftlosigkeit zu freuen. Auch schlappe Maschinen wurde man leicht los: Man konnte sie einem unerfahrenen Unternehmer andrehen.

Hanhivaara fragte: »Warum wollte Kaarto Sie entlassen?« Seine Stimme blieb gleichgültig und er betrachtete Partala, wie man die Seiten einer Illustrierten ansieht, träge und gelangweilt.

»Er wollte mich nicht entlassen«, protestierte Partala.

Hanhivaara schwindelte: »Saara Halme sagt, sie habe vorgestern etwas in der Art gehört.«

Partala warf einen Blick auf die Tür und sagte: »Durch diese Tür hört man nichts.«

»Die Sprechanlage war eingeschaltet.«

Partala war sich nicht im Klaren, ob Hanhivaara log oder nicht. Er entschied sich dafür, ihm auf halbem Wege entgegenzukommen: »Entlassen wollte er mich nicht. Wir hatten Differenzen über einige Investitionen, aber in der Führungsetage eines Unternehmens gibt es immer solche Debatten. Gerade dadurch findet man oft die richtige Lösung.«

»Wie heftig haben Sie sich denn gestritten?«

»Schauen Sie, Kaarto war ein gewiefter Geschäftsmann und kannte die Druckereibranche von Grund auf. Er hat sogar den Aufschwung in den Jahren dreiundsiebzig und vierundsiebzig unbeschadet überstanden.«

»Was heißt das, einen Aufschwung unbeschadet überstehen?«

»Damals war die Versuchung groß, exzessiv zu investieren und über seine Ressourcen hinaus zu expandieren. Einige Druckereien versuchten, sich in Mammutbetriebe zu verwandeln, aber Kaarto erkannte, dass der Aufschwung nicht ewig dauern würde. Er hat damals die richtigen Entscheidungen getroffen. Andererseits war er aber ein Geschäftsmann der alten Schule, der in den Dimensionen seines Familienbetriebs dachte. Und als er dann auch noch anfing zu trinken, hat er nicht mehr erkannt, was die richtige Entscheidung war, obwohl ich es ihm immer wieder erklärt habe.«

Hanhivaara griff nach einem Stift und klopfte damit auf die Tischplatte. Er sah zum Fenster hinaus und sagte: »Die andere Möglichkeit ist, dass Sie versucht haben, ihm seinen Platz streitig zu machen, als er vorübergehend aus dem Spiel war.«

»Wie kann man dem Besitzer seinen Platz streitig machen?«, fragte Partala abschätzig.

»Vielleicht hat es in diesem Fall tatsächlich nicht geklappt, und deshalb haben Sie sich entschlossen, einen Umweg einzuschlagen. Kaartos Kinder sind über die geschäftlichen Angelegenheiten ihres Vaters nicht besonders gut informiert. Der Sohn interessiert sich für Architektur, ist vielleicht sogar Idealist. Die Tochter ist ein versponnenes Mädchen und mit Sicherheit Idealistin. Es wäre ziemlich leicht, die beiden zu manipulieren. Oder sie sogar übers Ohr zu hauen, falls irgendein Experte auf diese Idee verfallen sollte.«

»Offenbar ist Ihnen nicht bewusst, dass Sie damit andeuten, ich wäre ein Mörder.«

»Sie haben recht, mir scheint, das habe ich getan.« Nun ließ Partanen sich von Hanhivaaras schlappem Auftreten nicht länger täuschen.

»Ich zeige Sie wegen Verleumdung an!«

»Diesmal ist die Sprechanlage abgeschaltet. Und durch die Tür hört man nichts«, lächelte Hanhivaara.

»Das ist doch absurd.«

»Wo waren Sie gestern früh um neun Uhr?«

»Ich habe in Varpelas Wagen gesessen.«

»Warum?«

»Wir mussten uns über einiges beraten.«

»Im Auto? In diesem Gebäude gibt es doch sicher Konferenzräume. Ich habe den starken Verdacht, dass Sie beide sogar ein eigenes Dienstzimmer haben.«

»Wir wollten uns lieber in Varpelas Auto unterhalten.«

»Eine Verschwörung gegen Kaarto, wie?«

»Nein«, rief Partala mit schriller Stimme. »Es war keine Verschwörung. Aber wir hatten einiges zu klären. Wir hatten nicht damit gerechnet, dass Kaarto so schnell zurückkommen würde. Unsere Jobs standen auf dem Spiel, wir waren einem verrückten Chef ausgeliefert!«

»Sie haben doch gerade gesagt, dass Kaarto Sie nicht entlassen wollte.«

»Bei Verrückten kann man nie wissen.«

»Haben Sie auch daran gedacht, Varpela über dieses Treffen zu informieren? Jetzt haben Sie dazu nämlich keine Gelegenheit mehr.«

»Wie meinen Sie das?«

»Ich meine, dass Sie sich gegenseitig ein Alibi liefern.«

»Es ist aber die Wahrheit. Und Sie können es nicht widerlegen.«

»Warum sollte ich die Wahrheit widerlegen?«, fragte Hanhivaara pikiert. »Aber falls Sie sich von den gängigen

Witzen zu dem Irrglauben haben verleiten lassen, alle Polizisten wären dumm, können Sie sich auf eine Überraschung gefasst machen.«

Er wandte sich über die Sprechanlage an Saara Halme: »Ich möchte jetzt mit Verwaltungsleiter Varpela sprechen. Würden Sie ihn freundlicherweise holen?«

»Ich rufe ihn an«, entgegnete Saara Halme kühl.

»Verbindlichen Dank«, sagte Hanhivaara. Und dann zu Partala: »Wir warten jetzt auf Varpela, und wenn er kommt, können Sie gehen. Aber inzwischen erzählen Sie mir, wo der Wagen stand, während Sie sich unterhielten, wie lange die Besprechung dauerte und so weiter. Für Sie wäre es optimal, wenn ein Dritter Sie im Auto sitzen gesehen hätte.«

Aus dem selbstbewussten Partala war ein verunsicherter Partala geworden, aber er lieferte die gewünschten Auskünfte. Sein Sinn für Details ist hervorragend, dachte Hanhivaara, der allerdings aussah, als dächte er an nichts.

Varpela trat ein, ohne anzuklopfen. Hanhivaara winkte Partala hinaus. Die beiden Abteilungsleiter wechselten einen Blick, sprachen aber kein Wort miteinander.

Hanhivaara erkannte Varpela sofort wieder, verstand aber auch, wieso er sich nicht an ihn erinnert hatte. Der Mann wirkte irgendwie schattenhaft und zaudernd, doch diese Eigenschaften traten wohl nur zu Tage, wenn er es mit einer Autorität zu tun hatte. Andernfalls hätte er es kaum zu dem verantwortlichen Posten gebracht, den er bekleidete. Die Vorstellung, dass Varpela ihn als Autorität betrachtete, gefiel Hanhivaara.

Er stellte seine erste Frage: »Wo waren Sie gestern Morgen um neun Uhr?«

»Gestern Morgen um neun Uhr? Warum wollen Sie das wissen?«

Hanhivaara sah Varpela finster an.

Varpela beeilte sich hinzuzufügen: »Sicher hat die Polizei einen Grund zu dieser Frage. Ich persönlich glaube, dass das Gerede über die Brutalität der Polizei und so weiter gewaltig übertrieben ist.«

Hanhivaaras Blick wurde nicht freundlicher.

Varpela sagte: »Ich war auf dem Weg zur Arbeit.«

»Allein?«

»Nein, nicht allein. Partala, also der Mann, der gerade gegangen ist, war dabei. Wir haben über berufliche Dinge gesprochen.«

»Guter Mann, nun erzählen Sie endlich, wo Sie wann waren.«

Varpela tat es und Hanhivaara hörte verdrossen zu: Entweder hatten die beiden tatsächlich zusammen im Auto gesessen oder sie hatten sich die Story gemeinsam ausgedacht. Die Einzelheiten stimmten überein, auch wenn Varpelas Bericht weniger detailfreudig war als Partalas.

»Na schön«, sagte Hanhivaara. »Hatte Kaarto vor, Partala zu entlassen?«

Varpela schaute zur Tür, durch die jedoch keine Hilfe kam. Und so fügte er sich der Autorität: »Kaarto hat gesagt, entweder beugt sich Partala seiner Entscheidung und storniert einen Vertrag, den er abgeschlossen hat, oder er fliegt raus. Ich glaube, Partala hätte nachgegeben. Aber der Tag verlief ja dann etwas anders als erwartet. Für Kaarto war es wohl der schlechteste Tag seines Lebens.«

Varpelas Blick bat Hanhivaara, seinen zaghaften Zynismus zu akzeptieren, doch Hanhivaara zerstörte seine Hoffnungen. »Und Sie? Was hatten Sie gegen Kaarto?«

»Ich hatte nichts gegen ihn.«

»Mein lieber Mann, erst erzählen Sie mir, dass Sie die Polizei respektieren, und jetzt behaupten Sie, Sie hätten nichts gegen einen Mann, der seine Frau ermordet hat.«

»Na ja, das war natürlich nicht schön.«

»Nicht schön?«, wiederholte Hanhivaara verächtlich. Varpela war seinem Chef offenbar völlig hilflos ausgeliefert gewesen.

»Es steht mir nicht zu, ihn zu verurteilen. Das Gericht hat festgestellt, dass er nicht bei Verstand war, als er es getan hat. Manchmal verlieren Menschen ihren Verstand und dann kann man sie nicht kritisieren.«

Hanhivaara fand Varpelas liberalen Humanismus ein wenig verlogen. Er fragte: »Hatten Sie keinen Grund, Kaarto zu hassen?«

»Natürlich nicht.«

»Wie lange arbeiten Sie schon hier?«

»Acht Jahre. Fast neun.«

»Sie sind geschieden?«

»Ja.«

»Und zur Scheidung kam es rund zwei Jahre, nachdem Sie in Kaartos Betrieb angefangen hatten?«

Allmählich begann Varpela zu dämmern, worauf Hanhivaara hinauswollte. Er sagte: »Ja, aber ich verstehe nicht, was das mit der Sache zu tun hat.«

»O doch, Sie verstehen. Sie wussten, dass Kaarto ein Verhältnis mit Ihrer Frau hatte, auch wenn Sie im Scheidungsprozess vielleicht keinen Nutzen daraus gezogen haben.«

Varpela setzte sich endlich, obwohl er nicht ausdrücklich dazu aufgefordert worden war. Er rieb sich das Gesicht. Seine Stimme zitterte leicht: »Ja, ich habe es gewusst. Aber wie haben Sie es herausgefunden?«

Hanhivaara redete erbarmungslos weiter: »Sie haben die Affäre mindestens ein Jahr lang toleriert, bevor es dann zur Scheidung kam. Und zur Belohnung durften Sie Ihre Stelle behalten.«

»So war es nicht. Kaarto wusste nicht, dass ich im Bilde

war. Aber was hätte ich denn tun sollen? So viele freie Stellen gibt es in unserer Branche auch nicht. Wenn ich Kaarto darauf angesprochen und ihm Vorhaltungen gemacht hätte, hätte er mich sofort rausgeworfen. So war er eben.«

»Es ist schwer, eine solche Situation auszuhalten«, sagte Hanhivaara ein wenig freundlicher. »Sicher haben Sie gelegentlich auf Rache gesonnen.«

»Ich habe den Kerl gehasst!«, brach es aus Varpela heraus.

»Und Jahre später sind Sie hingegangen und haben ihn erschossen. Sie dachten, wenn er straflos einen Mord begehen konnte, würden Sie es auch schaffen.«

»Nein. Als Kaarto ermordet wurde, saß ich mit Partala im Auto. Ich habe einen Zeugen.«

Das Mitleid schwand aus Hanhivaaras Stimme: »Um eine unverbrauchte Floskel zu verwenden: Partala hatte sein eigenes Süppchen zu kochen. Er hat Ihnen ein Alibi angeboten, wenn Sie Kaarto umlegen. Er muss Ihnen überaus dankbar sein.«

»Nein, ich habe Kaarto nicht umgebracht! Dazu wäre ich gar nicht fähig. Ich bin froh, dass er tot ist, aber ich habe ihn nicht umgebracht.«

Hanhivaara sah ein, dass er dem Mann zumindest vorläufig noch kein Geständnis entlocken konnte. Aber ein wenig Unsicherheit pflanzte er in Varpelas empfängliches Gemüt: »Kaarto war nicht verrückt, als er seine Frau tötete. Er hat die Tat haargenau geplant. Das ist jetzt bewiesen. Verlassen Sie sich also nicht darauf, dass dieselbe Geschichte vor Gericht zum zweiten Mal durchgehen würde.«

Varpela murmelte: »Ich hab es nicht getan, ich hab es nicht getan.«

Hanhivaara ging.

# FÜNFUNDZWANZIG

»Es war Pulli, oder?«, sagte Huhtanen. Er sah den Mann, den er zu vernehmen hatte, aufmerksam an. Huhtanen hatte ein ausgesprochenes Talent, sich ganz auf eine Sache zu konzentrieren. Er war nicht zerstreut wie Hanhivaara, er entwarf keine Synthesen und analysierte gleichzeitig Details wie Kairamo und er gierte nicht danach, andere bei Ratespielen zu besiegen wie Siika. Er fragte und hörte zu und behielt, was er gehört hatte.

Sein Problem war seine extreme Wortkargheit, die häufig dazu führte, dass der Vernommene die Frage nicht verstand oder ihm, sofern er sie doch verstand, Gelegenheit gab, sich dumm zu stellen und die Vernehmung in die Länge zu ziehen und Huhtanen damit zu ärgern.

Wie zum Beispiel: »Was war Pulli?« Die Frage kam von Anto Puputti, den Huhtanen erneut vernahm.

»Der, den du gesehen hast.«

»Wo? Normalerweise sehe und höre ich nichts, das müsstet ihr doch wissen bei den vielen Informationen, die ihr über mich habt.« Puputti zeigte auf die Akte, die unter anderem einen Auszug aus seinem Strafregister enthielt.

»Als du zu Kaarto gegangen bist, hast du jemanden gesehen«, beharrte Huhtanen.

»Ich hab niemanden gesehen. Nur Kaartos Leiche, sonst nichts.«

»Sei nicht so dickköpfig«, sagte Huhtanen und machte eine Pause, obwohl er nicht damit rechnete, dass Puputti seine

Bemerkung kommentieren würde. Als er lange genug an seiner Pfeife herumhantiert hatte, fuhr er fort: »Du hast den Mörder gesehen. Und du hast Angst, dass er dich auch umlegt. Deshalb bist du weggerannt. Da fällt mir kein anderer ein als Pulli.«

»Alberne Kacke, weiter nichts«, schnaubte Pulli.

»Oder du selbst hast Kaarto umgebracht«, sagte Huhtanen.

Von den Plastiklamellen der Jalousie zerschnittene Sonnenstrahlen fielen auf Puputtis Gesicht. Er hatte die Nacht in der Zelle verbracht und sah dementsprechend aus. Er war unrasiert, seine Kleider waren zerknittert und die Müdigkeit stand ihm ins Gesicht geschrieben, denn die Pritschen im Polizeigefängnis waren anatomisch nicht die bequemsten Schlafstätten. Was Gefängnisse betraf, war Puputti ein alter Hase, doch in der letzten Nacht hatte selbst er kein Auge zugetan. Immerhin drohte ihm eine Mordanklage. Puputti schnäuzte sich und sagte: »Ich hab' ihn nicht kaltgemacht.«

Die Tür ging auf, ein Uniformierter steckte den Kopf herein: »Er ist hier.«

»Ich komme sofort«, sagte Huhtanen. Und zu Puputti: »Ich bin gleich wieder da. Sei schön brav.«

»Bin ich doch immer.« Puputti brachte sogar noch ein Grinsen zustande.

Huhtanen ging auf den Flur und betrat dann den benachbarten Vernehmungsraum. Dort saß Pulli mit verschränkten Armen und wachem, aber besorgtem Blick.

Sobald er Huhtanen sah, sagte Pulli: »Sie hätten anrufen können, dann wäre ich hergekommen. Mein Arbeitgeber hat ziemlich komisch geguckt, als der Streifenwagen mich geholt hat.«

»Hat er das?«, fragte Huhtanen gleichgültig, spannte einen Bogen in die Schreibmaschine und sagte: »Jetzt nehmen wir Ihre Aussage auf.«

»Worüber?«

»Schnauze!«, befahl Huhtanen. »Sie besitzen einen hellen Pkw Marke Cortina?«

»Ja.«

Huhtanen machte keine Umschweife: »Und mit dem sind Sie gestern zu Kaartos Haus gefahren.«

»Wer sagt das?«, fragte Pulli.

»Sie sind gesehen worden«, erwiderte Huhtanen. Und dann kam er zu dem Schluss, dass Pulli tatsächlich kein Verbrecher war.

Der junge Mann sagte nämlich: »Jetzt werden Sie mir natürlich vorwerfen, ich hätte Ihnen Informationen vorenthalten, aber was hätte ich denn tun sollen! Ich hatte gehofft, dass mich niemand gesehen hätte, denn ich habe nichts Böses getan. Kaarto hatte mich am Abend vor seinem Tod angerufen und gebeten, ihn am Morgen zu besuchen. Er wirkte freundlich, und obwohl ich wusste, dass seine Freundlichkeit möglicherweise nur vorgetäuscht war, wollte ich mir anhören, was er zu sagen hatte. Ich bin nicht nachtragend, und ich hoffte, dass er seine Ansicht geändert hatte und bereit war, meine Beziehung zu Hannele zu akzeptieren. Mir war das an sich egal, ich hätte ihn nie um etwas gebeten, aber um Hanneles willen habe ich zugestimmt.«

Huhtanen knurrte und machte handschriftliche Notizen. Er vermutete, dass auch diese Geschichte mit den banalen Worten enden würde: Ich habe ihn nicht umgebracht.

Pulli fuhr fort: »Ich bin gegen halb neun von zu Hause weggefahren und war um neun oder kurz danach bei Kaartos Haus. Ich habe lange geklingelt, aber niemand hat aufgemacht. Ich dachte, entweder hat Kaarto mich aus reiner Bosheit springen lassen oder er hat die Verabredung vergessen und ist schon zur Arbeit gefahren. Nachdem ich vielleicht fünf Minuten vor der Tür gestanden hatte, bin ich weitergefahren. Da ich auf dem Weg zur Arbeit war, habe ich vom Tor aus die andere Richtung eingeschlagen, auf dem Weg kommt man zur Straße nach Vaasa. Am Arbeitsplatz war ich gegen Viertel vor zehn. Das kann mein Arbeitgeber bestätigen, er hat es wohl schon getan. Aber ich habe Kaarto nicht umgebracht und ich habe beim Haus auch niemanden gesehen. Auf dem Hof stand kein Auto. Kaartos Wagen war entweder in der Garage oder er war schon weggefahren.«

Huhtanen knurrte immer noch. Er hatte in klassischer Kurzschrift Notizen gemacht, die er nun abtippte. Er schrieb im Zehnfingersystem und bildete damit erneut eine Antithese zu einem der klassischen Polizeiwitze. Beim Tippen klemmte er die Pfeife energisch zwischen die Kiefer. Nach zehn Minuten war das Protokoll fertig.

Pulli unterschrieb es.

»Gehen wir«, sagte Huhtanen.

Die beiden Männer betraten den anderen Vernehmungsraum, wo Puputti friedlich dasaß, als hätte er nie die Schreibtischschubladen nach Zigaretten durchsucht.

Puputti sah Pulli, doch in seinem müden Gesicht war keine Überraschung zu lesen.

Huhtanen sagte: »Pulli hat gerade zugegeben, dass er ungefähr zur selben Zeit bei Kaarto war wie du. Was sagst du dazu?«

»Also gut«, seufzte Puputti. »Er war dort. Er fuhr gerade weg, als ich kam. Ich dachte natürlich, er hätte mich auch gesehen.«

»Nein, mir ist kein anderer Wagen aufgefallen«, sagte Pulli.

Puputti fuhr fort: »Ich dachte, er hätte Kaarto umgebracht, und damals auf dem dunklen Hof glaubte ich, er hätte mit mir dasselbe vor. Okay, okay, es ist lachhaft, sich vor so einem Jüngelchen zu fürchten, aber ich hatte wirklich Grund zu glauben, dass er Kaarto abgeknallt hatte, und wenn er das getan hatte, dann hatte ich auch allen Grund, Angst vor ihm zu haben, selbst wenn er bloß ein Grünschnabel ist. So, jetzt wisst ihr alles. Ich geh dann mal.«

Puputti machte nicht einmal den Versuch aufzustehen. Er wusste, dass man ihn nicht laufen lassen würde. Als gefährlicher Rückfalltäter und Häftling würde er in der Zelle die weitere Klärung des Falls abwarten müssen. Pulli dagegen würde nach Hause gehen dürfen.

Und so geschah es auch.

# SECHSUNDZWANZIG

»Wir haben allmählich zu viele Kandidaten«, sagte Hanhivaara.

Sie saßen zu zweit in Kairamos Dienstzimmer.

Kairamo hatte sich verändert. Früher hatte er Hanhivaara für gewöhnungsbedürftig gehalten. Hanhivaara rebellierte nie, aber er war ein ständiges Ärgernis. Seine abstoßendste Eigenschaft war nach Kairamos Ansicht, dass es ihm völlig schnurz war, was er sagte und zu wem; genau das war die Eigenschaft, die sämtliche Chefs bis hin zum Polizeipräsidenten veranlasste, Hanhivaara die Eignung zum Vorgesetzten abzusprechen.

Doch als die Gerüchte über Huhtanens baldiges Ausscheiden aus dem Dienst aufkamen, hatte sich Kairamo eines anderen besonnen. Mit Hanhivaara kam man aus, wenn man sich nicht zu sehr aufplusterte. Wenn auch er den Dienst quittierte, würde Kairamo mit Technikern und Strebern zusammenarbeiten müssen, und da war ihm sogar Hanhivaara lieber.

Kairamo sagte: »Zu dumm, dass die Zeitangaben so ungenau sind. Jedenfalls herrschte bei Kaartos Haus an dem Morgen ziemlicher Betrieb. Pulli, Puputti und Visa Kaarto waren dort, und wenn wir annehmen, dass keiner von ihnen der Mörder ist, kommt mindestens noch einer dazu. Ein Wunder, dass sie nicht übereinander gestolpert sind. Nach Puputtis Aussage waren er und Pulli ungefähr gleichzeitig am Haus, aber die Zeit können beide nicht exakt angeben.

Irgendwann nach neun, genauer wissen wir es nicht. Visa Kaarto behauptet, etwas später gekommen zu sein.«

»Wenn der Mörder tatsächlich gegen neun dort war, frage ich mich, wie er es geschafft hat, sozusagen zwischen Pulli und Puputti hindurchzuschlüpfen. Es könnte also sein, dass er noch im Haus war, als die beiden sich dort rumtrieben.«

Kairamo schenkte Hanhivaaras Theorie keine besondere Aufmerksamkeit, denn er fand, dass sie nichts zur Lösung beitrug. Er sagte: »Gesetzt den Fall, der Mörder war nicht mit dem eigenen Wagen unterwegs, wie ist er zum Haus gekommen? Die Taxizentrale hat uns über alle Fahrten in die nähere Umgebung von Kaartos Haus informiert, aber keiner der Fahrgäste scheint ins Bild zu passen. Zu Fuß ist er sicher nicht gekommen, die Entfernung von der Stadt ist doch recht beträchtlich. Mit dem Bus? Die nächste Haltestelle ist nur einen halben Kilometer entfernt. Leider erinnern sich Busfahrer nie an Gesichter.«

Hanhivaaras Magen machte lautstark darauf aufmerksam, dass sein Besitzer vergessen hatte, etwas zu essen. Kairamo tat, als hätte er diesen Einspruch nicht gehört, denn er hielt es für taktvoll, sich in einer solchen Situation taub zu stellen.

Hanhivaara sagte: »Wir haben zwei neue ernsthafte Kandidaten: Partala und Varpela. Beide hatten Differenzen mit Kaarto. Partala hat Zeugen zufolge während Kaartos Aufenthalt in der Nervenklinik eigenmächtige Entscheidungen getroffen, vielleicht sogar in die eigene Tasche gewirtschaftet. Und Varpela hat seine Frau an Kaarto verloren. Eine hübsche Frau, Varpela hatte also Grund, ihm böse zu sein. Aber die beiden Herren liefern sich gegenseitig ein Alibi.«

»Und das hat keine Lücke? Es wird allmählich Zeit, einen Täter vorzuweisen.«

»Immerhin haben wir Puputti«, meinte Hanhivaara.

»Ich bezweifle, dass er der Täter ist. Als alter Hase hätte

er nicht freimütig zugegeben, dass er das Haus betreten hat, wenn er Kaarto nicht tatsächlich tot vorgefunden hätte.«

Hanhivaara war anderer Meinung: »Es ist durchaus möglich, dass er denkt, wenn er ein harmloseres Verbrechen zugibt, würde seine Ehrlichkeit dadurch belohnt, dass niemand ihn wegen des schwereren verdächtigt.«

Die beiden Männer rauften sich im Geist die Haare. Der eine stellte eine Behauptung auf, der andere widerlegte sie. Dergleichen war mitunter fruchtbar, aber diesmal schien dabei nichts herauszukommen.

Hanhivaara sagte: »Ich denke, ich gehe jetzt essen.«

»Geh nur. Ich habe keinen Hunger.«

»Wer Stammgast in der Polizeikantine ist, hat nie Hunger.«

Hanhivaara verließ Kairamos Zimmer. Er wanderte zerstreut über den Flur und überlegte sich, dass er in dem kleinen Restaurant *Kaleva* chinesisch essen könnte. Da es nicht weit von seiner Wohnung entfernt war, ging er dort ab und zu hin. Das Essen war finnisch-chinesisch, also nicht zu exotisch, aber schmackhaft.

Er machte einen Abstecher in sein Dienstzimmer, um seinen Mantel zu holen, doch statt zu gehen, setzte er sich an seinen Schreibtisch und blätterte im Telefonbuch. Er fand die Nummer des Buchhaltungsbüros Koivu und wählte sie. Sinikka Koivu meldete sich persönlich.

»Hauptmeister Hanhivaara hier, guten Tag.«

»Guten Tag.« Ihre Stimme klang ein wenig kühl, und Hanhivaara bereute schon, dass er angerufen hatte.

»Ich habe heute mit Ihrem ehemaligen Mann gesprochen.«

»So.«

»Er sagt, er habe von dem Verhältnis zwischen Ihnen und Kaarto gewusst.«

»Ja, er wusste davon«, bestätigte Sinikka Koivu. »Das hat er mir allerdings erst nach der Scheidung gesagt.«

»Warum haben Sie sich dann scheiden lassen?«

»Ich wollte es so. Wir haben nicht zueinander gepasst.«

Plötzlich hörte sich Hanhivaara sagen: »Ich bin auch geschieden.«

Sinikka Koivu lachte: »Warum haben Sie sich scheiden lassen?«

»Wir haben nicht zueinander gepasst«, erwiderte Hanhivaara und gab ebenfalls ein Geräusch von sich, das man als Lachen deuten konnte.

»Hübsch«, sagte die Frau.

»Was ich eigentlich sagen wollte: Ich habe Hunger. Und ich denke, in Gesellschaft isst es sich angenehmer als allein. Gesetzt den Fall, dass Sie auch Hunger haben.«

Hanhivaara holte Sinikka Koivu mit dem Wagen ab und fuhr zu dem kleinen Restaurant. Beide bestellten Mineralwasser und nach finnischem Geschmack zubereitetes chinesisches Essen.

Hanhivaara nutzte die Gelegenheit, um einige Fragen zu stellen, die mit den laufenden Ermittlungen zu tun hatten.

»Wann haben Sie Ihren Exmann zuletzt gesehen?«, begann er.

»Vorgestern«, antwortete Sinikka Koivu.

»Also an dem Tag, an dem Kaarto starb. Worum ging es?«

»Er hat mich gewarnt, Kaarto sei verrückt und ich solle mich von ihm fernhalten. Aber ich brauchte seine Warnung nicht. Die Sache war vorbei, es war zwecklos, sie wieder aufzuwärmen.«

»Ist an dem Abend, als Sie bei Kaarto waren, irgendetwas Besonderes passiert? Hat er Besuch bekommen? Oder Anrufe?«

»Besuch nicht. Irgendwer rief an, als ich gerade gehen wollte. Aber wer das war, weiß ich nicht.«

Hanhivaara aß mit Stäbchen. Da der Reis körnig war, ging

das nicht ganz so mühelos vonstatten, wie er es sich vorgestellt hatte. Nicht dass es ihm darum gegangen wäre, seine Künste vorzuführen. Er fragte: »Hat Kaarto etwas über den Anruf gesagt?«

»Nichts, was ich verstanden hätte.«

»Also hat er etwas gesagt.«

»Er hat gebrummelt, manche Leute würden ihr Herz an merkwürdige Dinge hängen, zum Beispiel an ein Glaspferd.«

Hanhivaara blickte von der Reisschale auf und vergewisserte sich: »Hat er ›manche Leute‹ gesagt? Oder hat er von einem Mann oder einer Frau gesprochen, vielleicht sogar einen Namen genannt?«

Sinikka Koivu, die ihr finnisches Chinagericht auf finnische Art mit der Gabel aß, überlegte kurz. »Nein, einen Namen hat er nicht genannt. Und ob er von einem Mann oder einer Frau sprach, ging aus seinen Worten auch nicht hervor. Was ist das für ein Glaspferd?«

»Ein Souvenir«, sagte Hanhivaara. Und da ihm daran lag, sich vor übereilten Schlussfolgerungen zu hüten, fügte er hinzu: »Vorausgesetzt, es handelt sich um dasselbe Pferd.«

»Was hat das zu bedeuten?«

»Ich bin mir nicht sicher. Aber da so viel von dem Ding geredet wurde, muss es für irgendwen wichtig gewesen sein.«

Die Mahlzeit ging für Hanhivaaras Geschmack zu schnell zu Ende; er brachte Sinikka Koivu zurück an ihren Arbeitsplatz.

Dann fuhr er nach Kangasala.

Karl Svanström war nicht in seinem Atelier. Stattdessen war er zu Hause, in seinem stilvollen, aber weder luxuriösen noch protzigen Blockhaus. In seiner Hütte, wie er selbst sich auszudrücken beliebte.

Bei Hanhivaaras Ankunft war Svanström gerade dabei,

sich aufzuwärmen. Sowohl äußerlich als auch innerlich, was Hanhivaara in seinem Fall nicht als ungewöhnliches Verhalten einstufte.

Den Whisky, den Svanström ihm anbot, lehnte er dankend ab.

Er sagte: »Schön haben Sie es hier. Erinnert an eine Alpenhütte.«

»Ich liebe kleine Annehmlichkeiten. Und ich habe gern viel Platz. Aber wie Sie wissen, schaffe ich mir keine neuen Bedürfnisse.« Svanströms Stimme klang müde. »Sie werden es einem alten Alkoholiker wie mir vielleicht nicht zutrauen, aber ich komme gerade vom Skilaufen. Ich laufe nicht besonders schnell und es geht mir auch gar nicht darum, mich fit zu halten. Es gefällt mir einfach, die winterliche Natur zu betrachten.«

»Meine Jahreszeit ist der Sommer«, meinte Hanhivaara.

»Ach ja, der Sommer. Wissen Sie, ich bin vom Glück begünstigt. Ich habe mir die Jahreszeit immer aussuchen können, denn ich bin viel gereist.«

»Da sind Sie wirklich glücklich dran. Ich bin ziemlich wenig gereist, leider, denn ich reise gern«, sagte Hanhivaara. »Ski laufe ich dagegen gar nicht.«

Svanström steckte eine Zigarette in die Spitze und Hanhivaara seufzte: »Das Rauchen habe ich auch aufgegeben.«

»Für mich lohnt es sich nicht mehr, irgendetwas aufzugeben«, meinte Svanström. »Oder etwas Neues anzufangen.«

»Sie sind aber düster gestimmt«, sagte Hanhivaara besorgt.

»Ich bin nur realistisch. Ich habe nicht mehr lange zu leben.«

»Was wissen Sie über das rote Glaspferd?«, fragte Hanhivaara und sah den vorzeitig gealterten Künstler aufmerksam an.

»Das ist nur ein Souvenir.«

»Sie wussten sofort, worum es sich handelt. Oder sprechen wir gar nicht von demselben Pferd?«

»Ich denke doch. Sie meinen das Pferd, das bei Kaarto auf dem Esstisch stand?«

»Genau das.«

»Kirsti war furchtbar sentimental«, sagte Svanström. »Für andere ist das Pferd nicht besonders wertvoll. Ist es etwa gestohlen worden?«

»Nein, das nicht. Aber offenbar wurde Kaarto am Abend vor seinem Tod von jemandem angerufen, der es haben wollte. Und außerdem war sein eigentlicher Platz in Kirsti Kaartos Regal.«

»Wer könnte sich denn dafür interessieren?«

»Das wüsste ich auch gern«, sagte Hanhivaara. »Die ganze Geschichte wirkt irgendwie unnatürlich, aber womöglich verbirgt sich dahinter doch ein Motiv oder sonst etwas.«

»Es stammt aus Venedig«, sagte Svanström.

»Das weiß ich.«

»Vielleicht hat Hannele es haben wollen.«

»Warum?«

»Weil es ein Geschenk ihres Vaters an ihre Mutter war, aus der Stadt, in der Hannele gezeugt wurde. Sie ist sehr empfindsam, auch wenn sie all diese Studentenspiele treibt.«

»Sie hätte es tausendmal an sich nehmen können, während Kaarto in der Klinik war.«

»Hannele ist nicht nur empfindsam, sondern auch ehrlich.«

»Aber warum sollte sie Wert auf eine Erinnerung an ihren Vater legen, den sie gehasst hat?«

»Vielleicht hat sie ihren Vater gar nicht gehasst. Vielleicht hat sie ihn nur bemitleidet«, lächelte Svanström.

»Eine sentimentale Geschichte«, sagte Hanhivaara.

»Sehr sentimental«, nickte Svanström.

»Aber auch ein bisschen grausam.«

»Ja.«

Hanhivaara fuhr zurück zum Polizeipräsidium, wo er feststellte, dass die Ermittlungen auf der Stelle traten.

Puputti wurde weiterhin unter Druck gesetzt, aber ohne Resultat.

Partala und Varpela wurden jeder für sich vernommen, in der Hoffnung, ihnen nachweisen zu können, dass sie ihr gemeinsames Alibi nachlässig abgesprochen hatten.

Pullis Zeitangaben wurden auf die Sekunde überprüft. Zum Glück war sein neuer Arbeitgeber sehr genau.

Visa und Hannele Kaarto wurden nicht aufs Präsidium zitiert, sondern zu Hause befragt; in Anbetracht der Tatsache, dass es immerhin um den Tod ihres Vaters ging, hielt man das für rücksichtsvoller. Durchaus nicht rücksichtsvoll war allerdings, dass Huhtanen und Siika die Befragung übernahmen.

Sogar Saara Halme wurde bei einer Tasse Kaffee in ihrer Wohnung ausgefragt. Sie hielt Olavi Jorma für einen ausgesprochen netten jungen Mann.

Unter den Mikroskopen lagen diverse Fasern, die man an Kaartos Kleidung gefunden hatte, die dort aber nicht hingehörten. Mit den Ergebnissen ließ sich kein Staat machen.

Kaartos Mutter war ins Krankenhaus eingeliefert worden, und der Polizist, der sie vernehmen wollte, wurde als herzloser Grobian beschimpft. Sie hatte einen Herzinfarkt erlitten.

# SIEBENUNDZWANZIG

»Hanhivaara hat einen neuen Anzug«, sagte jemand.

»Hat er sich wohl bei der Heilsarmee geholt«, sagte ein anderer.

»Nicht schlecht, sitzt sehr gut«, sagte der Dritte.

»Der Discokönig kommt«, sagte der Vierte.

Hanhivaara machte sich nichts daraus. So war es immer. Man brauchte bloß in ein Geschäft zu gehen, einen Anzug zu kaufen und ihn zur Arbeit anzuziehen, schon gab es großes Geschrei. Aber es machte schließlich keinen Sinn, einen neuen Anzug zu kaufen und ihn im Kleiderschrank zu verstecken, bis er so alt war wie der, in dem man zum Einkauf gegangen war.

Seltsam ereignislos ist das Leben sogar im Polizeipräsidium, dachte Hanhivaara, wenn ein neuer Anzug solche Wellen schlägt. Es schien, als hätte er sogar die Morde und Vergewaltigungen des gestrigen Tages übertroffen, und Kaartos drei Tage zurückliegenden Tod. Und das hatte er denn doch nicht verdient, fand er.

»Vierzehnhundert«, war sein einziger Kommentar, obwohl er wusste, dass ihm keiner glauben würde, und obwohl er selbst kaum etwas nur nach dem Preis einstufte.

Kairamo sagte: »Du hast einen neuen Anzug. Zu welchem Schneider gehst du?«

Hanhivaara überlegte, ob er lügen sollte.

Er hatte nie etwas anderes getragen als Konfektionskleidung. Es war ihm nicht einmal bewusst gewesen, dass sogenannte normale Menschen das Recht hatten, sich Maßanzüge schneidern zu lassen. Er beschloss, ohne Lüge zu leben: »Der ist von der Stange.«

»Dafür steht er dir erstaunlich gut«, lobte Kairamo und strich sich übers Revers.

»Tut er das?«, fragte Hanhivaara. »Das will ich ihm auch geraten haben. Nicht mal Anzüge gibt's mehr umsonst.«

Kairamo wechselte das Thema: »Wir müssen Puputti bald in die Strafanstalt zurückschicken. Abgesehen davon, dass er zu Kaarto wollte und dass die Tür offen stand, gibt er nichts zu.«

»Ich glaube nicht, dass Puputti etwas mit der Sache zu tun hat.«

Auch Kairamo wollte keine einfache Lösung. Er fand es viel schöner, ein Verbrechen durch komplizierte und intelligente Schlussfolgerungen zu lösen. Nachdenklich sagte er: »Wenn man die frühe Tageszeit in Betracht zieht, herrschte am Tatort ungewöhnlich viel Betrieb. Es scheint mir sogar ein wenig unnatürlich, dass alle zufällig gerade zur fraglichen Zeit beim Haus waren. Oder kein Alibi haben und uns eins anbieten, das wir einfach anzweifeln müssen.«

Der Frost behauptete seine Stellung immer noch und die dekorativen Muster am Fenster zeigten, dass er gern hereingekommen wäre. Nicht einmal der Frost liebt die Kälte, dachte Hanhivaara. Plötzlich fiel ihm etwas ein: »Mir scheint, dass wir auch Kaartos Mutter befragen sollten.«

Kairamo sagte: »Gestern haben sie noch niemanden zu ihr gelassen. Die alte Dame hat nämlich einen Herzinfarkt erlitten, als sie vom Tod ihres Sohnes erfuhr. Aber du hast ja Taktgefühl. Vielleicht sind die Ärzte dir gegenüber nachgiebiger.«

Wieder einmal wunderte sich Hanhivaara über Kairamos gewandelte Einstellung. Früher hatte Kairamo sein Verhalten nicht unbedingt gelobt. Hanhivaara hatte sich nie eingebildet, ein gutes Verhältnis zu seinem Vorgesetzten zu haben. Er selbst hatte Kairamo immer für eitel gehalten und das hatte Kairamo gespürt.

Ohne sich seine Verwunderung anmerken zu lassen, sagte Hanhivaara: »Ich denke, ich versuche es mal.«

»Gut. Von mir aus kannst du sofort hinfahren.«

»Aber sie hat wohl kaum ihren Sohn umgebracht«, meinte Hanhivaara. »Wir dürfen uns also nicht zu viel erwarten.«

»Da hast du sicher recht«, sagte Kairamo und vertiefte sich in seine Papiere.

Hanhivaara schaltete das Radio ein, was zur Folge hatte, dass er vergaß, den Gang zu wechseln, sodass der Motor aufheulte, als er mit Vollgas auf eine rote Ampel zufuhr. Er bremste hart und das Heck des Wagens schlingerte nach rechts. Der verkehrsbewusste Fahrer auf der Nebenspur hätte wütend gehupt, wenn er nicht rechtzeitig das Polizeiemblem gesehen hätte. So begnügte er sich damit, seinen Ärger hinunterzuschlucken, und schädigte damit seinen Organismus, erhielt als Gegengabe aber die Möglichkeit, sich beim nächsten Kneipenbesuch über die Polizei lustig zu machen.

Das Radio brachte den Wetterbericht. Für Mittelfinnland wurde anhaltend gutes Skiwetter vorhergesagt, was Hanhivaara keine Freude bereitete. Wenn er in jüngeren Jahren die Gelegenheit gehabt hätte, hätte er allenfalls Wasserski lernen wollen. Mit Wasserski verband man in der Regel warmes Wetter.

Ohne weitere Zwischenfälle lotste Hanhivaara sein Gefährt zur Zentralklinik und rangierte es gewissenhaft auf den Besucherparkplatz. Er versuchte gar nicht erst, es im Parkverbot vor der Einfahrt abzustellen, obwohl er wusste, dass er keinen Strafzettel bekommen hätte.

Wieder einmal musste er feststellen, dass sein Beruf ihn an einen Ort führte, den er hasste. Jedes Krankenhaus war voll von erschreckenden Beispielen dafür, dass der Mensch nicht unsterblich ist, wie es sich viele so gern einreden. Hanhivaara hasste die weißen Wände, die die gefühllose Atmosphäre hervorzuheben schienen, er hasste die Effizienz, mit der das Personal falsche Entscheidungen traf, er hasste den Blumenhändler, der seine alten Lagerbestände zu überhöhten Preisen an Menschen verkaufte, die mit glühenden Wangen in den sechsten Stock eilten, um neugeborene Würmchen zu bestaunen, die nicht grundlos brüllten, vor allem aber hasste er es, dass er gleich einen Menschen ansehen musste, der nur eine Vergangenheit, aber keinerlei Zukunft mehr besaß.

Hanhivaara fragte am Informationsschalter nach Frau Kaartos Zimmernummer. Eine Frau in Weiß nannte sie ihm, fügte aber hinzu: »Sie darf sicher noch keinen Besuch empfangen. Sind Sie ein Verwandter?«

»Ich bin ihr Sohn«, erklärte Hanhivaara.

»Vielleicht lässt es sich ja doch einrichten«, sagte die Weißgekleidete. »Gehen Sie auf die Station und versuchen Sie es.« Die Wärme in ihrer Stimme sollte dem armen Sohn Hoffnung machen, klang jedoch nach routinierter Heuchelei.

»Vielen Dank«, sagte Hanhivaara und ging zum Lift.

Zwölf Stockwerke später war er überzeugt, die richtige Etage und die richtige Station gefunden zu haben. Doch den richtigen Menschen hatte er offenbar nicht gefunden, denn diese Frau, ebenfalls in Weiß, sagte: »Sie darf keinen Besuch haben.«

»Ich möchte den Stationsarzt sprechen«, sagte Hanhivaara ebenso unfreundlich.

»Das wird Ihnen auch nichts nützen«, erwiderte die Krankenschwester.

»Trotzdem möchte ich ihn sprechen«, beharrte Hanhivaara. Er hatte die Hände in den Manteltaschen vergraben; der Mantel war zugeknöpft, denn er wollte nicht noch mehr bewundernde Ausrufe über seinen Anzug hören.

Hanhivaara wurde in das Zimmer des Stationsarztes geführt, wo er ohne Umschweife erklärte, er wolle Frau Kaarto im Zusammenhang mit einem Mordfall befragen.

»Das kann ich mir denken«, sagte der Arzt. »Aber ich vermute, dass eben dieser Mordfall den Herzinfarkt ausgelöst hat, und deshalb halte ich die Befragung nicht unbedingt für ratsam. Obwohl sie eine zähe alte Schachtel zu sein scheint.«

Hanhivaara knöpfte den Mantel auf, selbst auf die Gefahr hin, dass der Arzt eventuell den Stoff seines Anzugs befühlen würde. Er sagte lammfromm: »Sie liegt doch nicht mehr auf der Intensivstation.«

»Nein. Aber im Allgemeinen dürfen nur Angehörige …«

»Sie hat nicht mehr viele Angehörige, und ich glaube, ihr liegt daran, dass der Mörder ihres Sohnes gefasst wird. Vor allem, wenn sie so zäh ist, wie Sie sagen.«

Der Arzt sah auf die Uhr, als könne sie ihm bei der Beschlussfassung helfen. Vielleicht tat sie das auch, denn er sagte: »Bleiben Sie nicht zu lange. Sie ist sehr erschöpft.«

»Ich versuche, mich möglichst kurz zu fassen«, versprach Hanhivaara. Beinahe hätte er der Krankenschwester, die an der Tür zum Schwesternzimmer lauerte und mit der ärztlichen Bestätigung ihrer Abfuhr rechnete, die Zunge rausgestreckt.

Im Zimmer lagen drei Patientinnen und in der Luft hing ein süßlicher Geruch; Hanhivaara beschloss, sich tatsächlich möglichst kurz zu fassen.

Im ersten Bett lag eine runzlige alte Frau, an der nichts von Kaartos bärenhaften Zügen zu erkennen war. Ganz offensichtlich war Kaarto nach seinem Vater gekommen.

Hanhivaara wünschte einen guten Tag und stellte sich mit krankenhausgerecht gedämpfter Stimme vor.

Die Frau starrte ihn wütend an und zeterte: »Hier kriegt man nicht mal Bier.«

»Das ist nicht die Schuld der Polizei«, verteidigte sich Hanhivaara.

»Ihnen werf ich das auch gar nicht vor, junger Mann«, sagte die alte Dame.

»Wie geht es Ihnen?«, erkundigte sich Hanhivaara.

»Mir geht es gut, aber mein Herz macht Zicken.«

Wirklich eine zähe Schachtel, dachte Hanhivaara und sagte: »Ich bin wegen Ihres Sohnes hier.«

»Ja, ja, wegen mir kommt ja keiner. Auch Sakari hat mich fast nie mehr besucht, nachdem er reich geworden war.«

»Erzählen Sie mir etwas über Ihren Sohn«, bat Hanhivaara.

»Ein guter Junge war er, auch wenn er sich nicht um mich gekümmert hat. Wahrscheinlich hatte er zu viel zu tun.«

»Wer mag ihn so sehr gehasst haben, dass er ihn töten wollte?«, fragte Hanhivaara. Selbstmord wurde längst nicht mehr ernsthaft in Betracht gezogen.

»Seine Frau war es.«

»Seine Frau ist schon länger tot.«

»Ja, aber sie hat ihn verrückt gemacht. Und dann hat er sich das Leben genommen«, sagte die alte Frau und wiegte den Kopf. Ihre Stimme war hell und klar und im Gegensatz zu Hanhivaara versuchte sie nicht zu flüstern.

»Sie glauben also, dass er sich selbst erschossen hat.«

Zwei müde Köpfe wandten sich zu Hanhivaara und der Patientin im Nachbarbett. Spannender als Fernsehen, sagten zwei interessierte Augenpaare.

»Das Luder hat ihn sauschlecht behandelt«, sagte die Frau. Ihre Augen glühten. »Deshalb hat er sich erschossen.«

»So war es nicht«, wandte Hanhivaara ein. »Er hat seine Frau getötet.«

»Recht so! Sie hielt sich für was Besseres, für viel besser als wir anderen. Sie hat Sakari verboten, mich einzuladen. Ich war ja bloß Marktfrau. Sie kam aus einer alten, angesehenen Familie und das hat sie dem armen Sakari immer wieder aufs Butterbrot geschmiert.«

»Ich habe etwas ganz anderes gehört«, sagte Hanhivaara.

»Fragt sich bloß, von wem. Sicher von dem Weib selbst.«

»Sie ist tot.«

»Und das geschieht ihr ganz recht!«

Zeitverschwendung, dachte Hanhivaara, die Frau ist nicht nur körperlich ein Wrack. Der süßliche Geruch und die halb toten Gesichter bereiteten ihm Übelkeit. Er wünschte sich, er wäre gar nicht erst gekommen.

»Hat sonst noch jemand Ihren Sohn gehasst?«, fragte er.

»Die ganze Sippschaft«, sagte die Frau. »Die fanden, mein Sakari wäre nicht gut genug für das Weibsstück.«

»Warum hassen Sie seine Frau?«, fragte Hanhivaara.

»Ihretwegen hat Sakari mich verstoßen«, klagte die Frau. »Und trotzdem hat sie ihn schlecht behandelt.«

Sind alle Mütter gleich?, überlegte Hanhivaara. Sie sehen in jeder Frau eine Wildbeuterin und in ihren Söhnen Wunderknaben. Er wusste, dass die alte Dame sich irrte, dafür gab es Beweise genug.

»Sie hat Ihren Sohn nicht schlecht behandelt«, sagte er gereizt. Alte Frauen irritierten ihn mit ihrer Starrköpfigkeit, so wie junge Frauen mit ihrem Gekicher.

»Hat sie doch!«, krächzte die Frau. Polizisten, die nicht an die Unschuld ihres Sohnes glaubten, schienen sie in Rage zu bringen.

»Wissen Sie, ob Ihr Sohn in letzter Zeit irgendwelche Drohungen bekommen hat?«, fragte Hanhivaara.

»Mein Sohn hatte keine Feinde außer seiner Frau und ihrer Familie. Alle mochten ihn, denn er war ein ehrlicher und freundlicher Mensch. Niemand hatte einen Grund, ihn zu erschießen. Seine Frau ist aus dem Grab gestiegen und hat ihn umgebracht.«

Hanhivaara hätte ihr am liebsten gesagt, dass Kaarto den Mord an seiner Frau exakt geplant hatte. Aber er fand dann doch, die Starrköpfigkeit der alten Dame sei kein hinreichender Grund, ihr zu einem zweiten Herzinfarkt zu verhelfen.

»Hat er Ihnen nichts über den Einbruch oder über andere Probleme in der Druckerei erzählt?«, erkundigte er sich ohne große Hoffnung.

»Er hat mich so selten besucht und nie viel geredet. Schokolade hat er mir mitgebracht, aber nie Bier, obwohl ich ihn darum gebeten habe. Das Weibsstück hat ihn verdorben.«

Die Platte war oft genug gelaufen, Hanhivaara hatte die Nase voll. Doch bevor er sich verabschiedete, fragte er noch: »Und Ihre Enkelkinder? Hatte Ihr Sohn ein gutes Verhältnis zu den beiden?«

»Ich habe nur ein Enkelkind«, fauchte die Alte.

»Es sind zwei«, sagte Hanhivaara verdrossen.

Die alte Frau fuchtelte mit dem Arm. »Junger Mann, Sie hören mir nicht zu! Ich sage Ihnen, ich habe nur ein Enkelkind, so wie Sakari nur einen Sohn hatte.«

»Er hatte auch eine Tochter«, widersprach Hanhivaara.

Die Frau krächzte: »Nein! Das Mädchen ist nicht seine Tochter. Seine Frau ist ihm davongelaufen und war einen Monat lang weg, was weiß ich, wo. Sakari hat sie zurückgeholt, aber sie hat ein Andenken mitgebracht, das Kind. Es ist nicht von Sakari. Das sieht man doch sofort, der dunkle Teint und überhaupt, so ein kraftloses Geschöpf. Keine Spur von Sakaris Robustheit. Die stammt von irgendeinem schmierigen Itaker, glauben Sie mir! Ich habe es Sakari gesagt, aber er hat die Schlampe trotzdem behalten und behandelt, als wäre sie eine treue Ehefrau.«

»Wann haben Sie es ihm gesagt?«, fragte Hanhivaara leise.

»Sobald ich gesehen habe, was für eine Frau aus dem Mädchen geworden ist. Die tun so fein, aber wenn es Abend wird, machen sie für jeden die Beine breit, der ausländisch redet.«

»Wann haben Sie es Ihrem Sohn erzählt?«

»Habe ich doch gerade gesagt. Als ich sah, was für eine Frau aus dem Mädchen geworden war. Das muss so etwa zwei Jahre her sein.«

Vielleicht bin ich doch nicht ganz umsonst gekommen, dachte Hanhivaara.

»Sie sind sicher müde«, sagte er. »Ich gehe jetzt, vielen Dank für die Auskünfte.«

»Die Frau war's, sie hat meinen Sohn in den Tod getrieben«, rief die Alte ihm nach.

Auf dem Flur merkte Hanhivaara, dass er schwitzte. Er hatte immer noch den Mantel an, aber heiß war ihm nicht. Er schwitzte vor lauter Irritation. Die hasserfüllten Tiraden der alten Frau, der süßliche Geruch im Zimmer und der in den Ecken lauernde Tod hatten ihm den Schweiß auf die Stirn getrieben.

Er ging rasch zum Aufzug. Eine grimmig dreinblickende Krankenschwester kam ihm entgegen und Hanhivaara lächelte freundlich. Die Frau lächelte nicht zurück.

Hanhivaara brachte den Wagen zum Polizeipräsidium und beschloss, in einem billigen Lokal schnell etwas zu essen. Er überlegte, wie viel auf das Gerede der alten Dame zu geben war. Die alte Frau Kaarto wirkte verwirrt und paranoid, aber die eine Behauptung, die sie gemacht hatte, konnte man nicht völlig außer Acht lassen. Sie eröffnete eine neue Perspektive. Möglicherweise hatte Kaarto seiner Mutter geglaubt und daraufhin begonnen, den Mord an seiner Frau zu planen. So konnte es gewesen sein. Kaartos Ermordung war damit allerdings noch lange nicht geklärt.

Hanhivaara rief sich Hannele Kaartos Erscheinungsbild ins Gedächtnis und musste der alten Dame recht geben. Das Mädchen war zierlich und hatte ein schmales Gesicht, während Kaarto massig gewesen war und ein breites Gesicht gehabt hatte. Die Haarfarbe stimmte ungefähr überein, aber was war mit den Augen? Hanhivaara stellte fest, dass er sich nicht an Hanneles Augenfarbe erinnerte, obwohl er Zeugen bei der Vernehmung gern in die Augen sah, um ihr Vertrauen zu gewinnen.

Hanhivaara ging die Hämeenkatu entlang und beschloss, in ein Restaurant zu gehen, in dem man seiner Erfahrung nach ein Steak mit Pommes frites schnell bekam. Er hatte keinen besonderen Appetit, sondern wollte sich nur rasch den Magen füllen. Eine ordentliche Mahlzeit hätte eine wache, fröhliche Stimmung vorausgesetzt, und die war momentan nicht verfügbar.

Hanhivaara hatte vorgehabt, schnell in das Lokal zu gehen und sich im rückwärtigen, für Speisegäste reservierten Teil einen Platz zu suchen. Vor der Tür blieb er jedoch nachdenklich stehen. Und dann ging er noch lustloser als zuvor hinein und bestellte ein Bier und ein Steak, von dem er die Hälfte auf dem Teller ließ.

Er glaubte, die Lösung gefunden zu haben.

# ACHTUNDZWANZIG

Hanhivaara studierte das Künstlerverzeichnis, das er in der Bibliothek geliehen hatte. Der Frost war ein wenig milder geworden, aber dafür hatte das Steak Hanhivaaras Magen umso fester im Griff. Hanhivaara holte ein Tütchen Natriumbicarbonat aus der Schublade und schlurfte zur Toilette. Er füllte ein Glas mit Wasser, das in dieser Jahreszeit wenigstens kalt war, mischte den Inhalt des Tütchens hinein und trank das Glas leer. Dann wartete er einen Moment, musste aber feststellen, dass das Zeug nicht so schnell wirkte, wie die Zeichentrickfigur in der Fernsehreklame zu verstehen gab.

Er kehrte in sein Dienstzimmer zurück und vertiefte sich nach ein paar Rülpsern erneut in das Künstlerverzeichnis. Er blätterte darin, entdeckte hier und da einen bekannten Namen und kam schließlich zu Svanström, Karl, geb. 1921.

Für Ungeübte war der Text nicht leicht zu lesen, denn er enthielt neben den üblichen Abkürzungen eine Vielzahl von Kürzeln für Hochschulen und Organisationen. Am Anfang des Werks wurden diese Kürzel jedoch aufgelöst.

Hanhivaara betrachtete Svanströms Foto. Das Buch war vor acht Jahren erschienen, also musste Svanströms Bild mindestens zehn Jahre alt sein. Dennoch erkannte man ihn sofort, er hatte sich kaum verändert. Die Augen in dem leicht verhärmten und traurigen Gesicht verrieten seine Neigung zur Selbstironie.

Hanhivaara las den Eintrag. Studium an der Zeichenschule

in Turku und an der Kunstakademie in Helsinki. Weitere Ausbildung in Paris. Des Weiteren hatte Svanström von einem der namhaftesten finnischen Kunstmaler seiner Zeit Privatunterricht erhalten. In den Jahren 1945–52 war er verheiratet gewesen. Das Buch gab keine Auskunft darüber, ob er geschieden oder eventuell verwitwet war. Dann kamen die Studienreisen, Italien 1948–49, Frankreich 1951, Marokko 1953, dann wieder Italien 1956 und so weiter. Svanströms Werke hingen in vielen bedeutenden Museen, unter anderem im Ateneum in Helsinki. Er hatte zahleiche Ausstellungen im In- und Ausland bestritten und Finnland auf der Biennale in Venedig vertreten.

Hanhivaara schlug das Buch zu. Er glaubte immer noch, recht zu haben, obwohl es ihm lieber gewesen wäre, er hätte sich geirrt.

Er nahm das Telefonbuch zur Hand, fand zwölf Karttunens, darunter einen Kunstmaler. Dessen Nummer wählte er.

»Ja«, kam es aus dem Hörer.

»Ich versuche, den Kunstmaler Karttunen zu erreichen. Ist er im Haus?«

»Ja«, erwiderte die tiefe, raue Stimme.

»Kann ich ihn bitte sprechen?«

»Das tun Sie schon«, sagte der Mann am anderen Ende und lachte dröhnend.

»Ich bin Hauptmeister Hanhivaara von der Kripo Tampere.«

»Selber schuld«, sagte Karttunen.

Von blöden Bemerkungen hatte Hanhivaara die Nase gestrichen voll, doch er riss sich zusammen: »Sie haben ausgesagt, Sie hätten Karl Svanström vorgestern früh kurz nach neun Uhr aus dem Restaurant *Kanne* angerufen.«

»Ja, das habe ich gesagt«, bestätigte Karttunen.

»Sie haben uns angelogen«, sagte Hanhivaara.

»Garantiert nicht. Warum hätte ich lügen sollen? Fragen Sie Karl, der wird es Ihnen bestätigen.«

»Doch, Sie haben gelogen«, beharrte Hanhivaara. »Die Kanne öffnet erst um zehn.«

»Tatsächlich? Na, dann hab ich an dem Tag eine Stunde weniger gesoffen, als ich dachte. Man guckt ja nicht dauernd auf die Uhr. Ich hab schon vor der Tür gestanden, als das Lokal aufmachte, also war ich ab zehn dort. Aber was spielt das für eine Rolle? Eine Stunde hin oder her.«

Hanhivaara fragte: »Wann haben Sie denn dann Svanström angerufen?«

Karttunen lachte dröhnend: »Mein Gedächtnis ist vielleicht nicht ganz zuverlässig, aber ich würde sagen, dass ich normalerweise nach dem zweiten Glas telefoniere. Es wird also gegen Viertel nach oder zwanzig nach zehn gewesen sein.«

»Angerufen haben Sie aber?«

»Natürlich.«

»Ist auf Ihr Gedächtnis Verlass?«

»Wie gesagt, fragen Sie bei Karl nach. Außerdem hat er mich später angerufen. Er wollte wissen, ob ich mich daran erinnere, dass ich ihn angerufen hatte. Damals war die Erinnerung noch frisch. Es macht mir keinen Spaß, allein zu trinken, deswegen hatte ich Karl gebeten, mir Gesellschaft zu leisten. Er wollte aber nicht.«

»Am Abend davor hatten Sie gemeinsam gebechert, nicht wahr?«

»Stimmt.«

»War Svanström betrunken?«

»Wahrscheinlich«, sagte Karttunen. »Ganz sicher bin ich mir nicht, denn ich hatte selbst ganz schön einen im Kasten.« Wieder lachte er.

»Er hat Sie also angerufen und daran erinnert, dass Sie ihn angerufen hatten. Warum hat er das getan?«

»Er sagte, die Polizei würde sich dafür interessieren. Ich kapiere allerdings überhaupt nicht, warum die Polizei sich für Karl interessieren sollte. Für den interessiert sich keiner. Nicht mal ich. Na schön, ein paar Kunsthändler vielleicht, aber die sollte man sowieso alle an die Wand stellen.«

»Erinnern Sie sich an den genauen Wortlaut von Svanströms Frage?«

»Natürlich nicht, besonders genau erinnere ich mich an gar nichts. Er hat eben gefragt, ob ich noch weiß, dass ich ihn um neun Uhr angerufen habe.«

»Sie kam also von ihm, nicht von Ihnen. Die Uhrzeit, meine ich. Er war es, der gesagt hat, Sie hätten ihn gegen neun angerufen.«

»Kann sein, aber das ist kein Wunder. Ich gucke selten auf die Uhr.«

»Besten Dank.«

»Nichts zu danken. Wollen Sie nicht ein Bier mit mir trinken?«

»Danke für die Einladung. Aber danke, nein«, sagte Hanhivaara und legte auf.

Er kramte in seinen Taschen, fand aber kein Taschentuch. Also ging er zur Toilette, putzte sich die Nase mit Klopapier, nahm ein Stück als Reserve mit und kehrte in sein Dienstzimmer zurück.

Er überlegte.

Dann rief er in Sinikka Koivus Buchhaltungsbüro an.

»Hallo«, sagte er. »Hanhivaara hier.«

»Hallo«, sagte Sinikka Koivu.

»Hör mal, du hast mir doch erzählt, dass Kaarto von einem Glaspferd gesprochen hat. Erinnerst du dich vielleicht an irgendwelche Einzelheiten?«

Sinikka Koivu schwieg eine Weile, dann sagte sie: »Ich glaube nicht. Das Ganze kam mir so unwichtig vor. Ich habe nicht weiter darauf geachtet, weil es für mich keine Bedeutung hatte.«

»Es kann wichtig sein.«

Wieder wurde es still. Schließlich sagte Sinikka Koivu: »Es tut mir leid. Ich würde dir gern helfen, aber ...«

»Hat Kaarto in dem Zusammenhang vielleicht seine Frau oder deren Verwandte erwähnt?«, versuchte Hanhivaara, ihrem Gedächtnis auf die Sprünge zu helfen.

»Moment mal! Ich glaube, er hat gemurmelt, das Ding wäre ein Symbol für Betrug und er würde es aus der Welt schaffen. Weil ich nicht verstand, was er meinte, dachte ich, er wäre vielleicht noch ein bisschen... wie soll ich sagen ...«

»Ich verstehe, aber du hast doch gesagt, er hätte einen normalen Eindruck gemacht.«

»Ansonsten ja«, sagte Sinikka Koivu.

»Wenn dir noch etwas einfällt, ruf mich an, ja?«, bat Hanhivaara. »Wie hat dir das chinesische Essen geschmeckt?«

»Sehr gut.«

»Ich gehe dort öfter essen.«

Die Telefondrähte durften sich wieder eine Weile ausruhen. Hanhivaara wartete. Er dachte bei sich, dass er die Technik nicht mehr beherrschte.

Sinikka Koivu erlöste ihn mit den Worten: »Vielleicht gehe ich auch mal wieder hin.«

»Gute Idee«, meinte Hanhivaara. »Aber es gibt natürlich auch andere Lokale, wo man gut essen kann.«

»Natürlich.«

»Ich ruf dich an. Momentan bin ich ein bisschen in Eile wegen dieser einen Sache.«

»Bei mir ist im Moment auch viel los. Aber du kannst mich gern anrufen«, sagte Sinikka Koivu.

»Mach ich«, versicherte Hanhivaara und legte auf.

Er hatte nicht geschwindelt. Er würde Sinikka Koivu anrufen. Sie war eine üppige, reife Frau. Aber das war nicht das Wichtigste. Hanhivaara mochte ihre lockere Einstellung zum Leben und ihren leicht ironischen Humor und ihre Gelassenheit. Einsamkeit war nicht gut, wenn sie zu lange dauerte.

Er verscheuchte Sinikka jedoch aus seinem Kopf und begann über etwas Unerfreulicheres nachzudenken, nämlich über den Mord.

Svanström hatte kein Alibi mehr. Dennoch konnte man sich nur schwer vorstellen, dass er der Mörder war. Er war zu melancholisch und resigniert, und er hatte eine schöpferische Begabung, die selten mit zerstörerischen Neigungen einherging. Hanhivaara hätte Svanström nie verdächtigt, wenn dieser sich nicht ganz offensichtlich ein falsches Alibi verschafft hätte.

Aber wie war Svanström zu Kaarto gekommen? Er besaß kein Auto, seinen eigenen Worten nach deshalb, weil er selten nüchtern genug war, um legal fahren zu können. Außerdem sei es sowieso billiger, mit dem Taxi zu fahren. Natürlich war es denkbar, dass er ein Taxi genommen hatte, aber zur fraglichen Zeit war kein einziges in dieser Gegend unterwegs gewesen. Möglicherweise war er mit dem Bus gefahren oder er hatte einen Komplizen gehabt, der ihn irgendwo in der Nähe von Kaartos Haus abgesetzt hatte. Allerdings konnte sich Hanhivaara keinen Komplizen vorstellen, der zu Svanström gepasst hätte. Zudem hatte Svanström offenbar am Vorabend kräftig getrunken – falls nicht auch das Bluff war. Karttunen war ein ziemlich unverlässiger Zeuge.

Hanhivaara dachte an seine erste Fahrt zu Kaartos Haus und hatte eine Idee.

Ein mögliches Motiv hatte er bereits entdeckt, andernfalls hätte er sich über den Rest gar nicht erst den Kopf zerbrochen.

Er blätterte in seinen Notizen, denn er hatte das Gefühl, dass er noch einen weiteren Hinweis bekommen hatte. Nach langem Blättern stellte er fest, dass er sich richtig erinnerte. Svanström hatte etwas erwähnt, was er gar nicht wissen konnte. Natürlich sah Hanhivaara noch eine andere Alternative, hielt sie jedoch für weniger wahrscheinlich.

Hanhivaara seufzte, denn die Geschichte wirkte zu eindeutig, als dass er sie ignorieren durfte. Er verspürte aufrichtige Sympathie für Svanström, aber er hatte keine andere Wahl, als ihn unter dem Verdacht des Mordes an Sakari Kaarto zur Vernehmung zu holen.

Er überlegte, wen er am liebsten als Mörder überführt hätte, und entschied sich für Pekka Varpela, denn für einen Mann, der bereit war, auf so unwürdige Weise zu kriechen, hatte er nicht viel übrig. Nur hatte Varpela leider ein Alibi, das offenbar nicht zu widerlegen war. Auf diesen Gedanken folgte ein Anfall von Selbstverachtung, und Hanhivaara beschloss zu tun, was das Richtigste zu sein schien: Svanström musste wegen seiner widersprüchlichen Aussagen zur Rede gestellt werden, auch wenn er ein netter Kerl war.

Laut Dienstvorschrift durfte Hanhivaara nicht allein zu Svanström fahren, um ihn festzunehmen. Er entschied sich dafür, Olavi Jorma mitzunehmen, denn Siikas Rätsel ermüdeten ihn und Huhtanen mochte er nicht mehr. Eigentlich hätte er Kairamo informieren müssen, aber über seine Pension zerbrach er sich längst nicht mehr den Kopf.

Das Telefon klingelte.

Hanhivaara meldete sich.

Der Anrufer war Svanström.

Seine Stimme klang höflich und er wirkte nicht betrunken.

Er sagte: »Sie sind ein sehr sympathischer Mann. Deshalb wollte ich Ihnen mitteilen, dass ich Ihnen in meinem Testament ein Gemälde vermacht habe. Wie ich es versprochen hatte. Menschen meines Schlages begegnet man nicht immer mit Vertrauen, aber ich glaube, dass Sie mir vertraut haben. Deswegen will ich mein Versprechen einhalten.«

»Besten Dank«, sagte Hanhivaara. »Aber warum teilen Sie mir das ausgerechnet jetzt mit? So eilig ist es doch nicht.«

Svanström lachte auf: »Doch, doch, ich habe es eilig. Ich koche gerade Tomatensuppe.«

Hanhivaara fuhr zusammen. Sein Gehirn spielte die Alternativen durch. In Sekundenbruchteilen hatte er Olavi Jorma von der Liste gestrichen und durch Huhtanen ersetzt; er mochte Huhtanen zwar nicht, aber der würde ohne lange Erklärungen verstehen, worum es ging. Er klemmte den Hörer mit der Schulter fest und langte quer über den Tisch nach dem zweiten Telefon.

»Tomatensuppe?«, fragte er in dem erfolglosen Versuch, Verständnislosigkeit vorzutäuschen.

Svanström lachte wieder. Und Hanhivaara wählte eine dreistellige Nummer.

Huhtanen meldete sich.

Hanhivaara deckte die Sprechmuschel des anderen Telefons mit der Hand ab und sagte: »Keine Fragen. Tu, was ich sage. Nimm ein schnelles Auto und ein paar Männer, fahr zu Karl Svanström und bring ihn her. Beeil dich. Er will sich umbringen.«

»Ja«, sagte Huhtanen und legte auf.

Hanhivaara setzte sein Gespräch mit Svanström fort: »Ich verstehe nicht ganz.«

Svanströms Lachen kam von Herzen: »Wenn man den Witzen glauben soll, sind Polizisten nicht fähig, den Dummen zu spielen.« Die Betonung lag auf spielen. »Ich nehme an, dass Sie inzwischen die richtigen Schlüsse gezogen haben. Und ich habe meine Freiheit immer geliebt. Im Gefängnis würde ich es nicht einen Tag lang aushalten.«

Hanhivaara kapitulierte. »Ich hätte nicht gedacht, dass Sie so melodramatisch sind. Tomatensuppe und all das.«

»Es dauert eine Viertelstunde.«

»Was?« Hanhivaara stellte sich wieder dumm.

»Bis die Polizisten, die Sie gerade losgeschickt haben, hier sind. Selbst wenn sie schneller wären, kämen sie zu spät. Ich brauche weniger als eine Sekunde, um abzudrücken.«

Huhtanen hatte zwei Männer von der Schutzpolizei mitgenommen. In weniger als einer halben Minute saßen alle drei im Wagen und Huhtanen preschte aus der Garage. Da die Strecke etwa zwanzig Kilometer betrug, konnte Svanström die Sirene vorläufig nicht hören. Das Martinshorn jaulte im selben Moment los, als das Auto auf die Straße schoss. Huhtanen, der sich die kürzeste Route zurechtgelegt hatte, bog in falscher Richtung in eine Einbahnstraße ein. Bis zur nächsten Querstraße kamen ihm nur zwei Fahrer entgegen. Beide wichen ihm elegant aus und würden sich später zu Hause mit ihrer unfehlbaren Fahrtüchtigkeit brüsten.

Svanström fuhr fort: »Wir haben also Zeit für einen kleinen Plausch. Vorsichtshalber habe ich aber auch alles aufgeschrieben und mit meiner vielleicht schwer zu entziffernden, aber umso schwungvolleren Unterschrift versehen.«

»Ihre Entscheidung ist falsch«, sagte Hanhivaara.

»Soll ich es etwa so machen wie Kaarto und den Verrückten spielen? Ich bin nicht verrückt.«

»Wussten Sie, dass Kaarto seine Verrücktheit vorgetäuscht und seine Frau vorsätzlich ermordet hat?«

»Menschen meines Schlages spüren so etwas«, sagte Svanström. »Aber vielleicht sollten wir uns nicht mit diesem

Thema aufhalten. Überlegen wir lieber, wie ich es getan habe und wie Sie es herausgefunden haben.«

Jeder Satz, den Hanhivaara beisteuerte, verlängerte das Gespräch. Deshalb sagte er: »Wir hatten überhaupt nichts herausgefunden. Sie selbst haben mir gerade erzählt, dass Sie der Täter sind.«

»Früher oder später wären Sie doch darauf gekommen. Außerdem glaube ich, dass Sie es schon erraten hatten.«

»Na gut«, gab Hanhivaara zu.

»Sie haben vorhin gesagt, Sie hätten mich nicht für so melodramatisch gehalten, auch noch Tomatensuppe zu kochen. Aber so ist es nun mal. Das gekünstelte, aber dennoch tragische Ende einer leicht sentimentalen Geschichte.«

Hanhivaaras Handfläche war schweißnass, er nahm den Hörer in die andere Hand.

Huhtanens Hände lagen ruhig auf dem Lenkrad. Ab und zu fuhr die rechte Hand zur Gangschaltung, und die Spikes der Winterreifen kratzten über den Asphalt, wenn der Wagen um eine Ecke bog. Die beiden uniformierten Schupos wurden hin- und hergeschleudert. Der eine, ein Hüne, der in der Freizeit Gewichte stemmte, lächelte; der andere klammerte sich an den Haltegriff, doch auch er war nicht zum ersten Mal in vollem Tempo unterwegs und hatte kein bisschen Angst.

»Sollen wir anfangen?«, fragte Svanström. »Wenn Sie wollen, können Sie Ihr Tonband einschalten. Ich weiß nicht, ob es nötig ist. Wie gesagt, ich habe alles aufgeschrieben.«

»Ich schalte das Tonband ein«, sagte Hanhivaara und verwendete auf diese Maßnahme so viel Zeit wie nur möglich.

»Es lohnt sich nicht, Zeit herauszuschinden. Ihre Leute kommen sowieso zu spät. Na, ist das Gerät bereit?«, fragte Svanström.

»Ja, jetzt ist es eingeschaltet. Das Band läuft.«

»Sie wissen sicher schon, dass die *Kanne* erst um zehn Uhr öffnet.«

»Ja.«

»Das Alibi war leicht zu arrangieren. Karttunen hat meistens keine Ahnung, wie spät es ist. Ich brauchte ihn nicht direkt aufzufordern, Ihnen zu sagen, er hätte mich gegen neun Uhr angerufen. Ich brachte ihn gewissermaßen dazu, selbst auf die Uhrzeit zu kommen. Dadurch wirkte seine Aussage glaubwürdiger.«

»Na, ich weiß nicht. Bei Kriminalfällen gibt es alle möglichen Zeugen.«

»Vielleicht ist er nicht der beste. Aber ich habe es immerhin versucht. Man kann nicht jedes Spiel gewinnen.« Svanström machte eine kleine Pause. »Dann fiel Ihnen etwas anderes auf: Woher konnte Svanström wissen, dass das rote Glaspferd auf dem Esstisch stand? Er muss im Haus gewesen sein, als Kaarto starb. Nicht wahr?«

»Na ja, so sah es aus«, sagte Hanhivaara lahm.

»Und dann spukte Ihnen mein etwas rätselhafter Satz im Kopf herum, Hannele hätte ihren Vater nicht gehasst, sondern bemitleidet. Darüber haben Sie gründlich nachgedacht, denn Sie sind ein psychologisierender Polizist.«

Hanhivaara war zufrieden, dass er Svanströms Theorie korrigieren konnte: »Darüber habe ich damals noch nicht nachgedacht. In diesem Punkt irren Sie sich. Kaartos Mutter hat behauptet, Hanneles Vater wäre nicht Kaarto, sondern irgendein Itaker, wie sie sich ausdrückte. Ich dachte mir, ein Itaker ist es vielleicht nicht, aber ansonsten kann an der Geschichte etwas dran sein.«

»Es ist was dran«, sagte Svanström.

»Sie sind Hanneles Vater, nicht wahr?«

»Ja.«

»Das dachte ich mir. Ich habe nämlich im Künstlerverzeichnis gelesen, dass Sie 1956 eine Studienreise nach Italien gemacht haben. Damals war ja auch Kirsti Kaarto dort.«

»Ja, wir waren zur gleichen Zeit in Italien.«

»Wusste Kaarto davon? Hat er seine Frau deshalb umgebracht?«

»Er wusste es nicht. Damals jedenfalls nicht.«

»Kaartos Mutter behauptet, sie hätte ihrem Sohn gegenüber Andeutungen gemacht.«

»Tatsächlich? Das muss vor relativ kurzer Zeit gewesen sein. Ich glaube nicht, dass Kaarto meine Anwesenheit ertragen hätte, wenn er im Bilde gewesen wäre. Aber wenn er es wusste, untermauert das die Theorie, dass er den Mord an seiner Frau geplant hat. Ich meine, wenn er es erst jetzt erfahren hat, nach so vielen Jahren.«

»Das wäre denkbar«, sagte Hanhivaara und sah auf die Uhr. Er hatte das Gefühl, dass seine Bemühungen zwecklos waren. Huhtanen würde es nicht rechtzeitig schaffen.

Huhtanen raste so schnell über die Kalevantie, wie er es nur wagen konnte. Die Tachometernadel schob sich über die Hundertkilometermarke und die Spikereifen heulten auf dem salzbestreuten Asphalt. Der Gewichtheber fummelte an seiner Waffe herum und lud sie durch. Sein jüngerer Kollege tat es ihm gleich. Huhtanen sagte: »Steckt die Dinger weg. Er will sich selbst umbringen, nicht uns.« Ein Fußgänger sprang erschrocken aufs Trottoir zurück, als das Polizeifahrzeug vorbeisauste.

»Ich habe Kirsti geliebt«, sagte Svanström. »Und sie hat mich geliebt.«

»Was für einen Sinn hat so ein Arrangement?«

»So gut wie keinen.« In Svanströms Stimme hatte sich Traurigkeit eingeschlichen. »Es gibt Dinge, die nicht dem üblichen Muster entsprechen, und es gibt Menschen, die nach ihrem eigenen, vielleicht ein wenig außergewöhnlichen

Kodex handeln. Kirsti war so ein Mensch. Unsere Liebe war größtenteils platonisch, wenn Sie dieses Wort verwenden möchten.«

»Falls ich die Bedeutung des Wortes richtig verstehe, geht aus einer solchen Beziehung kein Kind hervor«, bemerkte Hanhivaara spitz.

»Größtenteils, habe ich gesagt. Ich habe einen Fehler gemacht, als ich unsere Beziehung auf die physische Ebene führte. Kirsti war nämlich ein kompromissloser Mensch und redete sich ein, sie hätte sich gegen ihren Mann versündigt. Als Wiedergutmachung wollte sie ihm bis an ihr Lebensende dienen. Untreue war damals nicht so in Mode wie heute. Ich habe versucht, sie aus diesem Irrglauben herauszulocken. Aber nichts hat gewirkt. Ihre Reue war pathologisch. Aber auch ich habe Kirsti nie verlassen.«

Hanhivaara dachte, dass die Beziehung krankhaft gewesen war, wenn man sie, um Svanströms Ausdruck zu verwenden, an konventionellen Mustern maß, dass ihr andererseits aber auch ein Hauch von Romantik anhaftete.

»Wusste Hannele Bescheid?«, fragte er.

»Ja. Wir haben es ihr vor ein paar Jahren gesagt. Sie war nicht schockiert, denn sie hat ihre Mutter geliebt. Auch zu mir hatte sie ein sehr gutes Verhältnis. Sie hat niemandem davon erzählt.«

Huhtanen musste scharf bremsen und der Wagen stellte sich quer. Huhtanen fluchte, denn er hatte vergessen, dass hier eine Baustelle war, sicher schon seit einem Jahr, und dass die Straße kurz vor der steilen Linkskurve um die Hälfte schmaler wurde. Aus der Gegenrichtung kam nur ein Wagen, dessen Fahrer sich vor Blechgerassel rettete, indem er in den schneebedeckten Straßengraben fuhr. Huhtanen brachte sein Gefährt in die korrekte Richtung und trat wieder aufs Gas.

»Das ist nur der allgemeine Hintergrund«, sagte Svanström. »In meinem Nachlass finden Sie etwas, das meine Aussage bekräftigt. Ich habe einige Briefe von Kirsti. Sie sind sehr aufschlussreich. Ich denke, Sie werden die Wahrheit meiner Geschichte nicht bezweifeln können.«

Svanström machte eine Pause und Hanhivaara sagte: »Trotzdem ist Selbstmord nicht die richtige Lösung. Sie sollten auch an Hannele denken, die schon ihre Mutter verloren hat.«

»Mag sein«, räumte Svanström ein. »Aber im Gefängnis würde ich es nicht aushalten. Doch zur Sache: Haben Sie schon erraten, wie ich zu Kaartos Haus gekommen bin?«

»Ja, es war eine ziemliche Überraschung für mich, als Sie sagten, Sie liefen gern Ski. Die städtische Loipe kommt an einer Stelle auf hundert Meter an Kaartos Haus heran. Zwischen seinem und dem Nachbargrundstück liegt ein Streifen städtischer Boden.«

»Gut«, lobte Svanström. »Ich bin an dem Morgen tatsächlich auf Skiern hingelaufen. Ich bin mit dem Bus zum Anfang der Loipe gefahren, die Skier ordentlich zusammengebunden. Dann bin ich zu Kaartos Haus gelaufen und hineingegangen. Er war ein wenig überrascht über meinen Besuch. Er war schon angezogen und wollte zur Arbeit. So eilig hatte er es, dass er mich am liebsten gar nicht empfangen hätte. Aber ich war hartnäckig. Er ging in die Küche, wo er sich Suppe zum Frühstück machte. Ein Meisterkoch war er nicht, aber Dosensuppe aufzuwärmen schaffte er schon. Inzwischen habe ich mich in sein Schlafzimmer geschlichen und die Waffe geholt. Ich hatte keinen richtigen Plan, ich hatte mir einfach vorgenommen, ihn umzubringen, so wie er Kirsti umgebracht hatte. Wenn ich die Pistole nicht gefunden hätte, dann hätte ich eben ein Messer genommen oder irgendeine Vase. Dann bin ich in Kirstis Zimmer gegangen, habe das rote Glaspferd vom Regal genommen und bin ins Esszimmer zurückgekehrt, wo Kaarto sich gerade anschickte, die erbärmliche Suppe in seinen erbärmlichen Schlund zu löffeln.« Zum ersten Mal hörte Hanhivaara Wut in Svanströms Stimme. »Ich habe das Glaspferd vor ihn hingestellt und ihm gesagt, dass er ein Schweinehund ist. Er stierte mich verblüfft an. Da habe ich ihm gesagt, er hätte die Frau getötet, die ich geliebt habe, und ich wüsste, dass er mich für einen nichtsnutzigen Schlappschwanz hielte, aber ich würde mich trotzdem rächen und ihn töten. Ich habe ihm keine Gelegenheit gelassen zu handeln, sondern ihn nur so lange über meine Worte nachdenken lassen, bis er sie begriffen hatte. Dann habe ich ihn erschossen und alles so arrangiert, dass es wie Selbstmord wirkte. Anschließend habe ich mir die Skier untergeschnallt und mich auf den Heimweg gemacht.«

Hanhivaara gab sich mit der Erklärung noch nicht ganz zufrieden: »Warum haben Sie sich überhaupt die Mühe gegeben, einen Selbstmord vorzutäuschen, wenn Sie jetzt doch alles gestehen?«

»Ich glaube, ich habe von Anfang an nicht damit gerechnet, ungeschoren davonzukommen. Ich hatte lange über die Sache nachgedacht und wusste, dass ich es tun musste. Ich hätte es nicht zugegeben, wenn ich nicht gemerkt hätte, dass mir Fehler unterlaufen waren und dass Sie die Wahrheit über die Beziehung zwischen Kirsti und mir und über Hanneles Abstammung herausfinden werden. Sinn für Dramatik habe ich zwar, aber kein besonderes Talent zum perfekten Mord.«

Als Huhtanen Kangasala erreichte, schaltete er die Sirene ab und musste gleichzeitig auch das Tempo verringern. Die Sirene hätte Svanström alarmiert, und Huhtanen wollte möglichst unauffällig ankommen, sonst bestand keine Chance, den Mann lebend zu erwischen. »Gib Gas«, drängte der junge Polizist auf der Rückbank. »Schnauze«, bellte Huhtanen.

Hanhivaara sagte: »Nun erzählen Sie mir endlich, was es mit dem Glaspferd auf sich hat.«

»Es ist nur ein Symbol.«

»Wofür?«

»Für die Liebe natürlich, wofür denn sonst. Es ist ein Sinnbild für die Zeit, die wir gemeinsam in Venedig verbracht haben. Ich habe es Kirsti in der Murano-Fabrik gekauft. Von ihren späteren Reisen hat sie dann alle möglichen Souvenirs mitgebracht, zwischen denen das Pferd niemandem auffiel.«

Hanhivaara sah Kirsti Kaartos zierliches, verträumtes Zimmer vor sich. Er sah das Regal und die Lücke. »Dann war die leere Stelle zwischen den Fotos also für Sie reserviert, für Hanneles Vater, und nicht für Kirsti selbst?«

»Ja. Sie war treu, aber nach dem einen Mal nicht mehr besonders wagemutig.«

»Sakari Kaarto hat sie damals aus Venedig zurückgeholt. Warum?«

»Genau weiß ich es nicht, aber ich vermute, dass Kirstis Eltern ihm gegenüber allerhand Andeutungen über den wahren Charakter dieser Stipendienreisen gemacht haben. In der Hoffnung, Sakari würde Kirsti daraufhin verlassen. Es kam aber umgekehrt.«

»Sie haben Kaarto also getötet, weil Sie wussten, dass er den Mord kaltblütig geplant hatte?«, fragte Hanhivaara.

»Ich hätte ihn auf jeden Fall umgebracht. Verstehen Sie, er hat die Frau, die ich liebte, zerstört und dann auch noch getötet.«

Huhtanen sah Svanströms Blockhaus. Es wirkte ruhig und abweisend. »Es gibt nur einen Weg zum Haus«, sagte Huhtanen. »Wenn er aus dem Fenster guckt, haben wir kaum eine Chance.« Er hielt an. Die Männer stiegen aus und musterten das Gebäude. Der Jüngste versuchte, sich durch die Schneewehen von hinten anzuschleichen. Huhtanen und der Gewichtheber näherten sich im Schutz der Bäume von vorn. Wenn die Tür abgeschlossen war, waren ihre Erfolgsaussichten gleich null; vorausgesetzt natürlich, dass Svanström es ernst meinte und nicht zu denen gehörte, die nur mit Selbstmord drohen, um Beachtung zu finden.

Svanström sagte: »Schau an, sie sind schon da. Natürlich umsonst, aber ich danke Ihnen für den Versuch. Und denken Sie an das Gemälde.«

Er legte auf. So hörte Hanhivaara den Schuss nicht, der losging, als Huhtanen noch dreißig Meter vom Haus entfernt war.

## NEUNUNDZWANZIG

Karl Svanström wurde an seinem Küchentisch gefunden. Er hatte sich in den Kopf geschossen.

Am anderen Tischrand stand ein Teller Tomatensuppe; Svanström war bis zum Schluss ein Schöngeist gewesen und hatte nicht mit dem Kopf in der Suppe sterben wollen wie der Mann, den er ermordet hatte.

Das venezianische Glaspferd funkelte in der Märzsonne.

In Svanströms Kommode wurden mehr als 6.700 Briefe gefunden, alle von Kirsti Kaarto unterzeichnet. Sie hatte zwanzig Jahre lang fast täglich geschrieben. Hanhivaara erinnerte sich an Svanströms Worte, Kirsti habe ihm »einige Briefe« geschrieben.

Eher tragisch als sentimental, dachte Hanhivaara.

# DREISSIG

»Er war also dein richtiger Vater?«, fragte Hannu Pulli.

»Ja«, sagte Hannele Kaarto gedankenverloren. Die Beerdigung war vorbei und ihre weit geöffneten Pupillen fixierten die Leere hinter dem Fenster. Nun wusste sie, was ihr Vater gemeint hatte, als er sagte: »Ich bringe die Sache in Ordnung.«

Das Gespräch war in Karl Svanströms Blockhaus geführt worden. Es war Nachmittag; am Morgen war Kaarto tot aufgefunden worden. Anwesend waren nur Karl Svanström und seine Tochter gewesen, die Hannele Kaarto hieß und sofort zu ihrem Vater geeilt war, nachdem Visa sie angerufen und gesagt hatte, er selbst sei auf dem Polizeipräsidium.

Svanström trank nicht. Seine Hände zitterten, aber nur ganz dezent, wie es dem Stil ihres Besitzers entsprach.

Svanström sagte: »Es tut mir leid, dass du so lange im Irrtum leben musstest. Aber Kirsti und ich hielten es für das Beste.«

Hannele entgegnete: »Ich bin stolz auf dich, wie ich auch auf Mutter stolz war. Es ist gut, dass ihr es mir dann doch erzählt habt. Vielleicht habe ich dich instinktiv immer als meinen Vater empfunden. Und jetzt erst recht.«

»Schön, aber ich bin jetzt gar nicht mehr so sicher, dass wir richtig gehandelt haben«, sagte Svanström.

»Wieso?«

»Weil du dadurch zur Verbrecherin geworden bist.«

»Was redest du denn da?«, fragte Hannele.

»Mir brauchst du nichts vorzuspielen«, sagte Svanström.

Hannele schwieg. Dann machte sie noch einen letzten Versuch: »Ich spiele dir nichts vor.«

Svanström redete ruhig und unbeirrbar weiter: »Nur zwei Menschen hatten einen ausreichenden Grund, Kaarto zu töten. Dir hat er die Mutter genommen, mir die Liebe. Da ich weiß, dass ich es nicht war, musst du es getan haben. Als ich heute Nachmittag mit Visa telefoniert und von ihm gehört habe, in was für einer Szenerie Kaarto gestorben ist, hat sich meine Vermutung bestätigt. Nur du konntest auf die Idee verfallen, das Glaspferd einzubeziehen. Du magst solche Inszenierungen.«

»Ja, ich war's!«, rief Hannele aufgewühlt. »Und ich habe es genossen! Aber das Pferd habe ich vergessen. Ich wollte es an seinen Platz zurückstellen, aber dann ist etwas Unerwartetes passiert.«

»Erzähl es mir«, bat Svanström ruhig. Es war ihm nicht anzusehen, dass er bereits begonnen hatte, seinen Plan zu entwerfen.

»Die Wut hat mir Kraft gegeben. Es wäre nie passiert, wenn ich nicht herausgefunden hätte, dass er Mutter kaltblütig und nach einem ausgeklügelten Plan ermordet hat. Er war nicht verrückter als wir alle. Während er in der Klinik war, habe ich seine Schubladen durchsucht und stapelweise Kopien von psychiatrischen Gutachten gefunden. Dabei hat er sich nie für etwas anderes interessiert als für Druckereimaschinen und für neue Möglichkeiten, seine Minderwertigkeitskomplexe durch Geld zu kompensieren. Ich wusste, dass die Gutachten nur einen einzigen Zweck haben konnten: Sie waren Kaartos Lehrbücher. Alle merkwürdigen Verhaltensweisen, die er sich zulegte und über die seine Umgebung sich wunderte, waren nur Teil seines Plans. Er hat von einem Tag auf den anderen seine Geliebte verlassen. Er fing an zu trinken. Und dann seine widersprüchliche Einstellung zu Hannu. Alles nur Theater, in Wahrheit war es ihm völlig egal, mit wem ich befreundet war. Und dieser Einbruch. Ich bin sicher, dass der Safeknacker die Wahrheit gesagt hat. Kaarto hat seine Verrücktheit geplant. Ich habe gewartet, bis er aus der Klinik entlassen wurde. Dann habe ich ihn angerufen und gesagt, ich wolle ein paar Erinnerungsstücke an Mutter, vor allem das Glaspferd, und würde ihn gern besuchen. Ich habe Hannu nach Hause geschickt und ein Taxi bestellt, mit dem ich in die Nähe von Kaartos Haus gefahren bin, aber nicht bis ganz hin, denn ich wollte keinen Verdacht auf mich ziehen. Außerdem bin ich schon nachts hingefahren, und die Polizei geht natürlich davon aus, dass der Mörder erst am Morgen gekommen ist. Ich habe mich zwei Stunden mit Kaarto unterhalten, er wirkte ganz normal. Dann ging er schlafen. Ich lag die ganze Nacht in meinem alten Zimmer im Bett und überlegte, wie ich es tun sollte. Es war meine Pflicht, das war mir ganz klar. Ich habe ihn gehasst. In der Nacht habe ich mir einen Plan zurechtgelegt, denn ich wollte nicht gefasst werden. Ich wollte nicht seinetwegen ins Gefängnis. Als er schlief, nahm ich seine Pistole an mich. Ich hätte es schon in dem Moment tun können. Aber ich dürstete nach Rache. Er sollte wissen, was ihm bevorstand. Am Morgen saß ich am Tisch und sah ihm zu, als er Dosensuppe in sein widerliches Maul löffelte. Da habe ich das Pferd vor ihn hingestellt und ihm von der großen Liebe und von der Frucht dieser Liebe erzählt. Er wurde käsebleich und sagte, ich solle keinen Fuß mehr in sein Haus setzen. Dich würde er auch noch erledigen, so wie er Mutter erledigt hatte. Er grinste so breit, dass ich seine ekelhaften Eckzähne sehen konnte. Er prahlte, er habe es geschafft, den perfekten Mord zu begehen. Und dann lachte er. Da habe ich ihm die Waffe, die ich im Schoß gehabt hatte, an die

Schläfe gehalten und abgedrückt. Sein Gesicht ist in die lauwarme Suppe geplatscht, er ist so säuisch gestorben, wie er es verdient hatte. Erst dann habe ich überlegt, was ich tun sollte. Ich habe die Waffe abgewischt, ihm in die Hand gedrückt und dann zu Boden fallen lassen. Anschließend habe ich mein Bett gemacht und wollte gerade gehen, als es klingelte. Es war Hannu! Ich geriet in Panik, weil ich mir überhaupt nicht erklären konnte, was er da zu suchen hatte. Ich habe die Sekunden gezählt und gehofft, er würde gehen. Aber er blieb hartnäckig an der Tür stehen, und ich war kurz davor zu öffnen, mich in seine Arme zu werfen und ihm alles zu gestehen. Zum Glück habe ich es nicht getan. Endlich ist er weggefahren und ich konnte das Haus verlassen. Ich bin auf der harten Loipe gegangen, bestimmt hat mich niemand gesehen. Ich bin zu Fuß bis nach Hause gegangen.«

»Wahrscheinlich musste es so kommen«, seufzte Svanström.

Hannele sagte: »Ich habe nichts zu befürchten. Hannu hat mir von sich aus ein Alibi gegeben. Niemand wird mir je etwas nachweisen können.«

»Das weiß man nie. Vielleicht fragt dein Freund irgendwann: Warst du damals wirklich zu Hause? Und du weißt nicht, was du sagen sollst, oder du zögerst einen Moment, und ihm kommt der Verdacht, du hättest etwas zu verbergen. Den Mord traut er dir zwar nicht zu, aber die Sache beschäftigt ihn und nach einer Weile fragt er wieder danach. Und wieder zögerst du oder erzählst ihm eine etwas andere Geschichte über die Ereignisse dieses Morgens, und sein Verdacht wächst.«

»Ich werde schon mit ihm fertig«, erklärte Hannele.

»Das ist nicht sicher«, sagte Svanström leise und starrte ins Kaminfeuer.

»Was sollen wir denn tun?«, fragte Hannele.

Svanström löste den Blick vom Feuer. Er stand auf und

legte seiner Tochter die Hände auf die Schultern. Dann küsste er sie liebevoll und sagte: »Ich bringe die Sache in Ordnung. Warte ein paar Tage, dann siehst du es.«

»Wie denn?«

»Ich bringe die Sache in Ordnung«, wiederholte Svanström.

Jetzt verstand Hannele, was ihr Vater gemeint hatte. Sie hatte sein Geständnis gelesen und nur sie erkannte die Wahrheit, die zwischen den Zeilen stand.

Svanström hatte sich ein Alibi verschafft, das die Polizei widerlegen konnte. Das sollte die erste Lüge sein, die auf ihn hindeutete.

Visa hatte ihm von dem Glaspferd erzählt, doch er ließ die Polizei in dem Glauben, er hätte es auf dem Esstisch gesehen. Und Hannele selbst hatte es ihm zwei Tage später gebracht.

Er hatte offen von seiner Begeisterung für den Skilanglauf gesprochen und gehofft, dass die Polizei auf die Loipe aufmerksam werden würde, die an Kaartos Haus vorbeiführte.

Svanström hatte das Misstrauen der Ermittler wecken wollen, damit sie selbst auf den Gedanken kamen, er sei der Täter. Er hatte gewusst, dass ein Geständnis nicht ausreichte, wenn es nicht durch Indizien gestützt wurde.

Aus den Ermittlungsprotokollen hatte Hannele erfahren, dass Kaarto schon seit einiger Zeit gewusst hatte, dass sie nicht seine Tochter war. Ihr war auch klar, weshalb er so wütend reagiert hatte, als sie es ihm gesagt hatte: Kaarto hatte keine Ahnung gehabt, dass auch Hannele das Geheimnis ihrer Herkunft kannte.

Jetzt hatte sie weder Vater noch Mutter. Schweigend starrte sie zum Fenster hinaus.

Hannu Pulli sagte: »Du bist traurig. Aber ich bin immer für dich da.«

»Ja«, sagte Hannele. »Das ist gut.«

# EINUNDDREISSIG

Hanhivaara las die Vernehmungsprotokolle zum Fall Sakari Kaarto.

Alles schien klar zu sein.

Nur eins verwirrte ihn: In Hannu Pullis Aussage, die Huhtanen protokolliert hatte, hieß es, er sei gegen halb neun von zu Hause weggefahren. Zu Hanhivaara hatte Pulli dagegen gesagt, er sei an diesem Morgen bei Hannele Kaarto gewesen.

Dann dachte Hanhivaara, dass es sicher nur ein unbewusster Versprecher war. Man bricht in der Regel von zu Hause auf. Es konnte auch sein, dass Pulli Hanneles Wohnung irgendwie als sein Zuhause betrachtete, obwohl er offiziell woanders wohnte. Bestimmt würde Pulli die Sache so erklären, wenn man ihn danach fragen würde.

Hanhivaara schloss die Akte.

Er rief Sinikka Koivu an.

Beim Hinausgehen zupfte er einen losen Faden vom Revers seines neuen Anzugs.

# Krimis von Pentti Kirstilä

**Nachtschatten**
Aus dem Finnischen von Gabriele Schrey-Vasara
256 Seiten. Paperback. ISBN 978-3-89425-548-0

Ein bizarres Schauspiel im nächtlichen Tampere: Ein Mann schlitzt einer Frau die Kehle auf und verschwindet im Dunkel. Ein Schock für den Zeugen, der die Tat beobachtet hat, denn er erkennt in Täter und Opfer zwei Bekannte. Anstatt die Polizei zu informieren, beschließt der heimliche Beobachter, sein Wissen für eigene Zwecke zu nutzen. Kommissar Lauri Hanhivaara steht vor einem Rätsel..

*»Ein kühnes Konstrukt, zynisch, bissig, packend.«*
Titel Magazin

**Tage ohne Ende**
Aus dem Finnischen von Gabriele Schrey-Vasara
287 Seiten. Paperback. ISBN 978-3-89425-537-4

Kommissar Lauri Hanhivaara von der Kripo Tampere lässt sich von seiner Freundin überreden, die Mittsommernacht im Sommerhaus ihres Bruders zu verbringen. Er wäre besser standhaft geblieben, denn am nächsten Morgen stolpern die beiden bei einem Waldspaziergang über eine Leiche.

*»Ein derart raffiniertes Strickmuster für eine Geschichte gibt es nur selten. Autor Kirstilä setzt auf den großen Bluff – und der Rest ist Staunen.«*
Westdeutsche Zeitung

**Schwarzer Frühling**
Aus dem Finnischen von Gabriele Schrey-Vasara
283 Seiten. Gebunden.mit Schutzumschlag. ISBN 978-3-89425-651-7

Kommissar Lauri Hanhivaara untersucht den brutalen Mord an einer jungen Kellnerin. Verdächtige gibt es genug, denn Helena Maijala führte ein ausschweifendes Leben. Routinemäßig befragt Hanhivaara auch Helenas Kolleginnen. Eine von ihnen ist am nächsten Tag tot – erschossen auf offener Straße ...

*»Ein großartiger Roman, der raffiniert konstruiert ist.«*
Ulrich Noller, WDR

grafit

# Preisgekrönt: Matti Rönkä

## FINNISCHER KRIMIPREIS 2006

**Matti Rönkä: Der Grenzgänger**
Aus dem Finnischen von Gabriele Schrey-Vasara
222 Seiten. Gebunden mit Schutzumschlag
ISBN 978-3-89425-652-4

Privatdetektiv Viktor Kärppä ist russischer Emigrant und ein Mann mit besonderen Fähigkeiten, die viele Herren auf beiden Seiten der finnisch-russischen Grenze zu schätzen wissen. Sein jüngster Auftrag lautet, Sirje Larsson zu finden. Ein Routinejob, denkt Viktor. Doch die Suche nach der Vermissten stört die Kreise gnadenloser Gangster. Viktor gerät in das Fadenkreuz russischer Spione und estnischer Schmuggler.

*»Hier gibt es nichts Forciertes, keine snobistischen Spielereien oder prätentiöse Verkünstelungen. Einfach eine unglaublich gut konstruierte Geschichte, herrliche Figuren und eine erfreulich gradlinige Schreibweise.«*
Die Jury des ›Finnischen Krimipreises‹

*»Ein Klassiker schon jetzt!«*
Bayerischer Rundfunk

*»Dieser zum ausgedehnten Selbstbetrug fähige Ermittler des Finnen Matti Rönkä ist ein großer Wurf, weil er alles andere darstellt als noch eine Knautschverpackung hehrer Werte.«*
Tages-Anzeiger

*»Wenn Matti Rönkä künftig das Niveau seines Erstlingsromans ›Der Grenzgänger‹ halten kann, ist die internationale Krimiszene um einen Autor von höchstem Niveau reicher. Spannender kann man einfach nicht schreiben als der Finne. Einfach genial!«*
Emsdettener Volkszeitung

*»›Der Grenzgänger‹ heißt folgerichtig mehrdeutig der erste Roman um Kärppä, der voller faszinierender Geschichten aus einer Weltgegend steckt, über die wir viel zu wenig wissen. Das Schönste aber: Rönkä erzählt mit ganz wirkungsvollen Mitteln kunstvoll einfach.«*
www.kaliber38.de

# Krimis von Harri Nykänen

*»In Finnland ist der moralische Gentleman-Killer Raid absoluter Kult. Denn der Autor und Polizeireporter Harri Nykänen aus Helsinki schreibt spannend, präzise und mit Herz für seine Figuren.«*
Brigitte

**Schwärzer als ein schwarzes Schaf**

Aus dem Finnischen von Regine Pirschel
219 Seiten. Paperback. ISBN 978- 3-89425-515-2

*Ausgezeichnet mit dem finnischen Krimipreis 2001*

**Raid und der Brandstifter**

Aus dem Finnischen von Regine Pirschel
219 Seiten. Paperback. ISBN 978-3-89425-523-7

**Raid und der Legionär**

Aus dem Finnischen von Regine Pirschel
254 Seiten. Paperback. ISBN 978-3-89425-535-0

**Raid und der dumme Junge**

Aus dem Finnischen von Regine Pirschel
284 Seiten. Paperback. ISBN 978-3-89425-543-5

**Raid und der dicke Mann**

Aus dem Finnischen von Regine Pirschel
221 Seiten. Paperback. ISBN 978-3-89425-553-4

grafit